精选中外名篇佳作

咀嚼人生

杨晓华 | 编选

Boutique Appreciation

中国书籍出版社
China Book Press

图书在版编目（CIP）数据

咀嚼人生 / 杨晓华编选 . —北京：中国书籍出版社，2014.6

（中国书籍文学馆·精品赏析）

ISBN 978-7-5068-4007-1

Ⅰ.①咀… Ⅱ.①杨… Ⅲ.①散文集—世界 Ⅳ.① I16

中国版本图书馆 CIP 数据核字（2013）第 305594 号

咀嚼人生

杨晓华　编选

图书策划	武　斌　崔付建	
责任编辑	毕　磊	
责任印制	孙马飞　马　芝	
出版发行	中国书籍出版社	
地　　址	北京市丰台区三路居路 97 号（邮编：100073）	
电　　话	（010）52257143（总编室）（010）52257153（发行部）	
电子邮箱	chinabp@vip.sina.com	
经　　销	全国新华书店	
印　　刷	三河市华东印刷有限公司	
开　　本	710 毫米 ×960 毫米　1/16	
字　　数	238 千字	
印　　张	20	
版　　次	2014 年 6 月第 1 版　　2021 年 1 月第 3 次印刷	
书　　号	ISBN 978-7-5068-4007-1	
定　　价	48.00 元	

生命的平衡点

人到无求品自高

燃起一盏心灯

心灵上的舒展

生命的平衡点

构成生命的主要成分，并非事实和事件，它主要的成分
是思想的风暴，它一生一世都在人的脑中吹袭。

——马克·吐温

生命的路

□［中国］鲁迅

想到人类的死亡是一件大寂寞大悲哀的事。然而若干人们的死亡，却并非寂寞悲哀的事。

生命的路是进步的，总是沿着无限的精神三角形的斜面向上走，什么都阻止不得。

自然赋予人们的不调和还很多，人们自己萎缩堕落退步的也还很多，然而生命绝不因此回头。无论什么黑暗来防思潮，什么悲惨来袭击社会，什么罪恶来亵渎人道，人类的渴仰完全的潜力，总是踏了这些蒺藜向前进。

生命不怕死，在死的面前笑着跳着，跨过了灭亡的人们向前进。

什么是路？就是从没路地方践踏出来的，从只有荆棘的地方开辟出来的。

以前早有路了，以后也该永远有路。

人类总不会寂寞，因为生命是进步的、是乐天的。

昨天，我对我的朋友 L 说，"一个人死了，在死者自身和他的眷属是悲惨的事，但在一村一镇的人看起来不算什么，就是一省一国一种……"

L 很不高兴，说，"这是 Nature（自然）的话，不是人们的话。你应该小心些。"

我想，他的话也不错。

▮佳作点评 ▮▮▬

生命的路是进步的、上升的，是不可阻止的。相对于自然而言，世界上本没有路，走的人多了，才会有了路；但对于生命来说，路早就有了，以后也永远会有。

一个人的生命是很渺小的，渺小到对其他无关的人算不得寂寞和悲哀；生命也是一直向前的，它绝不会因为人们自己萎缩退步，或自然赋予人们的不调和而回头。

生命是永无止境的，它在人类社会结束了旅程，也许还会以其他形式存在。

生命的宝灯 ▌||▄▄▄ ▄▄ ▄

□ ［中国］庐隐

亲爱的：

我渴，我要喝翡翠叶上的露珠；我空虚，我要拥抱温软的主躯；我眼睛发暗，我要看明媚的心光；我耳朵发聋，我要听神秘的幽弦。呵！我需要一切，一切都对我冷淡，可怜我，这几天的心情徨于忧伤。

我悄对着缄默阴沉的天空虔诚的祷祝，我说："万能的主上帝，在这个世界里，我虽然被万汇摒弃，然而荼毒我的不应当是你，我愿将我的生命宝藏贡献在你的丹墀，我将终身作你的奴隶，只求你不要打破我幻影的倩丽！"但是万能的主上帝说："可怜的灵魂呵，你错了，幸福与坎坷都在你自己。"

呵，亲爱的，我自从得到神明的诏示后，我不再作无益的悲伤了。现在我要支配我的生命，我要装饰我的生命，我便要创造我的生命。亲爱的，我们是互为生命光明的宝灯，从今后我将努力地挹住你在我空虚的心宫——不错，我们只是"一"，谁能够将我们分析？——只是恶剧惯作的撒旦，他用种种的法则来隔开我们，他用种种阴霾来遮掩我们，故意使我们猜疑，然而这又何济于事？法则有破碎的时候，阴霾有消散的一天，最后我们还是复归于"一"。亲爱的，现在我真的心安意定，我们应当感谢神明，是它给了我们绝大的恩惠。

我们的生命既已溶化为"一"，哪里还有什么伤痕？即使自己抓破了自己的手，那也是无怨无忌，轻轻地用唇——温气的唇，来拭净自痕，创伤更变为神秘。亲爱的，放心吧，你的心情我很清楚，因为我们的心弦正激荡着一样地音浪。愿你千万不要为一些小事介意！

这几天日子过得特别慢，星期（天）太不容易到了。亲爱的，你看我是怎样地需要你呵。你这几天心情如何？我祝福你快乐！

鸥

▎佳作点评 ▍▁

庐隐是"五四"运动中女作家的代表之一，是新文学运动中一颗耀眼的明星。她的文章里总是蕴藏着一颗苦闷的心灵，细腻的笔触揭示了时代发展中丑恶的灵魂，并予以鞭挞和叱问，在苦闷的徘徊中追求人生的意义……

"我要支配我的生命，我要装饰我的生命，我便要创造我的生命"，我们是互为生命光明的宝灯，不仅要照亮自己，还要照亮别人，互为温暖，互为光明，幸福和坎坷都掌握在自己的手里。

祈 愿

□ ［中国］郁达夫

窗外头在下如拳的大雪，埋在北风静默里的这北国的都会，仿佛是在休息它的一年来的烦剧，现在已经沉睡在深更的暗夜里了。

室内的电灯，虽在发放异样的光明，然而桌上的残肴杯碗和老婢的来往收拾的迟缓的行动，没有一点儿不在报这深更寒夜的萧条。前厅里的爪子们，似乎也倦了。除了一声两声带着倦怠的话声外，一点儿生气也没有。

我躺在火炉前的安乐椅上，嘴里虽在吸烟，但眼睛却早就想闭合拢去。银弟老是不回来，在这寒夜里叫条子的那几个好奇的客人，我心里真有点恨他们。

银弟的母亲出去打电话去了，去催她回来了，这明灯照着的前厢房里，只剩了孤独的我和几阵打窗的风雪的声音。

……沉索性沉沉到底……试看看酒色的迷力究竟有几多，……横竖是在出发以前，是在实行大决心以前……但是……但是……这……这可怜的银弟，……她也何苦来，她仿佛还不自觉到自己不过是我的一种 Caprice（任性）的试验品……然而这一种 Caprice 又是从何而起的呢？……啊啊，孤独、孤独，这陪伴着人生永远的孤独！……

当时在我的朦胧的意识里回想着的思考，不外乎此。忽而前面对着院子的旁门开了，电光射了出去，光线里照出了许多雪片来。头上肩上，点缀着许多雪片，银弟的娘，脸上装着一脸苦笑，进来哀求似的告我说：

"广寒仙馆怡情房里的客人在发脾气，说银弟的架子太大，今晚上是不放她回来了。"

我因为北风雨雪，在银弟那里，已经接连着住了四晚了，今晚上她不回来，倒也落得干净，好清清静静的一个人睡它一晚。但是想到前半夜广寒仙馆来叫的时候，银弟本想托病不去，后来经我再三的督促，她才拖拖挨挨出去的神情，倒有点儿觉得对她不起。况且怡情的那个客人，本来是一个俗物。他只相信金钱的权力，不晓得一个人的感情人格的。大约今晚上，银弟又在那里受罪了。临睡之前，将这些前后的情节想了一遍，几乎把脱衣就睡的勇气都打消了。然而几日来的淫乐，已经将我的身体消磨得同棉花一样的倦弱，所以在火炉前默坐了一会儿，也终于硬不过去，不得不上床去睡觉。"呼呼呼"的一阵开门声，叫唤声，将我的睡梦打醒，神志还没有恢复的时候，我觉得棉被上，忽而来了一种重压。接着脸上感着了一种冰冷冰冷的触觉。我眼睛还没有完全打开，耳朵边上的一阵哀切的断续的啜泣声就起来了。原来银弟她一进房门，皮鞋也没有脱，就拼命地跑过来倒投在床上，在埋怨我害她去受了半夜的苦。暗泣了好久好久，她才一句一句地说：

"……我……我……是说不去的……你……你……你偏要赶我……赶我出去……去受他们这一场轻薄……"

说到这里，她又哭了起来：

"……人家……人家的客人……只晓得慰护自己的姑娘……而你呢……你呢……倒反要作弄我……"这时候天早已亮了，从窗子里反射进来的雪光，照出了她的一夜不睡的脸色，眼圈儿青黑得很，鼻缝里有两条光腻的油渍。

我做好做歹地说了半天，赔了些个不是，答应她再也不离开北京了，她才好好地脱了衣服到床上来睡。

睡下之后，她倒鼾鼾地睡去了，而我的神经，受了这一番激刺，却怎么也镇静不下去。追想起来，这也是我作的孽，本来是与她不能长在一块的，又何苦来这样种一段恶根。况且我虽则日日沉浸在这一种红绿的酒色里，孤独的感觉，始终没有脱离过我。尤其是在夜深人静，欢筵散后，我的肢体倦到了不能动弹的时候，这一种孤寂的感觉，愈加来得深。

这一个清冷大雪的午前，我躺在床上，侧耳静听胡同里来往的行人，觉得自家仿佛是活埋在坟墓里的样子。

伸出手来拿了一支烟，我一边点火吸着，一边在想出京的日期和如何与她分离的步骤。静静地吸完了两支烟，想了许多不能描摹的幻想，听见前厅已经有人起来了，我就披了衣裳，想乘她未醒的中间，跑回家去。

可是我刚下床，她就在后面叫了：

"你又想跑了吗？今天可不成！不成，怎么也不能放你回去！"

匆忙起来换了衣裳，陪我吃了一点点心，她不等梳头的来，就要我和她出城去。

天已经晴了，太阳光照耀得眩人。前晚的满天云障，被北风收拾了去，青天底下，只浮着一片茫茫的雪地和一道泥渣的黑路。我和她俩人，坐在一辆马车里，出永定门后，道旁看得出来的，除几处小村矮屋之外，尽是些荒凉的雪景。树枝上有几只乌鸦，当我们的马车过后，却无情无绪地"呀呀"地叫了几声。

城外观音潭的王奶奶殿，本来是胡同里姑娘们的圣地灵泉，凡有疑思祈愿，她们都不远千里而来此祷祝的。

我们到了观音潭庙门外，她很虔诚地买了一副香烛，要我跟她进去，上王奶奶殿去诚心祈祷。我站在她的身旁，看了她那一种严肃的脸色，和拜下去的时候的热诚的样子，心里便不知不觉地酸了起来。当她拜下去后，半天不抬起身来，似在默祷的中间，我觉得怎么也忍不住了，就轻轻地叫她说："银弟！银弟！你起来吧！让我们快点回去！"

▄佳作点评 ▎▎▃

　　初看郁达夫的文章，会觉得他是一个软弱、自卑、放浪不羁的人，但细细地用心读，用心品味他的文章，却可以感受到一个截然不同的郁达夫。正因为他了解和洞悉当时社会的落后和苦难，所以他才有不同于别人的思考和发自内心的最深切的呼喊。在文章中愈是困窘、颓废，愈是放荡的郁达夫，愈是能反映出他的孤独、空虚和忧虑，他有着深深的思索和无奈。

　　在《祈愿》中，郁达夫在一个叫银弟的姑娘那儿住了几天。在这过程中，其实郁达夫一直都是清醒的，是挣扎的。他想用性爱麻醉自己，但最后他还是选择离开她，因为他一直都在清醒着。郁达夫借这个故事，揭露当时社会的黑暗及表达对贫困阶层的同情。

苦闷之果 ▌▮▖▖▗ ▂ ▂ ▄

□［中国］许广平

鲁迅先生：

现在写信给你的，是一个受了你快要两年的教训，是每星期翘盼着听讲《小说史略》的，是当你授课时每每忘形地直率地凭其相同的刚决的言语，好发言的一个小学生。他有许多怀疑而愤懑不平的久蓄于中的话，这时许是按抑不住了罢，所以向先生陈述：

有人以为学校的校址，能愈隔离城市的尘嚣、政潮的影响，愈是效果佳一些。这是否有一部分理由呢？记得在中学时代，那时也未尝不发生攻击教员、反对校长的事，然而无论反与正的哪一面，总是偏重在"人"的方面的权衡，从没遇见过以"利"的方面取舍。先生，这都是受了都市或政潮的影响，还是年龄的增长戕害了他呢？先生，你看看罢。现在北京学界上一有驱逐校长的事，同时反对的、赞成的，立刻就各标旗帜，校长以"留学""留堂"——毕业后在本校任职——谋优良位置为钓饵，学生以权利得失为取舍，今日收买一个，明日收买一个……今日被卖一个……明日被卖一个……而尤可愤恨的，是这种含有许多毒菌的空气，也弥漫于名为受高等教育之女学界了。做女校长的，如确有才干、有卓见、有成绩，原不妨公开的布告的，然而是"昏夜乞怜"，丑态百出，啧啧在人耳口。但也许这是因为环境的种种关系，支配了她不得不如此吧？而何以校内学生，对于此事亦日见其软化，明明今日好好地出席，提出反对条件的，转眼就掉过头去，噤若寒蝉，或则明示其变态行动？情形是一天天的恶化了，"五四"以后的青年是很悲观痛哭的了！在无可救药的赫赫的气焰下，先生，你自然是只要放下书包，洁身远行，就可以"立地成佛"的，然而你在仰吸那醉人的一丝丝烟叶的时候，可也想到有在虿盆中辗转待拔的人们吗？他自信是一个刚率12万分的人，因为有这点点小同，他对于先生是尽量地直言，是希望先生不以时地为限，加以指示教导的。先生，你可允许他吗？

苦闷之果是最难尝的，虽然嚼过苦果之后有一点儿回甘，然而苦的成分太重了，也容易抹煞甘的部分。譬如饮了苦茶——药，再来细细地玩味，虽然有些儿甘香，然而总不能引起人们好饮苦茶的兴味，除了病的逼迫，人是绝对不肯无故去寻苦茶喝的，苦闷不能免掉，或者就如疾病不能免掉一样，但疾病是不会时时刻刻在身边的——除非毕生抱病——而苦闷总比爱人还来得亲密，总是时刻地不招即来，挥之不去。先生，可有什么法子能在苦药之中加点糖分，令人不觉得苦辛的苦辛？而且有了糖分是否绝对的不苦？先生，你能否像章锡琛先生在《妇女杂志》中答话的那样模糊，而给我一个真切的明白的指引？专此布达，敬候撰安！

受教的一个小学生

1925 年 3 月 11 日

▎佳作点评 ▎

1925 年 3 月 11 日，28 岁的女师大学生自治会总干事许广平，给 45

岁的教育部佥事兼女师大讲师鲁迅写了第一封信，自称是"当你授课时每每忘形地直率地凭其相同的刚决的言语，好发言的一个小学生"。已经卷入女师大风潮的许广平之所以写下这封书信，是为了寻求鲁迅的指导和拯救。

比起许广平的"刚率"与"痛快"，忧愤甚深的鲁迅更加关注的是众多国人命运，他更加关注教育的改革和社会的命运，为中国底层的苦难和封建陋习发出一声声愤怒的呐喊。

也就是从这第一封信开始，鲁迅和许广平开始了长达十年的书信情缘。

泪与笑 ▍▍▏▁▁▃▁▁

□［中国］梁遇春

匆匆过了二十多年，我自然也是常常哭，常常笑，别人的啼笑也看过无数回了。可是我生平不怕看见泪，自己的热泪也好，别人的呜咽也好，对于几种笑我却会惊心动魄，吓得连呼吸都不敢大声，这些怪异的笑声，有时还是我亲口发出的。当一位极亲密的朋友忽然说出一句冷酷无情冰一般的冷话来，而且他自己还不知道他说的会使人心寒，这时候我们只好哈哈哈莫名其妙地笑了，因为若使不笑，叫我们怎么样好呢？我们这个强笑或者是出于看到他真正的性格（他这句冷语所显露的）和我们先前所认为的他的性格的矛盾，或者是我们要勉强这么一笑来表示我们是不会被他的话所震动，我们自己另有一个超乎一切的生活，他的话是不能损坏我们于毫发的，或者……但是那时节我们只觉到不好不这么大笑一声，所以才笑，实在也没有闲暇去仔细分析自己了。当我们心里有说不出的苦痛缠着，正要向人细诉，那时我们平时尊敬的人却用个极无聊的理由（甚至于最卑鄙的）来解释我们这穿过心灵的悲哀，看到这深深一层的隔膜，我们除开无聊赖地破涕为笑，还有什么别的办法吗？有时候我们倒霉起来，整天从早到晚做的事没有一件不是失败的，到晚上疲累非常，懊恼万分，悔

中国书籍文学馆·精品赏析 咀嚼人生

014

也不是，哭也不是，也只好咽下眼泪，空心地笑着。我们一生忙碌，把不可再得的光阴消磨在马蹄轮铁，以及无谓敷衍之间，整天打算，可是自己不晓得为何这么费心机，为了要活着用尽苦心来延长这生命，却又不觉得活着到底有何好处，自己并没有享受生活过，总之黑漆一团活着，夜阑人静，回头一想，那能够不吃吃地笑，笑时感到无限的悲哀。就说我们淡于生死了，对于现世界的厌烦同人事的憎恶还会像毒蛇般蜿蜒走到面前，缠着身上，我们真可说倦于一切，可惜我们也没有爱恋上死神，觉得也不值得花那么大劲去求死，在此不生不死心境和只见伤感重重来袭，偶然挣些力气，来叹几口气，叹完气免不了失笑，那笑是多么酸苦的。这几种笑声发自我们的口里，自己听到，心中生个不可言喻的恐怖，或者又引起另一个鬼似的狞笑。若使是由他人口里传出，只要我们探讨出它们的源泉，我们也会惺惺惜惺惺惺而心酸，同时害怕得全身打战。此外失望人的傻笑，下头人挨了骂对于主子的赔笑，趾高气扬的热官对于贫贱故交的冷笑，老处女在他人结婚席上所呈的干笑，生离永别时节的苦笑——这些笑全是"自然"跟我们为难，把我们弄得没有办法，我们承认失败了的表现，是我们心灵的堡垒下面刺目的降幡。莎士比亚的妙句"对着悲哀微笑"（smiling at grief）说尽此中的苦况。拜伦在他的杰作 Don Juan《唐璜》里有两句：

Of all tales't is the saddest——and more sad,

Because it makes us smile.

　　这两句是我愁闷无聊时所喜欢反复吟诵的，因为真能传出"笑"的悲剧的情调。

　　泪却是肯定人生的表示。因为生活是可留恋的，过去是春天的日子，所以才有伤逝的清泪。若使生活本身就不值得我们的一顾，我们那里会有惋惜的情怀呢？当一个中年妇人死了丈夫时候，她号啕地大哭，她想到她儿子这么早失去了父亲，没有人指导，免不了伤心流泪，可是她隐隐地对于这个儿子有无穷的慈爱同希望。她的儿子又死了，她或者会一声不做地料理丧事，或者发疯狂笑起来，因为她已厌倦于人生，她微弱的心已经麻木死了。我每回看到人们的流泪，不管是失恋的刺痛，或者丧亲的悲哀，我总觉人世真是值得一活的。眼泪真是人生的甘露。当我是小孩时候，常常觉得心里有说不出的难过，故意去臆造些伤心事情，想到有味时候，有时会不觉流下泪来，那时就感到说不出的快乐。现在却再寻不到这种无根的泪痕了。那个有心人不爱看悲剧，亚里士多德所说的净化的确不错。我们精神所纠结郁积的悲痛随着台上的凄惨情节发出来，哭泣之后我们有形容不出的快感，好似精神上吸到新鲜空气一样，我们的心灵忽然间呈非常健康的状态。Gogol（俄国作家果戈理）的著作人们都说是笑里有泪，实在正是因为后面有看不见的泪，所以他小说会那么诙谐百出，对于生活处处有回甘的快乐。中国的诗词说高兴赏心的事总不大感人，谈愁语恨却是易工，也由于那些怨词悲调的泪的结晶，有时会逗我们洒些同情的泪，所以亡国的李后主，感伤的李义山始终是我们爱读的作家。天下最爱哭的人莫过于怀春的少女同情海中翻身的青年，可是他们的生活是最有力，色彩最浓，最不虚过的生活。人到老了，生活力渐渐消磨尽了，泪泉也干了，剩下的只是无可无不可那种行将就木的心境，好像慈祥实在是生的疲劳所产生的微笑——我所怕的微笑。

十八世纪初期浪漫派诗人格雷在他的 On a Distant Prospect of Eton College《远见依顿学院》里说：

流下也就忘记了的泪珠，

那是照耀心胸的阳光。

The tear forgot as soon as shed,

The sun shine of the breast.

这些热泪只有青年才会有，它是同青春的幻梦同时消灭的，泪尽了，个个人心里都像苏东坡所说的"存亡惯见浑无泪"那样的冷淡了，坟墓的影已染着我们的残年。

▪佳作点评 ▮▮▫

梁遇春散文的总体基调可以概括为"笑中带泪"，叶公超评价他具有"Lamb 那种悲剧的幽默"。他在《又是一年春草绿》中说自己"是个常带笑脸的人，虽然心绪凄切的时候居多"。这种含泪的歌唱态度与他对宇宙和人生的看法有很大关系。

《泪与笑》是梁遇春一篇饱含热泪的文化随笔，透过笑泪人生，揭示生活哲理。文章独特的视角，新颖的立意，表现出作者的机敏与睿智。

透过笑可以看到生的悲苦，揭示出笑的悲剧情调；透过泪可以看到笑的快乐，揭示出泪的内蕴和泪的反面。

论年老 ▮▯▯▁▁▁▁

——人生自然的节奏

□［中国］林语堂

　　自然的节奏之中有一条规律，就是由童年、青年、老年、衰颓，以至死亡这么一条线，一直控制着我们的身体。在安然轻松地进入老年之时，也有一种美。我常引用的话之中，有一句我常说的，就是"秋季之歌"。

　　我曾经写过在安然轻松之下进入老境的情调。下面就是我对"早秋精神"说的话。

　　在我们的生活里，有那么一段时光，个人如此，国家亦复如此。在此一段时光之中，我们充满了早秋精神。这时，翠绿与金黄相混，悲伤与喜悦相杂，希望与回忆相间。在我们的生活里，有一段时光，这时，青春的天真成了记忆，夏日茂盛的回音在空中还隐约可闻。这时看人生，问题不是如何发展，而是如何真正生活；不是如何奋斗操劳，而是如何享受自己的那宝贵的刹那；不是如何去虚掷精力，而是如何储存这股精力以备寒冬之用。这时，感觉到自己已经到达一个地点，已经安定下来，已经找到自己心中想望的东西。这时，感觉到已经有所获得，和以往的堂皇茂盛相比，是可贵而微小。虽微小而毕竟不失为自己的收获，犹如秋日的树林里，虽然没有夏日的茂盛葱茏，但是所具有的却能经时而历久。

我爱春天，但是太年轻。我爱夏天，但是太气傲。所以我最爱秋天，因为秋天的叶子的颜色金黄、成熟、丰富，但是略带忧伤与死亡的预兆。其金黄色的丰富并不表示春季纯洁的无知，也不表示夏季强盛的威力，而是表示老年的成熟与蔼然可亲的智慧。生活的秋季，知道生命上的极限而感到满足。因为知道生命上的极限，在丰富的经验之下，才有色调的谐调，其丰富永不可及，其绿色表示生命与力量，其橘色表示金黄的满足，其紫色表示顺天知命与死亡。月光照上秋日的林木，其容貌枯白而沉思；落照的余晖照上秋日的林木，还开怀而欢笑。清晨山间的微风扫过，使颤动的树叶轻松愉快地飘落于大地，无人确知落叶之歌，究竟是欢笑的歌声，还是离别的眼泪。因为是早秋的精神之歌，所以有宁静、有智慧、有成熟的精神，向忧愁微笑，向欢乐爽快的微风赞美。对早秋的精神的赞美，莫过于辛弃疾的那首《丑奴儿》：

> 少年不识愁滋味，爱上层楼。爱上层楼，为赋新词强说愁。
> 而今识尽愁滋味，欲说还休。欲说还休，却道天凉好个秋。

我自己认为很有福气，活到这么大年纪。我同代好多了不起的人物，已早登鬼录。不管人怎么说，活到八十、九十的人，毕竟是少数。胡适之、梅贻琦、蒋梦麟、顾孟余，都已经走了。斯大林、希特勒、丘吉尔、戴高乐也都没了。那又有什么关系？至于我，我要尽量注意养生之道，至少再活十年。这个宝贵的人生，竟美到不可言喻，人人都愿一直活下去。但是冷静一想，我们立刻知道，生命就像风前之烛。在生命这方面，人人平等，无分贫富，无论贵贱，这弥补了民主理想的不足。我们的子孙也长大了。他们都有自己的日子过，各自过自己的生活，消磨自己的生命，在已然改变了的环境中，在永远变化不停的世界上。也许在世界过多的人口发生爆炸之前，在第三次世界大战当中，成百万的人还要死亡。若与那样的剧变相比，现在这个世界还是个太平盛世呢。若是那个灾难未来，人必须有先见，预作妥善的安排。

每个人回顾他一生，也许会觉得自己一生所作所为已然成功，也许以为还不够好。在老年到来之时，不管怎么样，他已经有权休息，可以安闲度日，可以与儿孙在亲近的家族里，享天伦之乐，享受人中之至善的果实了。

ⅰ佳作点评Ⅲⅰ

没有人会说一个有童年、壮年和老年的人生不是一个美满的人生。一天有上午、中午、日落之分，一年有四季之分，这就是宇宙自然的规律。人生没有所谓好坏之分，只有"什么东西在那一季节是好的"的问题。如果我们抱这种生物学的人生观，而循着季节去生活，那么，除夜郎自大的呆子和无可救药的理想主义者之外，没有人会否认人生不能像一首诗那样地度过。

人生读来几乎像一首诗，它有其自己的韵律和拍子，也有其生长和腐坏的内在周期。

永久的生命 ||ı_ .. _

□［中国］严文井

过去了的日子永不再回来。一个人到了三十岁的时候就会发现自己丢失了一些什么，一颗白齿，一段盲肠，脑门上的一些头发，一点点和人开玩笑的兴味，或者就是你那整个的青春。那些东西和那消逝了的岁月一样只能一度为你所有，它们既已离开了你，就永不会再返回。即令你是一个智者又怎么办呢！你的力量是那样的小，对于生命上的事你丝毫不能做主。生命不像一件衬衫，当你发现它脏了破了的时候，你就可以脱下来洗涤，把它再补好。你如果曾经为什么事忧虑过，顶多你只能尽力地会忘却它，你却不能取消它存在过的迹印。在这件事上我们都是这样可怜！

然而，一切还都是乐观的。这是由于生命自身的伟大：生命能够不绝的创造新的生命。这是一件平常的事，也是一个奇妙的魔术。就像地面上的小草，它们是那样卑微，那样柔弱，每一个严寒的冬天过去后，它们依然一根根地从土壤里钻出来，欣喜地迎着春天的风，似乎对那过去的残酷一无所知一样。我们以着同样感动的眼光看着山坡上那些跳着蹦着的小牛犊，它那金黄色的茸毛像是刚从太阳里取得的。

我不得不想到永久不朽的意义。感谢生命的奇迹！它并不是一个暂时的东西。它仿佛一个不懂疲倦的旅客，也许只是暂时的在那一个个体内住一会儿，便又离开前去了，但它是永远存在的。

它充满了希望，永不休止的繁殖着，蔓延着，随处宣示它的快乐同威势。这该是如何值得赞叹的一件事！

我的伙伴们，看起来我们应该更加勇敢了。我们了解了生命的真实的意义，我们的心就应该更加光明。让我们以全部的信心喊出我们所找到的真理吧：没有一种永久的、不朽的东西能被那些暴君杀害掉的！让我们赞美生命，赞美那永久的生命吧，我们将要以工作，以爱情来赞美它。它是一朵永不会凋谢的花，它将永远给世界以色彩，永远给世界以芬芳。

▎佳作点评 ▎

生命是没有终点的，它充满了希望，永不休止地繁殖着、蔓延着，它能够创造新的生命，并快乐地生长着。

生命是易逝的，消逝的成为过去，永不再来；生命又是长久的，它会以新的姿态，迎接新的生命的来临！

人生寓言 ▌▎▁_ ._ ▪

那支一眼望不到头的队伍缓慢地、肃穆地向前移动着。我站在队伍里，胸前别着一朵小白花，小白花正中嵌着我的照片，别人和我一样，也都佩戴着嵌有自己照片的小白花。

钟表奏着单调的哀乐。

这是永恒的仪式，我们排着队走向自己的遗体，同它作最后的告别。

我听见有人哭泣着祈祷："慢些，再慢些"。

可等待的滋味是最难受的，哪怕是等待死亡。连最怕死的人也失去耐心了。女人们开始织毛衣，拉家常。男人们互相递烟，吹牛，评论队伍里的漂亮女人。那个小伙子伸手触了一下排在他前面的姑娘的肩膀，姑娘回头露齿一笑。一位画家打开了画夹。一位音乐家架起了提琴。现在这支队伍沉浸在一片生气勃勃的喧闹声里了。

可怜的人啊，你们在走向死亡！

生命的平衡点

我笑笑：我没有忘记。这又怎么样呢？生命害怕单调甚于害怕死亡。仅此就足以保证它不可战胜了。它为了逃避单调必须丰富自己，不在乎结局是否徒劳。

哲学家和他的妻子

哲学家爱流浪，他的妻子爱定居。不过，她更爱丈夫，所以毫无怨言地跟随哲学家浪迹天涯。每到一地，找到了临时住所，她就立刻精心布置，仿佛这是一个永久的家。

"住这里是暂时的，凑合过吧！"哲学家不以为然地说。

她朝丈夫笑笑，并不停下手中的活。不多会儿，哲学家已经舒坦地把身子埋进妻子安放停当的沙发里，吸着烟，沉思严肃的人生问题了。

我忍不住打断哲学家的沉思，说道："尊敬的先生，别想了，凑合过吧，因为你在这世界上的居住也是暂时的。"可是，哲学家的妻子此刻正幸福地望着丈夫，心里想："他多么伟大呵……"

从一而终的女子

我听见许多人埋怨自己的人生，那口气就像埋怨死不肯离婚的结发妻子。他们埋怨命运的捉弄，错误的结合，失败的努力。如果可以，他们宁肯和别人交换人生。在他们眼里，人生如同老婆，也是别人的好。

我想起巴尔扎克笔下的一个女演员的话："人生是件衣裳，脏了就洗洗，破了就补补，你好歹得穿上它！"

我说得稍微文雅些：人生是个对我们从一而终的女子，我们不妨尽自己的力量打扮她、塑造她，但是，不管她终于成个什么样子，我们好歹得爱她！

幸福的西绪弗斯

西绪弗斯被罚推巨石上山，每次快到山顶，巨石就滚回山脚，他不得不重新开始这徒劳的苦役。听说他悲观沮丧到了极点。

可是，有一天，我遇见正在下山的西绪弗斯，却发现他吹着口哨，迈着轻盈的步伐、一脸无忧无虑的神情。我生平最怕见到大不幸的人，譬如说，身患绝症的人，或刚死了亲人的人，因为对他们的不幸，我既不能有所表示，怕犯忌，又不能无所表示，怕显得我没心没肺。所以，看见西绪弗斯迎面走来，尽管不是传说的那副凄苦的模样，深知他的不幸身世的我仍感到局促不安。

没想到西绪弗斯先开口，他举起手，对我喊道：

"喂，你瞧，我逮了一只多漂亮的蝴蝶！"

我望着他渐渐远去的背影，不禁思忖：总有些事情是宙斯的神威鞭长莫及的，那是一些太细小的事情，在那里便有了西绪弗斯（和我们整个人类）的幸福。

结　论

我告诉你们：意义在于过程，幸福在于细节。那些撇开过程而只在结局中寻找意义的人找到的只是虚无。那些撇开细节而只在总体中寻找幸福的人，找到的只是荒谬。

现代人已经没有耐心流连过程，没有能力品味细节。他们活得匆忙而粗糙。他们活得既无意义，也不幸福。

应该说，爱过程的人是智慧的，爱细节的人是幸福的。

　　人生是个对我们从一而终的女子，我们不妨尽自己的力量打扮她、塑造她。但是，不管她终于成个什么样子，我们好歹得爱她！

　　意义在于过程，幸福在于细节。爱过程的人是智慧的，爱细节的人是幸福的。

生命之歌 ▊▊▎▖▁ ▖▖ ▁

□［中国台湾］罗兰

一、夜的告退

仿佛是很久以前，在某一次的病中，又仿佛是我刚刚从冥茫中降生，地球不知为什么要用那么凄清的调子，艰难地转到黎明。

总觉得记忆中有一个声音，说："天亮了！"但又一点儿也想不起是什么时候听到的这样一个声音。这声音，竟然也是那么凄清，像是好不容易熬过了一个长夜，看到曙光渐渐浸透浓密的黑暗，纸窗上现出了几分淡白的清冷，倦旅的夜，叹息着生途的艰辛，那苍白的面容！

黎明前的长夜，是如此的沉重与无奈，宇宙是漆黑一片的静场。一切无声，像是被一个庞然的巨灵掌遮住、压抑了一切。幸福的人可以闭上眼睛去寻梦，而醒着熬过长夜的人，一直听着夜的脚步，缓慢而狰狞，沉重又无声，直到鸡鸣，增加了破晓时分的寒冷，揭示出这宇宙第一个声音，你才感到，自己从一个不可知的世界，惶恐地张开眼睛，迎向黎明。是你的降生，也是一个日子的苏醒。

这时，才逐渐有管弦试探地、轻轻地起奏。天上的朝臣们已经端正了衣冠，准备迎接太阳这君王的升殿，天地间才霍然地亮了。

黑夜告退，你觉得世界像是沉静了千古的大海，忽然，波涛粼粼地展开了无边的活动。

人们欣喜着夜的告退，不知为了什么而彻夜未眠的人们，也松下了一口气——唉！终于见到了黎明！

二、清晨

清晨是一首明朗嘹亮的歌，伴奏着清越的双簧管。鸟鸣是短笛的跳音，弦乐部分是欣然的行板。

一切都现出了颜色。

被浓黑掩盖了一夜的世界，又一次展现了树群的婆娑浓绿，花朵的红紫缤纷。草叶上闪亮的露珠，是清晨带给世界的最佳献礼，鸟儿们欢唱着"黑夜远去，白日降临"。

人们开始活跃。那些摸黑赶早市的豆浆贩和鱼贩、菜贩们，也解除了一脸隔夜的慵倦，振作起来了。

做早操或做早课的人们为自己曾经不怕黑夜的尾声而自豪着，忘记了起床时，勉力奋起的心情。

宇宙换一个勤奋的调子，像那一队队如同麻雀一般跳跃着奔往校门的小孩，意气昂扬，齐步堂堂，告诉你，生命是何等的活跃又欢畅。

空气由夜的冷峻到晨的沁凉，在阳光的浸浴下，越来越温暖，天也越来越高、越蓝、越亮。

车辆与行人汇成了人间长河，尘沙渐渐飞扬起来的时候，阳光由清亮变为刺目，那就是中午来临了。

三、日午

日午是工作的稍歇。

尘沙在直射的阳光下，由奔逐变为凝聚。像那令你辨不清个体的群众，盲目地聚散着，旋转着。你不知道尘沙们是否也有事情在忙。你只觉得它们如此得浮游旋转，没有根，聚拢又流散，是一种不可解的奔逐。于是，你像置身在宇宙之外，冷眼旁观着另一个世界。"尘沙们也觉得自己被一个不得不奔忙的力量在催迫着吗？"你这样问。

于是，你羡慕菜贩们在收拾残梗断叶之后，来到了生之旅的中途站，他们一天的辛苦在这时可以略作结束——实在是很累了！收拾起那些箩筐，回到简陋的家里去赶个午睡，留下一点睡起的时间，和同一市场的竞争者们，放下恩怨，赌赌纸牌，或摆开象棋，认真地下它几盘。

卖便当的也忙过了，回去把这半日的辛劳，慢慢结算。

办公室的窗子开着或密闭着。一上午的电话与账目，在短暂的闭目养神中，很快地变成了一些朦胧的梦。暂时推开那急于挤向前来的下午，在速成的梦里，去探寻那迢迢的生之旅途。唉！何等的缈远寥廓又荒凉！未知的旅途上，点缀着一些不可捉摸的假象，是海市蜃楼吧？是自己那不可解的脑波，在无意中接收到世界某一个陌生角落所传来的陌生讯息吧？别人也在接收我们吧？

人的心灵是如此的神奇又恍惚！说不定这才是另一个醒着的你，在冥茫之中漫游。

被上午的难题困扰着的你，或许正希望自己回到那在瞑茫之中漫游的本真。希望忽然间给你一个证明，证明那一上午在现实尘沙中奔劳的自己，是在一个梦境中暂时的登场。

四、午后

当然，你会被一个电话铃声，一位同事或同业的招呼，一阵脚步声响，一声英语，一串摩托车的马达而惊醒。你没有办法停留在那冥茫之中，你回到一个充满公事与私事，充满问题与答案的日常。于是，下午用闷恹恹的脚步沉缓的开始，主调在低音大提琴上进行，管弦成为遥远的回应。

最好一切已在上午做了决定。

还有新的问题在发生吗？必须解决吗？留到明天，怎么样？让它是明天的课题吧！太阳已经有些倦意，浮尘在斜下去的阳光里开始慢慢地沉淀。它们倦了吧？还是那不知来自何处的无形之力渐渐放松了它们。你觉得有些浮尘已经离去，所以那还在游动着的就显得松散多了。

阳光斜斜地照在西窗上，却预期着那窗外的鸟儿是在归巢。空气里剩下的，无论是春之慵懒或秋之凄清，是夏之闷热或冬之寂冷。办公桌上各式文件暂时地收敛，就是黄昏的前奏了。

五、昏夜

都市黄昏的街道上，车子汇成长河，马达声喧，夜迅速地把照明之责交给了各色的车灯、路灯、门灯与霓虹。家是每一个人急于回去的地方，却也是每一个人迎向另一串问题与负担的地方。你整日的奔忙与焦虑是因为有了它，而你却觉得你奔忙与焦虑可以因为有它而消失。都市的夜街并不因为有那么多的灯光而显得明亮。你看得见的只是你车灯照到的一小片、一小段，而夜已在你奔赴那另一串问题的时候，迅速地涂黑了每一个角落。

乡间的黄昏倒是广阔得多了。

太阳斜下去之后，是整个浅灰浅紫的宇宙暮落，归鸦点点，农夫荷锄走过田埂时，到处已经有了蛙鼓虫鸣。远处清冷的灯火，一个一个地亮起，点染出零星孤寂的人间村落。

有灯的地方写着温暖，也写着艰辛。

奔忙的白日过去，清点这一天奋战的伤痕，灶边有和这伤痕一起得来的饭菜。全家聚在一起的时候，是稚子无邪的笑闹，和家长苦乐交织着的、疲惫的心，与在温慰中隐隐泛起的那一丝怜悯——"当你们也像我一样的长大成人……"

窗外迅速地落下了夜的黑色大暮。星星们孤寂的在天上俯望这天黑之后的人间。灯火如此零落，不久更会暗去。人们在被褥的温暖中，卸下一天的风尘，叹息和着打鼾的声音。

海在黑暗中大幅地、悄悄地摆荡着、叹息着、宣叙着宇宙洪荒，生命的开始与终结，存在与凋落。悲欢如尘沙，得失如草芥。

造物者说："你们要借着光的照耀去奔忙，帮助别人，也得到别人的帮助而生存。你们可以在那光暂时隐去的时候歇息，容许你忘记日间的奔劳，在各样的梦境中，去缥缈虚无的地方游历。白天的伤痕会在睡梦中消隐，而睡梦中的恐惧会在白天来临的时候褪去。你奉我的差遣，有三万多个这样的日子，给你生存。如果你记着白日的光华，这光华也会点亮你黑夜中的梦境。总会有星的寒光，伴你黑夜。你也不必害怕知道，有更长的黑夜是你人生的终站。它让你那长途奔劳，暂时止歇。而在这样的长夜之后，你将再从冥茫中苏醒，张开惶恐的眼睛，迎向冷冽的黎明，成为另一形态的生命。你会再度为自己可以奔波忙碌而感到快乐与欢腾。"

▮佳作点评 ▮▮▹

人生是由一天一天累加而成，每天由早、午、晚连接着，生命就是由无数个白天和黑夜组成。

"白天的伤痕会在睡梦中消隐，而睡梦中的恐惧会在白天来临的时候褪去"，一种生命的结束，必将是另一种生命的诞生。

敬畏生命 ▌▌▍▂▁ ▁▁ ▁

□［中国台湾］张晓风

　　那是一个夏天的长得不能再长的下午，在印第安那州的一个湖边，我起先是不经意地坐着看书，忽然发现湖边有几棵树正在飘散一些白色的纤维，大团大团的，像棉花似的，有些飘到草地上，有些飞入湖水里。我当时没有十分注意，只当是偶然风起所带来的。

　　可是，渐渐地，我发现情况简直令人吃惊。好几个小时过去了，那些树仍旧浑然不觉地，在扭送那些小型的云朵，倒好像是一座无限的云库似的。整个下午，整个晚上，漫天漫地都是那种东西。第二天情形完全一样，我感到诧异和震撼。

　　其实，小学的时候就知道有一类种子是靠风力、靠纤维播送的。但也只是知道一条测验题的答案而已。那几天真的看到了，满心所感到的是一种折服，一种无以名之的敬畏。我几乎是第一次遇见生命——虽然是植物的。

　　我感到那云状的种子在我心底强烈地碰撞上什么东西，我不能不被生命豪华的、奢侈的、不计成本的投资所感动。也许在不分昼夜的飘散之余，只有一颗种子足以成树，但造物者乐于做这样惊心动魄的壮举。

　　我至今仍然在沉思之际想起那一片柔媚的湖水，不知湖畔那群种子中有哪一颗种子成了小树？至少，我知道有一颗已经成长。那颗种子曾遇见了一片土地，在一个过客的心之峡谷里，蔚然成荫，教会她怎样敬畏生命。

﹒佳作点评 ﹗﹍

　　生命是值得敬畏的。一颗种子就可以长成一片绿荫，一片绿荫就可以繁衍成一片绿洲。

　　自然界的生命是以各种形式延续自己的生命，而老树则是用絮状的种子借风之力送向遥远，期待着能有一颗种子发芽成活，并长成一棵小树。

生命的恩赐 ▌▍▖▂▁ ▖▁ ▁

□［美国］马克·吐温

在生命的黎明时分，走来一位带着篮子的仁慈仙女，她对一个少年说：

"篮子里都是礼物，你挑一样吧，而且只能带走一样。小心些，做出明智的选择。哦，之所以要你做出明智的抉择，因为，这些礼物当中只有一样是宝贵的。"

礼物有五种：名望，爱情，财富，欢乐，死亡。少年人迫不及待地说："这根本没有必要考虑，我选择欢乐。"

他踏进社会，寻欢作乐，沉湎其中。可是，到头来，每一次欢乐都是短暂、沮丧、虚妄的。它们在行将消逝时都嘲笑他。最后，他颇为后悔地说："这些年我都白过了。假如我能重新挑选，我一定会做出明智的选择。"

话音未落，仙女出现了，说："还剩四样礼物，再挑一次吧。哦，记住，光阴似箭，要做出明智的选择。这些礼物当中只有一样是宝贵的。"

这个男人这次很慎重，沉思了良久，然后挑选了爱情。仙女见此，眼里涌出了泪花。但是，这个男人并没有觉察到。

很多年过去了，这个男人坐在一间空屋里，守着一口棺材。他神情沮丧，喃喃自语道："她们一个个抛下我走了。如今，最后一个最亲密的人也躺在这儿了。一阵阵孤寂朝我袭来。爱情这个滑头的商人，每卖给我的一小时欢娱，我就需要付出一个小时的悲伤。我从心底里诅咒它呀。"

"重新挑吧，"仙女又出现了，说，"岁月无疑把你教聪明了。还剩三样礼物。记住，它们当中只有一样是有价值的，注意选择。"

这个男人沉吟良久，然后小心翼翼地挑了名望。仙女叹了口气，扬长而去。

很多很多年以后，仙女又回来了。此时，那个男人正独坐在暮色中冥想。她站在他的身后，她明白他的心思：

"我名扬全球，有口皆碑。我虽有一时之喜，但毕竟转瞬即逝！忌妒、诽谤、中伤、嫉恨、迫害却接踵而来，然后便是嘲笑，这是收场的开端，一切的末了，则是怜悯，它是名望的葬礼。哦，出名的辛酸的悲伤啊！声名卓著时，遭人唾骂；声名狼藉时，受人轻蔑和怜悯。"

"再挑吧。"仙女开口说，"别绝望，还剩两样礼物，记住我的礼物中只有一样是宝贵的，而且你很幸运，它还在这儿呢。"

"财富，它就是权力！我真瞎了眼呀！"那个男人疯狂地叫喊着，"现在，我终于挑选到生命中最有价值的礼物了。我要挥金如土，大肆炫耀。那些惯于嘲笑和蔑视的人将匍匐在我脚前的污泥中。我要用他们的忌妒来喂饱我饥饿的心魂。我要享受一切奢华、一切快乐，以及精神上的一切陶醉，肉体上的一切满足。我要买名望、买遵从、买崇敬——一个庸碌的人间商场所能提供的人生种种虚荣享受。在这之前，那些糊涂的选择让我失去了许多时间。那时我懵然无知，尽挑那些貌似最好的东西。"

短暂的三年过去了。一天，那个男人坐在一间简陋的顶楼里瑟瑟发抖。他衣衫褴褛，身体憔悴，脸色苍白，双眼凹陷。他一边咬嚼一块干面包皮，一边愤愤地嘀咕道：

"为了那种种卑劣的事端和镀金的谎言，我要诅咒人间的一切礼物，以及一切徒有虚名的东西！它们根本不是礼物，只是些暂借的东西罢了。

欢乐、爱情、名望、财富，都只是些暂时的伪装，它们永恒的真相是痛苦、悲伤、羞辱、贫穷。仙女说得一点儿不错，她的礼物之中只有一样是宝贵的，只有一样是有价值的。现在我知道，与那无价之宝相比，这些东西是多么可怜卑贱啊！那珍贵、甜蜜、仁厚的礼物呀！沉浸在无梦的永久酣睡之中，折磨肉体的痛苦和咬啮心灵的羞辱、悲伤便一了百了。给我吧！我疲倦了，我要安息。"

仙女又出现了，而且又带来了四样礼物，但却唯独没有死亡。她说：

"我把它给了一个母亲的爱儿——一个小孩子。他虽懵然无知，却信任我，求我代他挑选。你没要求我替你选择啊！"

"哦，我真惨啊！那么留给我的是什么呢？"

"侮辱，你只配遭受垂垂暮年的反复无常的侮辱。"

◢ 佳作点评 ▌▏▏－

鲜花因生之招摇而凋谢，珊瑚因死之静默而永恒。只有死亡，才是人生最后的归宿，才是生命最深刻的永恒。

生命的召唤 ▌▌▖▁▁▁▁

□ ［美国］惠特曼

人能成全他人，也能毁弃他人；互相帮助能使人奋发向上，互相抱怨会使人退缩不前。人与人之间的这种影响，就像阳光与寒霜对田野的影响一样。每个人都随时发出一种呼唤，促使别人荣辱毁誉，生死成败。

一位作家曾把人生比作蛛网。他说："我们生活在世界上，对他人的热爱、憎恨或冷漠，就像抖动一个大蜘蛛网。我影响他人，他人又影响他人。巨网振动，辗转波及，不知何处止，何时休。"

有些人专会鼓吹人生没有意义，没有希望。他们的言行使人放弃、退缩或屈服。这些人之所以如此，可能是因为自己受了委屈或遇到不幸。但不论原因如何，他们孤僻冷淡，使梦想幻灭、希望成灰、欢乐失色。他们尖酸刻薄，使礼物失值、成绩无光、信心瓦解，留下来的只是恐惧。

这种人使人觉得没有办法应付人生，从而灰心丧气、自惭形秽、惊慌失措，而我们可能又会将这种情绪传染给别人。因为我们受了委屈，一定要向人诉苦。

但是那些生性爽朗，鼓励别人奋发，令人难以忘怀的人又怎样呢？和这些人在一起，会感到朝气蓬勃，充满信心。他们使我们表现才能、发挥潜力、有所作为。

这是一篇富有哲理的小品，作者给正在成长中的我们以无限的启迪。生命的过程像一面镜子，你对着它笑，它就笑；你对着它哭，它也会哭泣。漠然和消沉是对生命的大不敬，只能让别人颓废和恐惧，珍爱生命者从来都以满腔的热情去拥抱生活，不但点燃了自己的生命，而且让他人也热血沸腾。

是的，"给予越多，生命便越丰富"。惠特曼对生命的感悟，让我们发现了让生命升华的捷径。

生命中的最后一天

□［美国］奥格·曼狄诺

假如今天是我生命中的最后一天。

我要如何利用这最后、最宝贵的一天呢？首先，我要把一天的时间珍藏好，不让一分一秒的时间无端浪费。我不为昨日的不幸叹息，过去的已够不幸，不要再赔上今日的运道。

时光会倒流吗？太阳会西升东落吗？我可以纠正昨天的错误吗？我能抚平昨日的创伤吗？我能比昨天年轻吗？一句出口的恶言，一记挥出的拳头，一切造成的伤痛，能收回吗？

不能！过去的永远过去了，我不再去想它。

假如今天是我生命中的最后一天。我该怎么办？忘记昨天，也不要痴想明天。想着明天的种种，今天的时光也将白白流逝了。明天是一个未知数，为什么要把今天的精力浪费在未知的事情上？

企盼今早的太阳再次升起，太阳已经落山。走在今天的路上，能做明天的事吗？我能把明天的金币放进今天的钱袋里吗？

明日瓜熟，今日能蒂落吗？明天的死亡能将今天的欢乐蒙上阴影吗？我何必担心未知的东西呢？明天和昨天一样被我埋葬。我不再想它，今天是我生命中的最后一天。

这是我仅有的一天，是现实的永恒。我像被赦免死刑的囚犯，用喜悦的泪水拥抱新生的太阳。我举起双手，感谢这无与伦比的一天。

当我想到昨天和我一起迎接日出的朋友，今天已不复存在时，我为自己今天的幸存而感激上苍。我是无比幸运的人，今天的时光是额外的奖赏。

许多强者都先我而去，为什么我得到这额外的一天？是不是因为他们已大功告成，而我尚在途中跋涉？如果这样，这是不是成就我的一次机会，让我功德圆满？造物主的安排是否别具匠心？今天是不是我超越他人的时机？

今天是我生命中的最后一天。

生命只有一次，而人生也不过是时间的累积。我若让今天的时光白白流逝，就等于毁掉人生最后一页。因此，我珍惜今天的一分一秒，因为它们将一去不复返。我无法把今天的时间存入银行，明天再来取用。时间像风一样不可捕捉。每一分一秒，我要用双手捧住，用爱心抚摸，因为它们如此宝贵。垂死的人用毕生的钱财都无法换得一口生气。时间无法计算价值，它们是无价之宝！

今天是我生命中的最后一天。我憎恨那些浪费时间的行为。我要摧毁拖延的坏习惯。我要以真诚埋葬怀疑，用信心驱赶恐惧。我不听闲话、不游手好闲、不与不务正业的人来往。我终于醒悟到，若是懒惰，无异于从我所爱之人手中窃取食物和衣裳。我不是贼，我有爱心，今天是我最后的机会，我要证明我的爱心和伟大。

今天是我生命中的最后一天。

今日事今日毕。今天我要趁孩子还小的时候，多加爱护，明天他们将离我而去，我也会离开。今天我要深情地拥抱我的妻子，给她甜蜜的热吻，明天她会离去，我也是。今天我要帮助落难的朋友，明天他不再求援，我也听不到他的哀求。我要乐于奉献，因为明天我无法给予，也没有人来领受了。

今天是我生命中的最后一天。

如果这是我的末日，那么它就是不朽的纪念日，我把它当成最美好的日子。我要把每分每秒都化为甘露，一口一口，细细品尝，而且满怀感激。我要每一分钟都有价值。我要加倍努力，直到精疲力竭。即使这样，我还要继续努力。我要拜访更多的顾客，销售更多的货物，赚取更多的财富。今天的每一分钟都胜过昨天的每一小时，最后的也是最好的。

假如今天是我生命中的最后一天。

如果不是的话，我要跪倒在造物主面前，深深致谢。

﹎佳作点评 ‖┈

　　用假如今天是我生命中最后一天的心态来过每一天，珍惜今天的一分一秒，把今天牢牢掌握在自己手里。这样，你就会懂得感恩、懂得珍惜、懂得给予。这样，你的生命才会更有意义。

生命的热忱

□［美国］拿破仑·希尔

热忱和积极心态与你成功过程之间的关系，就好像汽油和汽车引擎之间的关系一样：热忱是行动的动力。

你可运用积极心态来控制你的思想，同样的，你也可以运用积极心态来控制你的热忱，以使它能不断地注入你心灵引擎的气缸中，并在气缸内被明确目标发出的火花点燃并爆炸，继而推动信心和个人进取心的活塞。

热忱是一股力量，它和信心一起将逆境、失败和暂时的挫折转变成为行动。然而此一变化的关键，在于你控制思维的能力，因为稍有不慎，你的思绪就会从积极转变成消极。借着控制热忱，你可以将任何消极表现和经验转变成积极表现和经验。

热忱对你潜意识的激励程度和积极心态的激励程度是一样的。当你的意识中充满热忱时，你的潜意识也同时烙上一个印象，那么你的强烈欲望和为达到欲望所拟定的计划是坚定不移的；当你对热忱的认识变得模糊不清，你的潜意识中仍然留存着对成功的丰富想象，并会再次点燃残存在意识中的热忱火花。

没有热忱的人，就好像没有发条的手表一样缺乏动力。一位神学教授说："成功、效率和能力的一项绝对必要条件就是热忱。"热忱这个字源于希腊文，是"神在你心中"的意思，一个缺乏热忱的人别想赢得任何胜利。

为了使你对目标产生热忱，你应该每天都将思想集中在这个目标上，如此日复一日，你就会对目标产生高度的热忱，并愿意为它奉献。詹姆士说："情绪未必会受理性的控制，但是必然会受到行动的控制。"积极心态和积极的行动可升高热忱的程度，你必须为你的热忱制订一个值得追求的目标；一旦你将你的热忱导向成功的方向，它便会使你朝着目标前进。

真正的热忱是发自内心的热忱，发掘热忱就好像是从井中取水一样，你必须操作抽水机才能使水流出来，接着水便不断地自动流出。你可以对于你所知道或所做的任何事情付出热忱，它是积极心态的一种象征，会自然地从思想、感情和情绪中发展出来，但更重要的是：你可以随心所欲地从内心唤起热忱。

热忱的力量真的很大！当这股力量被释放出来支持明确目标，并不断用信心补充它的能量时，它便会形成一股不可抗拒的力量，并足以克服一切贫穷和不如意，你可以将这股力量传给任何需要它的人。这恐怕是你能够动用热忱所做的伟大工作了，激发他人的想象力，激励他们的创造力，帮助他们和无穷智慧发生联系。

▮佳作点评 ▍▍▃

世界上最伟大的励志成功大师拿破仑·希尔经过数十年研究，归纳出了相当有价值的十七条黄金定律，该定律涵盖了人类取得成功的所有主观因素，使成功学这门看似神秘的学问变成了具体的、可操作的法则。

作为全世界最早的现代成功学大师和励志书籍作家，拿破仑·希尔曾经影响美国两任总统及千百万读者。充满热忱，才会富于情趣，才会拥有动力，才会真心关爱。热忱的力量是无穷的。它会形成一股不可抗拒的力量，激发想象力，激励创造力，并和无穷的智慧联系在一起。

一生的资本

□ [美国] 奥里森·马登

衡量一个人事业的成功与否，并不以其在银行中存款的多少而定，而全在于他怎样利用身体内在的所有资本，以及他做事的能力。一个身体柔弱，或者因嗜好烟酒而精力不佳的人，其成功的机会要比那些体格强壮精神旺盛的人少很多。任何一个冷静的人、执著的人、有为的人，都会保持自己所具有的种种力量，不论是身体上的，还是精神上的，他们对生命中最宝贵的资产，也决不轻易消耗。

每个人都应该把任何方式的精力耗损、把一丝一毫的精力浪费当做一种不可宽恕的浪费，甚至是一种不可宽恕的犯罪行为。

体力和精力是我们一生成功的资本，我们应该阻止这一成功资本的白白消耗；要汇集全副的精神，对体力和精力作最经济、最有效的利用。

如果能始终在精力最为旺盛的状态下来发挥才能，那么在做事的时候，自然能有极大的成效。

如果在工作的时候，不能发挥自己出色卓越的才能，那么成功的可能性就很小。最可怜的就是那些早晨一开始工作，就精神颓唐、毫无生气的人。这样的人去从事工作，怎么可能得到出色的业绩呢？

最好能胜任自己的工作并且愉快地工作，那么你就不至于感到工作的畏难和痛苦。在接手工作的时候，应该有着浓厚的兴趣、必胜的决心，这样，工作起来才会浑身有劲。体格健壮、精力充沛地工作一小时，甚至比体力羸弱地终日工作，其业绩都来得高。

一个年轻人如果想要以不健康的体格，或者未受训练的才能，去获得很高的地位，这是不可能的。但更可悲的是，一些头脑聪明、才华横溢的青年，由于不知道善用他们所具有的才能，便埋没了一生。

欲成大业，身体是最大的资本。而个人成功的秘诀，就藏在自己的脑海里、神经里、肌肉里、志向里、决心里。作为一个人，体力和智力是最紧要的东西，因为体力和智力决定了人的精神状态、生命力和做事的才能。

有些人在工作时间以外所耗的精力，要多于在职务上所费的精力。如果有人去提醒他们、劝诫他们，他们或许还会发怒。在他们看来，只有体力的消耗才会使人的精神受损，但他们不知道精力也会有种种消耗，比如烦恼、发怒、恐惧，以及其他种种不良的思想。另外，把职务上的工作带到家里，利用应该休息的时间来工作，其实也是一种精力损耗。

如果有着充沛的体力和智力，也就是有着丰厚的成功资本。那么如果不加以合理地利用，那又有什么用处呢？

无论做什么事都不能有弱点，因为小小的弱点，可能足以破坏全部的事业和前程。比如种种不检点的行为、错误的行为都可能在你生命资本的宝库上打开一个漏洞，使你生命的资本在悄无声息中流走。

大自然是无情的，即便贵为君王；如果违反了大自然的法则，也要受到惩罚。在大自然的眼里，君王和乞丐是没有贵贱之分的，她不会接受任何的借口或推诿，她要求人们保持精力旺盛的状态，去努力不息地做事。

体力和精力是人们一生的资本，如果有着充沛的体力和智力，也就是有着丰厚的成功资本。

奥里森·马登博士是《成功》杂志的创办人，如今这本杂志在美国无人不晓，它通过创造性地传播成功学改变了无数美国人的命运。

每个人都有这种资本，但有的人没有牢牢把握，导致这种资本极大地浪费，有的人能够利用资本，并不断积累资本，合理利用资本，那么，在他的前方就会有鲜花和掌声。

有用的只是生命 ▮▮ᵢᵢₗₗ ⱼₗ ⌐

□［美国］爱默生

我们必须知道，对我们这些活着的人来说，有用的只是生命，而不是已经过去的生活。一旦静止，力量便无影无踪。因为，他永远存在于从一种旧的状态向新的状态过渡的时刻，存在于海湾的汹涌澎湃之中，存在于向目标的投射之中……这是一个令世人讨厌的事实，可却也是灵魂形成的事实，因为，它永远贬低过去，把所有的财富化为灰烬，把所有的荣誉化为耻辱，把圣徒与恶棍混为一谈，把耶稣和犹大都推到一边……

既然这样，我们唠叨自助还有什么意义呢？因为，只要有灵魂存在，就有力量存在，它不是自信力，而是作用力。谈论他助，不仅于事无补，而且只能坐失良机，因为，那不过是一种肤浅的说话方式而已。还是让我们现实点吧，让我们回到有依赖作用的事情上来吧，因为它存在着、作用着。当我充当了自我的主宰时，就能够得到最大限度的服从。除了自己，谁还能做到这一点呢？尽管他不费吹灰之力。我必须借助于精神的引力围着他转。当我们谈论突出的美德的时候，我们认为它华而不实，那是因为，我们看不到美德就是"顶峰"，也看不到一个人或者一群人。只要对原理有适应能力或渗透能力，就肯定会因势利导，借助自然规律，征服和驾驭所有的城市、国家、国王、富人和诗人。因为，他们没有这种自助的能力。

如同我们在所有其他的论题上所做的一样，这就是我们以快刀斩乱麻的方式在这一论题上所得到的终极观点：别无选择，一切都将转变为永远神圣的"一"。自我的生存就是这个宇宙中最根本的属性，它进入了所有比较低级的生命形式，只是程度有所不同，而且它还根据这种程度制定了衡量善的标准。万物的真实程度取决于它们所包含的优点。商务、农牧、狩猎、捕鲸、战争、雄辩、个人影响等，都是重要的东西，并且作为自我生存的存在和不纯行动的实例赢得了我的敬仰。

同样，我看到同一个规律在自然界中为保护和发展而发挥作用。在自然界中，能力是最基本的标准，有能力者就是正义的化身。大自然淘汰一切无自助能力的孩子，不允许任何无自助能力的事物停留在她的世界之中。一颗行星的起源和成熟，它的平衡和轨道，狂风过后，弯倒的树木又挺身直立，每一个动植物的生命力……这一切的一切，都是这种自给自足的，因而也是自助的灵魂的表现。

就这样，一切都集中起来：让我们不再四处漂流了，让我们和这万能的动因一起待在家里吧！让我们仅仅宣布这个神圣的事实，让那些如强盗一般破门而入的一堆乱哄哄的人、书和制度目瞪口呆、哑口无言吧！让入侵者把鞋子脱下来，因为上帝就在这里！让我们的简单和纯粹裁判它们吧！让我们对自己规律的顺从在我们天生的财富旁边演示自然的贫困和财富吧！

◢佳作点评▮▮▮

对我们这些活着的人来说，有用的只是生命，而不是已经过去的生活。

一个人的生命存在，他的灵魂就存在，他的力量就存在。

大自然选择了有自助能力的生命，这种生命能够修补、完善、提高自己的生命能力，并在大自然中获得了一席之地，顽强地生活；大自然淘汰了那些没有自助能力的生命，淘汰了依赖和借助。生命是一切的基础，没有生命，就没有力量，就不能创造奇迹，就不能在自然界里生存生长。

生命的炸药

□［美国］马尔腾

一个人总不能对自己最大的才能、最高的力量有个清楚的认识，除非有大责任、大变化的呼唤或生命中大危难的磨炼时，它们才能真正释发出来。

在田地里耕种，在制革工厂中工作，转运木材，做店员，在市镇上做短工，这种种境遇都不足以把格兰特将军酣睡着的"伟大性"唤起，甚至连西点军校和墨西哥战争都不能唤起它。如果美国历史上没有爆发南北战争，则世人必然不会知晓格兰特将军的名字，这个人只能是默默无闻，一生平庸。

在格兰特将军的生命中，蕴藏着大量的动力，然而在寻常的境遇中，他的酣睡着的力量不能被触发，他的生命炸药也不能燃起，唯有南北战争的大"撞击"，才能使它被激发、燃起。

耕田、砍木、做铁路员、做测量员、做州议员、做律师，甚至连做国会议员这种种境遇，都不足以燃起林肯的生命炸药，爆发林肯的生命动力。直至他肩负国家危急存亡的重任时，才爆发出来。

伟人是在"需要"的学校中训练出来的！

有人认为，如果一个青年人生来就有些大本领，那么，这种本领迟早总会显露出来。这是一种极其错误的观念。本领虽有，可以显露出来，也可以不显露出来，这全视环境，全视足以唤起的自愿、唤起力量的环境之有无。一个人生来就有大本领，这个人未必生来就有大的志愿、大的自信力。

把重大的责任搁在一个人的肩头，并驱使他陷于绝境，那么，在情势的要求下，这个人自然能把自己内在的全部力量发挥出来。也只有这样，他的创造智力，他的自恃、自信力及解决困难的力量，才能全部都被唤发出来。假使在他的生命中，有些做大人物、做领袖的成分，那么"责任"可以把它唤发出来。所以，朋友，假使有重大的责任搁上你肩头，你应当很高兴地欢迎它，它可以预言你的成功！

佳作点评

人到底有多大潜能和力量？只有在有大责任、大变化的呼唤或在生命中有大危难的磨炼时，它们才能真正释放出来。

这种能量就像是生命的炸药，一旦点燃，就会创造生命的奇迹。"把重大的责任搁在一个人的肩头，并驱使他陷于绝境。那么，在情势的要求下，这个人自然能把自己内在的全部力量发挥出来。也只有这样，他的创造力，他的自恃、自信力及解决困难的力量，才能全部都被唤发出来。"

人真正生命的诞生

□〔俄国〕托尔斯泰

在时间上观察人的生命的显现时，我们会看到，真正的生命始终存在于人的内部，就像它存在于种子中一样，一旦时机成熟，这生命就显露出来。真正生命的显露在于：动物把人诱向人身的幸福，而理性意识却向人指出人身幸福的不可能性，并指出另一种幸福。人朝着在远方向他指出的那种幸福张望，却看不到它，起初不相信那种幸福，于是又退回去追求人身的幸福。然而如此含糊地指出自己幸福的理性意识，却如此有说服力地、毫无疑义地指出人身幸福的不可能，以至人又放弃人身的幸福，又注视着向他指出的那个新的幸福。理性的幸福看不到，而人身的幸福已无疑被毁灭，以至人身的生存无法继续下去。于是，在人内部开始形成一种动物人对待理性意识的新的态度。人开始为着人的真正生命而诞生。

发生了某种类似物质世界中一切生命诞生时的情况。胎儿生下来，不是因为他想出生，不是因为他生下来更好些，也不是因为他知道生下来能过好日子，而是因为他成熟了，他不能继续原来的生存状态，他必须投入新的生活。这与其说是因为新生活在呼唤他，还不如说是因为像原来那样生存的可能性已经被消泯了。

理性意识在人身中悄悄地增长，一直增长到人身生命不可能继续下去的时候。

发生了与萌芽现象完全一样的情况。种子消失了，原先的生命形式消失了，新的幼芽出现了。分解中的种子的原先形式像是在进行抗争，幼芽不断长大，从分解中的种子里得到营养。对我们来说，理性意识的诞生与我们看得见的肉体诞生的不同之处在于：在肉体的诞生过程中，我们可以从时间和空间上看到，胚胎由什么东西，以什么方式，在什么时候产生了什么。我们知道种子就是果实，知道在一定的条件下从种子里会长出植物来，还会开花，然后结果，结出像种子一样的果实（整个生命演化过程在我们眼前完成）。而理性意识的生长，我们不能从时间上看到，也不能看到它的演化过程。我们看不见理性意识的生长及其演化过程是因为我们自己在完成这一过程，我们的生命不是什么别的东西，而是我们看不见的诞生在我们自身的诞生，因此我们无论如何看不到它。

我们看不到这一新人的诞生，看不到理性意识对待动物人的新态度的诞生，正如种子看不到自己的幼苗生长一样。当理性意识脱离它的隐秘状态而向我们显现的时候，我们以为我们在经历矛盾，而实际上并不存在什么矛盾，就像它不存在于分解中的种子里一样。我们在分解的种子里只看到，从前曾经在苞皮里存在的生命，现在已经存在于它的幼芽里了。同样，在具有醒悟了的理性意识的人身上也没有任何矛盾，有的仅仅是新人的诞生，理性意识对待动物人的新态度的诞生。

如果一个人活着而不知道有别的人存在，不知道享乐并不能使他满足，他与死无异，他不知道自己活着，而且在他自身没有矛盾。

如果人看到，别的人跟他一个样，苦难威胁着他，他的存在是慢性死亡；如果他的理性意识开始分解他这个人身的存在，他就不能在这个分解中的人身里保持自己的生命，而不可避免地要认为自己的生命正在向他揭开的新的生命中。矛盾也还是不存在，就像在已经发芽因而分解着的种子里没有矛盾一样。

▎佳作点评 ▎

这是托尔斯泰非常具有哲理的精神层面的一篇小品。

托尔斯泰是现实主义的顶峰作家之一，其作品在世界文学中也有着巨大影响。在生命和理性的挖掘中，给读者以智慧和启迪。生命就像种子一样，当它不适宜一种形式生存的时候，它就会发展转移成另一种形式，生命就是不断地演化、繁衍、继承与发展。

生命在一种状态下成熟了，它就会死亡，但它是在另一个状态下新生。

人生就是追求幸福

□［俄国］托尔斯泰

人生就是追求幸福。人企求什么，就能得到什么。

当人把自己的动物肉体存在的规律看作自己生命的规律的时候，他就会看到以死亡和痛苦的形式表现出来的恶。人不会看到死亡和痛苦，除非他降低到动物的水平，而在这个时候，死亡和痛苦会像一群吓人的东西从四面八方向他袭来，把他赶到一条为他开启的、服从理性规律、表现在爱中的人生道路上去。只是人违背自己的生命规律的时候，死亡和痛苦才会出现。对于遵照自己的规律生活的人来讲，既没有死亡，也没有痛苦。

"凡劳苦担重担的人，可以到我这里来，我就使你们得安息。"

"我心里柔和谦卑，你们当负我的轭，学我的样式。这样你们心里就必得享安息。"

"因为我的轭是容易的，我的担子是轻省的。"

——《马太福音》第十一章

人生就是追求幸福。人只要追求，就会得到。不能成为死亡的生命，就不能成为灾祸的幸福。

人生就是追求幸福的过程。你追求什么，就会得到什么。

"自古以来，世上有各种各样的追求，人生追求幸福，蜜蜂追求花朵，苍蝇追逐腐臭。高尚的追求，使生命变得壮丽，使精神变得富有；庸俗的追求，使生命变得昏暗，使青春变得衰朽。"

如果一个人坐等幸福，不去追求，那么等待他的永远是悲苦和绝望。

人的信念 ▌▍▂▁ ▁ ▁

□［俄国］邦达列夫

　　为什么给人的期限不是九百年，而是七十年？为什么青春是如此闪电般迅速和短暂？为什么衰老又是如此漫长？对于这些问题，我们恐怕不能解释，也无法找到回答。有时善与恶不能分离，就像原因和后果一样。无论这是多么痛苦，但是却不值得去重新评价人对自己在地球上的位置的理解——大多数人都没有被赋予去认识生存意义，认识自己生命意义的能力。如果想有根据地说你生活得正确与否，那么，你一定得度过赋予你的生命的期限。怎样按别的方式思考这个问题呢？是用可能性和教益性的命中注定的抽象思辨吗？

　　人是地球这粒尘宵中极微小的一分子，从宇宙的高度是根本看不见他的，而且他不能认识自己。但是，人却总是不愿意承认这个事实，因而粗鲁地深信他能了解宇宙的秘密和规律，当然也就能使它们服从自己日常的利益。

　　难道人不知道自己命中注定是要死亡的？实际上，在他的意识中只是偶尔闪现这个令人不安的想法。而且，他总是在摆脱这个想法，他以希望聊以自慰，总想着：不，那不祥的、不可避免的事情在明天不会发生，还有的是时间，还有十年，五年，二年，一年，还有几个月……

尽管大多数人的生活并不是由巨大的痛苦和巨大的欢乐所组成，而是由劳动的汗味和简单的肉体满足所组成，不过，人们还是不想和生命分手。但在这一切的同时，许多人却是以无底的塌陷将他们相互分隔开来，只有经常会折断的爱和艺术的细竿有时会将他们联结到一起。

但是，由清醒的理智和想象所产生出来的人类意识终究包含着整个宇宙，包含着它星星般发出的种种神秘的冰凉的恐怖，也包含着人的诞生及短暂生命的具有规律的偶然性悲剧。但即使这样，不知为什么也没有引起绝望，也没有使他的行为具有毫无意义的枉然感，这就像聪明的蚂蚁总是不停止它们孜孜不倦的工作，显然，它们是为了让工作有用而操心。

人似乎觉得他在地球上有至高无上的权力，所以他确信他是不朽的。长期以来，他一直没有意识到，夏天会变为秋天，青春会变为衰老，甚至最亮的星星也会熄灭。在他的信念里的是运动、能量、行为和热情的动力，而在他的傲慢里的是观众的轻率。他深信，生活的影片将会放映下去，而且会不断地持续放映。

▎佳作点评 ▎

人的生命是极其卑微和渺小的，只有信念在宇宙中永存。

大自然用出生让我们劳动，用岁月使我们衰老，用死亡让我们休息，能够顺应自然的人才是一个懂得真理的人。

人应该尊重大自然，尊重自然发展的规律。不要自己安慰自己，给自己逃避的借口，更不能自己蒙骗自己，给自己推脱的理由。

论人生

□ ［英国］培根

论真理

对世人来说，真理犹如一颗宝贵的珍珠，在阳光下闪闪发光，但它没有钻石或红玉值钱。在掩映变幻的灯光下，钻石或红玉能大放异彩，而且掺上一点儿虚晃的道理后，往往能给人增添无穷的乐趣。

论逆境

顺境并不是没有许多恐惧和烦恼，逆境也并不是没有许多安慰和希望。因为顺境最能显露邪恶，逆境最能展示美德。

论作假与掩饰

作假与掩饰一般总带有某种胆怯的表现，而胆怯在任何事业中都有碍于达到目标。作假与掩饰的最大坏处是：它使一个人丧失了为人处世的最重要的手段——信誉和信念。

论善与性善

在我看来，"善"即为利人的习惯，而"性善"则为利人的天然倾向。这在一切美德和崇高的精神品格中是最高尚的，因为它是上帝的特性；而且如果没有这种美德，人类就成为一种忙碌的、有害的、卑劣的东西，绝不优于一种害虫。

论进言

人与人之间最大的信任就是信任别人的进言。因为其他方面的信任是把生活的某一部分，比如他们的田地、物品、孩子、信用和某一特别的事物交托给别人，但是对那些他们以之为顾问的人，他们是把自己生活的全部都交托给他了。

论貌似聪明

貌似聪明的人也许可以设法得到很高的评价，但是愿任何人都不要任用他们。因为，即便任用一个有些荒唐可笑的人办事也比任用一位徒具外表的人肯定要好。

论友谊

缺乏真正的朋友乃是一种地地道道的、非常可悲的孤独。因为，如果没有真正的朋友，世界只不过是一片荒野，甚至在这个意义上还可以说，凡是生性不适宜于交友的人，其性格是禽兽的性格，而不是人的性格。

论猜疑

猜疑确实应被制止，至少也应有所节制，因为它使人神思迷惘，疏远朋友，而且也有碍于事业，使之不能顺利而持续地进行。猜疑驱使君王行使暴政，丈夫心怀妒意，智者寡断而忧郁。猜疑是一种毛病，它不在心里，而在脑中。

论虚荣

伊索在他的一则寓言中说得很妙："苍蝇坐在战车的轮轴上说道，我扬起了多少尘土啊！"的确，世上这种自负的人还有很多。

论荣誉与名声

假如一个人做了一件别人没有尝试过的事，或者是一件经人尝试过而被放弃了的事，或者是别人也做过但没有做得那么完善的事，那么他就可以比仅仅追随别人做了一件更难或更高的事的人得到更多的荣誉。

▪佳作点评 ▮▮▖

《培根论人生》自问世以来，历四百年而不朽，处处体现了培根对人生世态的通透理解。充满哲学的思辨，是作者人生智慧和经验的结晶。语言优美凝练，堪称世界散文和思想史上的传世瑰宝。

培根分别在论人生的真理、逆境、作假与掩饰、善与性善、进言、貌似聪明、友谊、猜疑、虚荣、荣誉和名声等几个方面，运用了健康、完善、和谐的人生的认识及其建立的根基，它既包含了知识的内容，也有价值观和信念的取向，坦示了一种反省和思辨的力量。其思想之博大精深，足可使人们汲取人生路上的精神养分。

生命的平衡点

□ ［英国］罗素

　　在现代社会中，爱有着比宗教更危险的敌人，这就是对工作和经济上取得胜利的信仰。一般说来，人们认为不应允许情感干涉他的事业，处理不好这个问题的人就是傻瓜。然而，在这个问题上需要一种平衡。虽然在有些情况下，完全为了爱而牺牲事业，这是一种愚蠢的行为，却是一件可悲而又英勇的事。而完全为了事业而牺牲爱，虽然也是一种愚蠢的行为，却绝不是一件英勇的事，只能是一件可悲的事。可悲的是，在一个普遍为搜刮钱财而建立起来的社会中，这种情况是会发生，而且必然会发生的。

　　爱不仅是人性中的欲望，而且是避免孤寂的主要方式，因为在一生中大部分时间里，大多数男女都会碰到孤寂。其次，也会有一种需要求爱的欲望，但是，这种爱常常因男人粗暴的、鲁莽的或强横的行为以及女人唠唠叨叨的咒骂而被遮掩了。只有相互之间热烈的爱达到持久之时，这种对抗才可能结束。

　　爱打开自我的坚壁，一个新的合二为一的生命便诞生了。自然并不是创造孤立的人类，因为人只有靠他人的帮助，才能满足自然的生物学意义上的目的；有教养的人除非有爱，否则也不能满足他们性的本能。一个人除非他的整个生命，包括精神的和生理的去参与这种关系，否则他的本能不会得到完全的满足。有些人从不了解两性之间幸福的爱所引起的亲密情感和热烈的友谊，他们已失去生活赋予人的最美好的东西了。

▎佳作点评 ▎

所谓生命的平衡点，不是一个具体的事物，而是对待生活和爱情的一个适合自己的态度。谁对自己的生活和爱情有了一个正确的认识并赋之于一个正确的态度，并将这种态度贯穿于自己生活和爱情的全部。那么，他就找到了生命中的平衡点，就找到了打开真正人生的金钥匙。

人　生

□ ［英国］劳伦斯

　　人出现于世界的开端与末日之间。人既不是创世者也不是被创者，但他是创造的核心。一方面，他拥有产生一切创造物的根本未知数。另一方面，他又拥有整个已创造的宇宙，甚至拥有那个有极限的精神世界。但在两者之间，人是十分独特的，人就是最完美的创造本身。人出生于嘈杂、不完美和未修饰的状态下，是个婴儿、幼孩，一个既不成熟又未定型的产物。他生来的目的是要变得完美，以致最后臻于完善，成为纯洁而不能缓解的生灵，就像白天和昼夜之间的星星，披露着另一个世界，一个没有起源亦没有末日的世界。那儿的创造物纯乎其纯，完美得超过造物主，胜过任何已创造出来的物质。生超越生，死超越死，生死交融，又超越生死。

　　人一旦进入自我，便超越了生，超越了死。两者都达到完美的地步。这时候，他便能听懂鸟的歌唱，蛇的静寂。

　　然而，人不能创造自己，也不能达到被创造物的顶峰。他始终徘徊于原处，直至能进入另一个完美的世界；但他不是不能创造自己，也无法达到被创之物完美的恒止状态。为什么非要达到不可呢？他不是已经超越了创造和被创造的状态吗？

人处于开端和末日之间，创世者和被创造者之间；人介于这个世界和另一个世界之中途，既兼而有之，又超越各自。

人一直在倒退，像是有一只无形的手在往后拉。他无论何时都不可能创造自己。他只能委身于创世主，屈从于创造一切的根本未知数。每时每刻，我们都像一种均衡的火焰从这个根本的未知数中释放出来。我们不能自我容纳，也不能自我完成，我们都从未知中不断地衍生出来。

这就是我们人类的最高真理。我们的一切知识都基于这个根本的真理。我们是从基本的未知中衍生出来的。看我的手和脚：在被创造的宇宙中，我就只有这些肢体。但谁能看见我的内核，我的源泉，我从原始创造力中脱颖出来的内核和源泉？然而，每时每刻我在我心灵的烛芯上燃烧，纯洁而超然，就像那在蜡烛上闪耀的火苗，均衡而稳健，犹如肉体被点燃，燃烧于初始未知的冥冥黑暗与来世最后的黑暗之间。其间，便是被创造和完成的一切物质。

我们像火焰一样，在开端的黑暗和末日的黑暗之间闪耀。我们从未知中来，终又归入未知。但是，对我们来说，开端与结束完全是不同的，二者不能互相替代。

我们的任务就是在两种未知之间如纯火一般地燃烧。我们命中注定要在完美的世界，即纯创造的世界里得到满足。我们必须在完美的另一个超验的世界里诞生，在生与死的结合中达到尽善尽美。

我的脸上长着一双不能视物的眼睛，当我转过脸时，犹如一个瞎子把脸朝向太阳，我把脸朝向未知——起源的未知。就像一个盲人抬头仰望太阳，我感到从创造源中冒出的一股甘甜，流入我的心田。眼不能见，永远瞎着，但却能感知。我接受了这件礼物。我知道，我是具有创造力的未知的入口处，就像一颗在不知不觉中接受阳光并在阳光下成长的种子。我敞开心扉，迎来伟大的原始创造力的无形温暖，开始旅行自己的义务和完成自己的责任。

这便是人生的法则。我们永远不会知道什么是起源，永远不会知道我们怎样才具有目前的形状和存在。但我们可能知道那生动的未知，让我们感受到的未知是怎样通过精神和肉体的通道进入我们体内的。是谁？我们半夜听见在门外的是什么？谁敲门了？谁又敲了一下？谁打开了那令人痛苦的大门？

然后，注意，在我们体内出现了新的东西，我们眨眨眼睛，却看不见。我们高举以往理喻之灯，用我们已有的知识之光照亮了这个陌生人。然后，我们终于接受了这个陌生人，让他成为我们当中一员。

人生就是如此。我们怎么会成为新人？我们怎么会变化发展？这种新意和未来的存在又是从何处进入我们体内的？我们身上增添了些什么新成分，它又是怎样努力才来到这里？

从未知中，从一切创造的产生地——根本的未知那儿来了一位客人。是我们叫它来的吗？召唤过这新的存在吗？我们命令过要重新创造自己，以达到新的完美吗？没有，没有。那命令不是我们下的。忘了吗？我们是永远不可能创造自己的。但是，从那未知，从那外部世界的冥冥黑暗，这陌生而新奇的人物跨过我们的门槛，在我们身上安顿下来。它不来自我们自身，而来自外部世界的未知。

这就是人存在的第一个伟大的真理。我们是怎么来到这个世界上的？不是靠我们自己。谁能说，我将从我那里带来新的我。不是我自己，而是那在我体内有通道的未知。

那么，未知又是怎么进入我的呢？未知所以能进入，就因为在我活着时，我从来不封闭自己，从不把自己孤立起来。我只不过是通过创造的辉煌转换，把一种未知传导为另一种未知的火焰。我只不过是通过完美存在的变形，把我起源的未知传递给我末日的未知罢了。那么，起源的未知和末日的未知又是什么呢？这我说不出来，我只知道，当我完整体现这两个未知时，它们便融为一体，达到极点—— 一种完美解释的玫瑰。

我起源的未知是通过精神进入我身的。起先，我的精神忐忑不安，坐卧不宁。深更半夜时，它听到了从远处传来的脚步声。谁来了？呵，让新来者进来吧！让他进来吧！在精神方面，我一直很孤独，没有活力。我等待新来者。我的精神却悲伤得要命，十分惧怕新来的那个人。但同时，也有一种紧张的期待。我期待一次访问，一个新来者。因为，我很自负、孤独、乏味呵！然而，我的精神仍然很警觉，十分微妙地盼望着，等待新来者的访问。事情总会发生，陌生人总会来的。

我屏气细听着，在我的精神里细细地听着。杂乱的声音从未知那边传过来。能肯定那一定是脚步声吗？我匆忙打开门。啊哈，门外没有人。我必须耐心地等待，一直等到那个陌生人。一切都由不得我，一切都不会自己发生。想到此，我抑制住自己的不耐烦，学着去等待，去观察。

终于，在我渴望和困乏之时，门开了，门口站着那个陌生人。啊，到底来了！啊，多快活！我身上有了新的创造。啊，多美啊！啊，快乐中的快乐！我从未知中产生，又增加了新的未知。我心里充满了快乐和力量的源泉。我成了存在的一种新的成就，创造的一种新的满足，一种新的玫瑰，地球上新的天堂。

这就是我们诞生的全过程，除此之外，不可能再有另外一种程序。我的灵魂必须有耐心，去忍耐、去等待。最重要的，我必须在灵魂中说：我在等待未知，因为我不能利用自己的任何东西。我等待未知，从未知中将产生我新的开端。不是为了我自己，而是为了我那不可战胜的信念，我的等待。我就像森林边上的一座小房子。从森林的未知的黑暗之中，在起源的永恒的黑夜里，那创造的幽灵正悄悄地朝我走来。我必须保持自己窗前的光闪闪发亮，否则那精灵又怎么看得见我的屋子？如果我的屋子处在睡眠或黑暗中，天使便会从房子边上走过。最主要的，我不能害怕，必须观察和等待。就像一个寻找太阳的盲人，我必须抬起头，面对太空未知的黑暗，等待太阳光照耀在我的身上。这是创造性勇气的问题。如果我蹲伏在一堆煤火前面，那将毫无用处，如此我绝不会通过。

一旦新事物从源泉中进入我的精神，我就会高兴起来。没有人，没有什么东西能让我再度陷入痛苦。因为我注定将获得新的满足。我因为一种新的、刚刚出现的完善而变得更丰富。如今，我不再无精打采地在门口徘徊，寻找材料来拼凑我的生命。配额已经在我体内了，我可以开始了。满足的玫瑰已经在我的心里扎根并且成长，它最终将在绝对的天空中放射出奇异的光辉。只要它在我体内孕育，一切艰辛都是快乐。如果我已在那看不见的创造的玫瑰里发芽，那么，阵痛、生育对我又算得了什么？那不过是一阵阵新奇的欢乐。我的心只会像星星一样，永远快乐无比。我的心是一颗生动的、颤抖的星星，它终将慢慢地煽起火焰，获得创造，产生玫瑰中的玫瑰。

我将去往何处，将自己依托于谁？依托未知——那神圣之灵。我等待开端的到来，等待那伟大而富有创造力的未知来注意我，通知我。这就是我的快乐，我的欣慰。同时，我将再度寻找末日的未知，那会将我纳入终端的黑暗。

我害怕那朝我走来、富有创造力的陌生的未知，但只是以一种痛苦和无言的快乐而害怕。我怕那死神无形的黑手把我拖进黑暗，一朵朵地摘取我生命之树上的花朵，使之进入我来世的未知之中，但只是以一种报复和奇特的满足而害怕。因为这是我最后的满足，一朵朵地被摘取，一生都是如此，直至最终纳入未知的终端——我的末日。

　　人生就是在未知和新的未知，创造和被创造之间被锻造、被替代的过程。我们像火焰一样，在开端的黑暗和末日的黑暗之间闪耀，我们的人生就是在两种未知之间如火焰一般地燃烧。

生命与创造

□ ［法国］罗曼·罗兰

生命若是一张弓，那梦想就是弓弦。但，箭手在哪里呢？

我见过一些俊美的弓，用坚韧的木料制成，表面光滑没有一丝节痕，谐和秀逸如神之眉，但却没什么用途。

我见过一些行将震颤的弦线，仿佛从动荡的内脏中抽出的肠线，在静寂中战栗着。它们绷紧着，即将奏鸣了……它们将射出银矢——那音符——在空气的湖面上拂起涟漪，可是它们在等待什么？终于松弛了。于是，永远没有人听到那串美妙的音符了。

震颤沉寂，箭枝分散；箭手何时来捻弓呢？

他很早就来把弓搭在我的梦想上。我几乎记不起我何时曾躲过他，只有神知道我怎样的梦想！我的一生是一个梦，我梦着我的爱、我的行动和我的思想。当我晚上无眠时，当我白天幻想时，我心灵中的谢海莱莎特就解开了纺纱竿；她在急于讲故事时，她梦想的线索被搅乱了。我的弓跌到了纺纱竿一面，那箭手——我的主人——睡着了。但即使在睡眠中，他也不放松我，我挨近他躺着；我像那把弓，感到他的手放在我光滑的木杆上；那只丰美的手、那些修长而柔软的手指，它们用纤嫩的肌肤抚弄着在黑夜中奏鸣的一根弦线。我使自己的颤动溶入他身体的颤动中，我战栗着，等候苏醒的瞬间，那时，我就会被神圣的箭手搂入他的怀抱里。

所有我们这些有生命的人都在他掌中；灵智与身体，人，兽，元素——水与火——气流与树脂———一切有生之物……

生存有什么可以恐惧的呢！要生活，就必须行动。您在哪里？箭手！我在向您呼吁，生命之弓就横在您的脚下。俯下身来，拣起我吧！把箭搭在我的弓弦上，射吧！

我的箭"嗖"地飞去了，犹如飘忽的羽翼；那箭手把手挪回来，搁在肩头，一面注视着向远方消失的飞矢；一面注视着，已经射过的弓弦渐渐地由震颤而归于凝止。

谁能解释神秘的发泄呢？一切生命的意义就在于此——在于创造的刺激。

生活在这刺激的状态中，是万物共同的期待。我常观察我们那些小同胞，那些兽类与植物奇异的睡眠——那些禁锢在茎衣中的树木、做梦的反刍动物、梦游的马、终生懵懵懂懂的生物。而我在它们身上却感到一种不自觉的智慧，其中不无一些悒郁的微光，显出思想快形成了："究竟什么时候才行动呢？"

微光隐没。它们又入睡了，疲倦而听天由命……

"还没到时候呐。"我们必须等待。

我们一直等待着。我们这些人类，时候毕竟到了。

可是对于某些人，创造的使者只站在门口；对于另一些人，他却进去了，他用脚碰碰他们："醒来！前进！"

我们一跃而起。咱们走！

我之所以生存，因为我创造。生命的第一个运动是创造。一个新生的男孩刚从母亲子宫里冒出来时，就立刻洒下几滴精液。一切都是种子，身体和心灵均如此。每一种健全的思想是一颗植物种子的包壳，传播着输送生命的花粉。造物主不是一个劳作了六天而在安息日上休憩的有组织的工人。安息日就是主日，是造物主那伟大的创造日。造物主不知道还有什么别的日子。如果他停止创造，即使是一刹那，他也会死去。因为"空虚"时刻张着两颚等着他……颚骨，吞下吧，别作声！巨大的播种者散布着种子，仿佛流泻的阳光，而每一颗洒下来的渺小种子就像另一个太阳。倾泻吧，未来的收获，无论肉体或精神的！精神或肉体，反正都是同样的生命之源泉。

"我的不朽的女儿，刘克屈拉和曼蒂尼亚……"我产生我的思想和行动，作为我身体的果实……永远把血肉赋予文字……这是我的葡萄汁，正如收获葡萄的工人在大桶中用脚踩出的一样。

因此，我一直创造着……

▁▎佳作点评 ▏▍▁

生命在于创造，生命也来源于创造。一切生命的意义皆来源于此。创造是万物共同的期待，期待着生命诞生的第一缕阳光。

论命运 ▎▎‖▮▖▗ ▝▖

□〔法国〕伏尔泰

《荷马史诗》是所有流传下来的西方书籍中最古老的史诗。正是在《荷马史诗》中我们发现了不敬神的古代风俗、世俗的英雄和以人的形象出现的世俗的诸神。在这部史诗里，我们发现了哲学的开端和命运的概念，因为命运是诸神的主人，诗里的诸神是世界的主人。

当高尚的赫克托耳坚持要和高尚的阿基里斯战斗，并且为增加活力绕城去长跑三圈；当荷马把追逐赫克托耳、步履轻捷的阿基里斯比作一个在睡觉的人时（达西埃夫人对这段描写的艺术和深刻含义心醉神迷地欣赏）；朱庇特想拯救赫克托耳，便请教了命运，他在天平上称了赫克托耳和阿基里斯的命运，他发现这个特洛伊人注定要被这个希腊人杀掉，他无法抵抗。从那时起，赫克托耳的保护神阿波罗就被迫抛弃了他。

荷马的诗歌里确实含有大量截然相反的思想，这在古代是允许的，可他是第一个描写了命运这个概念的人。因此，这个概念在他的时代必定是非常流行的。

然而，犹太人一直到七百年后才由他们中的法利赛人接受了命运的概念，因为这些法利赛人是第一批识字的犹太人，他们自己也刚刚出现不久。在亚历山大，他们把斯多葛派的部分教义和古代犹太人的思想混合了起来。圣哲罗姆甚至断言他们的教派不比公元早多少时候。

哲学家们不需要用《荷马史诗》和法利赛人来使自己相信：所有事件都是由不可改变的规律制约的，是客观规律决定的，不管事物如何发展，最后都是一个必然的结果。

世界要么靠它的自然规律而存在，要么是一个万能的主根据他至高无上的规律来主宰。在这两种情况下，这些规律都是不可改变的，而且一切都是必然的。重体向地心落，它不能停留在空中；梨树绝对长不出菠萝；长毛垂耳狗的本能不可能有鸵鸟的本能。一切都是冥冥中安排好了的，谁也不能更改。

人类有一定数量的牙齿、头发和思想，但有一天他必须失去牙齿、头发和思想。

昨天的情况不代表昨天，今天的情况不代表今天，这种说法是矛盾的，说必然发生的事不一定发生也是矛盾的。

如果你能改变一个苍蝇的命运，就没有什么东西能阻挡你创造所有其他苍蝇、所有其他动物、所有人和所有自然的命运。当一切都做到以后，你就会发现你自己比上帝更强大。

傻瓜说："我的医生把我的婶婶从一个绝症中救活了，他使她比命中注定的要多活了10年。"又一个傻瓜说："谨慎的人创造自己的命运。"

"如果我们明智的话，命运就不会有神力。是我们让她成了女神，并把她放在天堂里的。"

"命运什么都算不上，不要去崇拜。谨慎是我们唯一应该向之祈祷的神。"

但是谨慎的人根本不能创造自己的命运，他们往往是屈服于命运的，也就是说谨慎的人是由命运创造的。

自作聪明的政治家们说，如果克伦威尔、拉德路·敦尔顿和其他十几个国会议员在查理一世被砍头前一周谋杀，这个国王就会继续活下去，并在床上寿终正寝。他们说得对，而且他们也能宣称：如果整个英国被大海淹没，这个君主就不会死在断头台上。然而事情却是这样安排的——查理一世必须被砍头。

多塞特红衣主教无疑比一个疯子要更谨慎，可是聪明的奥萨特的器官和疯子的器官构造是不同的，就像狐狸的器官和鹤与云雀的器官不同一样，这难道不是很明显的吗？

你的医生救了你婶婶的命，可他这样做只不过是适从了自然的意愿，他只是服从了它。很显然，你的婶婶不能阻止自己出生在一个特定的镇上，她不能阻止自己在一个特定的时间生某种疾病。而那个医生也只能在他所在的镇上，你的婶婶不得不去请他，他不得不去治她的病。

农民认为，冰雹是偶然落到他田里的，可哲学家知道没有偶然，由于世界是按某种规律组成的，冰雹不可能不在那天落到那个地点上。

有些人害怕这个真理，只接受一半，就像欠债的人把一半钱还给债主，要求免掉剩下的一半那样。他们说，有必然的事件，还有其他不是必然的事件。这个世界的一部分是安排好的，另外一部分则不是。如果说一部分是必然发生的，另一部分则不是必然发生的，有这种想法是可笑的。当人们仔细研究这一点时，就可以看到，反对命运的学说是荒谬的。可有许多人命中注定其思考能力很差，而其他人命中注定根本不需要思考，还有人命中注定要迫害思考的人。

也有人说："不要相信宿命论。因为如果一切都显得是不可避免的，你就不会致力于任何事，你就会对一切都漠不关心。你将不会喜爱财富、荣誉和赞美；你将什么也不干即可获得任何东西；你将相信自己既没有价值，也没有力量；你将不去培养才能；一切将在漠然中消失。"

先生们，不要担心！我们将永远拥有激情和偏见，因为受偏见和激情的支配是我们的命运。我们非常清楚：能否拥有许多优点和杰出才能并不取决于我们自己，就如同能否拥有一头秀发和漂亮的手不取决于我们自己一样。虽然我们不该对任何事情存有虚荣心，可我们是永远离不开虚荣心的。

人干某事必定有一定的激情。我写这文章时有激情，而你谴责我时也有激情，我们两人都同样愚蠢，我们都被笼罩在命运这个巨大的网中，我们都是命运的玩物。你的本性是作恶，我的本性是热爱真理，不管你的看法如何，我都要把真理写出来。

在窝里吃老鼠的猫头鹰对夜莺说："不要在你那棵荫凉的树上唱歌了，到我洞里来让我吃掉你。"夜莺回答说："我生来就是为了在这里唱歌并嘲笑你的。"

你问我自由意志的情况如何，我不明白你的意思，因为我不知道你说的这个自由意志是什么。关于它的本质，你和别人已争论了这么长时间，因此你肯定不知道它。如果你想心平气和地和我探讨它是什么，或者说如果你愿意这么做，那么你应先去翻翻词典，仔细研究一下这个词条的意思再说。

■佳作点评 ‖‖‖

伏尔泰是十八世纪法国资产阶级启蒙运动的旗手，被誉为"思想之王""法兰西最优秀的诗人"，他的作品以尖刻的语言和讽刺的笔调而闻名。

伏尔泰认为命运是不变的，是神造的，一切都是安排好了的。他认为世界要么靠它的自然规律而存在，要么是一个万能的主，根据他至高无上的规律来主宰。在这两种情况下，这些规律都是不可改变的，而且一切都是必然的。

人生哲学

□［德国］歌德

在人生每一阶段，都有某种哲学与之相应。

儿童是现实主义者。他对自己的存在深信不疑，正如他对梨和苹果的存在深信不疑一样。

青年人变成了理想主义者。他处于内在激情的风暴之中，不得不把目光转向内心，于是预感到他自己会成为什么样的人。但是，成年人有一切理由成为怀疑主义者：他完全应当怀疑他所选择的用来达到目的的手段是否正确。他在行动之前和行动当中，有一切理由使他的理智总是不停地活动，以免他以后会为自己的某一项选择而懊丧不已。

老年人会承认自己是个神秘主义者。因为他经历了许多，他看到许多东西似乎都是由偶然的机遇决定的；愚蠢会成功，而智慧会失败；好运和歹运都出乎意外地落个同样的下场。现在是如此，而且本来就是如此。于是，老年人对现在、过去和未来所存在的事物总是给以默然承认。

在人生每一阶段，都有某种哲学与之相应。

歌德是近代泛神论信仰的一个伟大的代表，他表现了西方文明自强不息的精神，又同时具有东方乐天知命，宁静致远的智慧。可以说，歌德是世界一扇明窗，我们由他窥见了人生生命之永恒。

近代人失去了希腊文化中人与宇宙的和谐，又失去了基督教对这一超越上帝虔诚的信仰。人类精神上获得了解放，得到了自由，但也就同时失所依傍，彷徨摸索，苦闷，追求，欲在生活本身的努力中寻得人生的意义与价值，歌德是这时代精神伟大的代表。

人生箴言 ‖‖▮▬ ▬ ▬

□［日本］池田大作

在我看来，人生中应充满爽朗的笑声。爽朗的笑是"家庭中的太阳"。我希望能有打内心里为他人的喜悦而喜悦的余裕。在这样的生活态度中，每一天都会给我们留下一些明朗愉快的东西。在只看人的阴暗面的生活态度中，每天只会扩大世界的阴暗抑郁，从而导致自己的失败。

我希望能在真正的自我中，始终保持创造性和社会性。这样，就可以不断创造新事物，为人们为社会做出贡献。在平凡的生活中仍能发现新鲜的感动和喜悦的人，可以说是使自己生活得富有创造性。我希望从风中颤动的一片树叶上也能听到光线的脉搏的跳动；我希望能培养出一颗在路旁开放的无名的野花上也能发现的美的心灵，但这不能是感伤；我希望的丰富的心灵应当充满了正义和勇气，能以强韧的生命力去冲破任何惊涛骇浪。

我希望生命中拥有真正的青春活力的力量。一味地把他人与自己相比，这种生活态度是渺小的。他人有他人的使命，自己有自己的使命。应当以这样广阔的心胸，从昨天到今天，从今天到明天，一步一步地登上进步与向上的坡道。

人生中应始终保持信用。信用这东西积累起来很难，却可以轻而易举地毁坏掉。花十年时间积累起来的信用，可能会由于一时微小的言行而丧失。仅凭雕虫小技粉饰表面的镀金，到关键的时刻定会显露真实面目。能赢得所有人的信用的人，就是能在苦难中勇往直前地完成自己使命的人。即使每天做着朴实无华的、谁也看不见的工作，但能够重视它，为了自己的建设，顽强地一步一步地前进。这样的人让我打心眼里尊敬他们。

佳作点评

人生当中有很多宝贵的箴言，那也许是无数个美丽的瞬间，你可以查遍人生的字典，所有的祝福都是到永远，永远期待的都是在明天，明天的箴言才会被实现。

《人生箴言》是池田大作先生的一部著作，是先生诸多著述中的一种。他的人生箴言是人生哲理的结晶，是生活经验的浓缩，是生命智慧的表达。

生与死 ▌▍▁▂▁ ▁ ▁

□ ［意大利］达·芬奇

啊，你睡了。睡眠是什么？睡眠是死的形象。唔，你的工作为什么不能成为这样：死后你成为不朽的形象；好像活着的时候，你睡得成了不幸的死人。

除了死亡，每一种灾祸都在记忆里留下悲哀。死亡是最大的灾祸，记忆和生命被它一股脑儿毁灭了。

勤劳的生命带来愉快的死亡，正像劳累的一天带来愉快的睡眠一样。

当我想到我正在学会如何去生活的时候，我已经学会如何去死亡了。

时光飞逝，它偷偷地溜走，而且相继蒙混，再没有比时光易逝的了。但是，能收获荣誉者，必然是播种道德者。

废铁会生锈，死水会变臭，懒惰甚至会逐渐毁坏头脑的活动力。

生命若勤劳，必然能长久。

时光犹如河川之水，你所触到的前浪的浪尾也就是后浪的浪头。因此，你要格外珍惜现在的时间，此时此刻。

人们痛惜时间的飞逝，抱怨它去得太快，看不到这一段时期并不短暂，这都是非常错误的。自然所赋予我们的好记忆使过去已久的事情如同就在眼前。

因为发现在许多年前的许多事情和现在仿佛是密切关联的，所以我们的判断不能按照事情的精确的顺序，推断不同时期所要过去的事情。目前的许多事情到我们后辈的遥远年代将视为邈古。对眼睛来说也是如此，远处的东西被太阳光所照的时候仿佛就近在眼前，而眼前的东西却仿佛很远。

时间，你销蚀万物！嫉妒的年岁，你吞噬万物，而且用坚利的一年一年的牙齿吞噬万物，一点一点地、慢慢地叫它们死亡！海伦，当她照着镜子，看到老年在她脸上留下憔悴的皱纹时，她哭泣了，而且不禁对自己寻思：为什么把她带走两次？

哦，时间啊，万物被你耗蚀！哦，嫉妒的年岁，你摧毁万物！

▎佳作点评 ▌▙

死亡是把记忆和生命一股脑儿毁灭。

要珍惜时间，不要做生命的过客，废铁会生锈，死水会变臭，懒惰甚至会逐渐毁坏头脑的活动力。

生命若勤劳，必然能长久。

人 ▌▌▍▍▖▖ ▁

□ ［智利］聂鲁达

在精神疲乏的时刻，过去的事就在我的头脑中浮现，一种凄凉的感觉在我的心中升起；而我的思想，就像秋天冷漠的太阳，照亮了混乱可怕的现实，不祥地在这混饨世界的上空盘旋，却无力升得更高、飞得更远。每当遇到这种精神极度疲乏的艰苦时刻，我总要把人的雄伟形象召唤到我的面前。

几乎在召唤的同时，我的胸中仿佛有一轮红日升起。就在这灿烂的阳光中，悲剧般完美的人缓缓地向着远方、向着前方迈进。

我看见他高傲的前额和勇敢、深邃的目光，目光里闪耀着无畏的思想的光辉，这种光辉蕴含着一种雄伟的力量，这力量能够在疲惫的时刻创造神祇，又能在精神奋发的时代把神祇推翻。

在荒凉的宇宙中间他迷失了自己，孤独地站在一小块以无法觉察的速度向无垠的空间深处飞奔的土地上，被"他为什么会在这里？"这个恼人的问题折磨着，沿着通往战胜天上人间一切奥秘的道路，向着前方，向着高处，勇敢地前进！

在他前进的同时，他也在自己艰难、坎坷、孤独而又光荣的道路上遍洒心血，用这热血创造出永不凋谢的诗歌般的花朵；他巧妙地把发自他不肯安静的灵魂的哀号变成乐曲，把经验变成科学，每走一步都要把生活装点得更加美好，就像太阳用它的光华普照大地那样。他向着高处不断前进，勇往直前！他犹如茫茫大海上航船的灯塔……

自由、高傲的人只是以时而像闪电、时而像宝剑那样冷静的思想的力量为武装，远远地走在众人前面，超越生活之上，独自置身于生活之谜当中，置身在他自己的种种错误之间……这些错误压在他高傲的心上，好像压了一沉重的石头那样，创伤他的心灵，折磨他的大脑，使他因为犯错误而羞愧万分，号召他把它们消灭干净。

他在前进！种种本能在他胸中嚎叫。自尊在诉苦，声音是那样令人嫌恶，好像厚颜无耻的叫花子在乞讨；种种值得留恋的事物像常青藤那样千丝万缕地缠绕着他的心，吸吮他的热血，大声要求对它们的力量让步……七情六欲都想控制他，一切都渴望能够统治他的灵魂。

形形色色的生活琐事，就像路上的污泥和丑恶的癞蛤蟆，拦住他的去路。

人的创造精神的各种产物也紧紧地包围着他，就像行星环绕着太阳。他那永远得不到满足的爱情，垂头丧气；友谊一瘸一拐，远远地跟在他后面；他那疲倦的希望，在他前面走着；还有充满愤怒的憎恨，他手上那副忍耐的镣铐在叮当作响；而信仰则用忧郁的眼睛望着他不安的面孔，等着他投入自己安宁的怀抱……

他熟悉他所有这些可悲的侍从，他创造精神的各种产物都是畸形的、不完善的、软弱的！

受过种种偏见毒害的可悲产物，此刻穿着陈旧真理的破衣，怀着敌意跟在思想后面，但赶不上思想的飞翔，就像乌鸦赶不上老鹰一样。她们同"思想"争讼着该谁领先，却很难与思想融成一股强大的、富有创造力的火焰。

这里还有人的永恒的旅伴——死亡。尽管神秘莫测的她缄口不言，不过，他那颗热烈的渴望生活的心，却存在着时刻被她亲吻的厄运。

在他这些不配跟随他的侍从当中，还有一个叫疯狂的，他对她非常熟悉。疯狂长着翅膀，像旋风一样强大猛烈，她用怀有敌意的目光监视着他，竭力鼓励思想，要拉思想去参加她野蛮的舞蹈……

唯有他的爱人——思想——才与他永不分离，只有思想的火焰才能照亮他前进道路上的障碍，打开人生之谜，揭示朦胧的大自然的奥秘，解开他心中漆黑一团的乱麻。

思想是人的真诚的自由的爱人。她到处用炯炯的、锐利的目光观察一切，毫不徇情地揭露一切："爱情的狡猾庸俗的手段，她要占有情人的愿望，伤害别人的尊严和自轻自贱的想法，以及她背后的肉欲的肮脏的面孔。"

"胆怯无力的希望，她背后的谎言，她的亲姐妹，花枝招展、浓妆艳抹，准备时刻用花言巧语去安慰，也就是欺骗所有的人的谎言。"

"脆弱的友谊，她的谨小慎微，她的残酷、无聊的好奇心，以及嫉妒心的腐朽的斑点和斑点上生出来的诽谤的幼芽。"

"凶恶的憎恨，她的力量极大，如果取掉她的镣铐，她就会破坏人世间的一切，甚至连正义的幼芽也不宽恕！"

"不好动的信仰，企图奴役一切感情的无边的权力欲，发现她隐藏起来的残暴的利爪，她的沉重而无力的翅膀，以及她没有眼珠的盲眼。"

思想还要同死亡作斗争。自由的、不朽的思想把动物造成人，创造出无数神祇、哲学体系以及能够打开世界之谜的钥匙——科学。对于死亡这种毫无益处的，往往是凶狠的愚蠢的力量，她始终保持反对和敌视。

思想认为，死亡就像是一个捡破烂的女人，她在后院走来走去，把破旧、腐烂、无用的废物收进她那肮脏的口袋，但有时也厚着脸皮偷偷地把完好、坚固的东西带走。

冷漠无情、没有个性、不露声色的死亡，满身腐烂的气味、裹着使人恐怖的盖尸布，永远像一个严峻的、难解的谜语一样站在人的面前；而像太阳一样灿烂夺目，能创造万物，充满疯狂的能气，骄傲地意识到自己的不配的思想，则锲而不舍地研究着死亡……

就这样，不肯安静的人穿过人生之谜的可怕的黑暗，向着前方、向着高处迈进！勇往直前，毫不退缩！

▎佳作点评 ▍▖

聂鲁达 10 岁时就开始写作诗歌，1916 年他遇到其生命中第一位启蒙老师——智利诗人加布里拉。加布里拉在聂鲁达的文学创作上给了他很多鼓励。1971 年，当聂鲁达获诺贝尔文学奖时，他表示这个奖应该属于加布里拉。

思想是人的真诚的自由的爱人，唯有他的爱人——思想——才与他永不分离。

人在前进，向着高处，向着太阳。不要被生活的琐事绊住双脚，要勇敢地面对永恒的伴侣——死亡。生命的主旋律是那份早已明了的心音，伴你风雨飘摇，披荆斩棘，蓝天白云会照亮你的旅程。

人到无求品自高

人生中既有暴雨，也有大雪，但只要自己那博大的心胸

中常是一片美丽的晴空，常有希望太阳般地存在，就可以了。

——池田大作

人生百态 ▌▍▏▁ ▁▁ ▁

□ ［中国］鲁迅

一个人如果一生没有遇到横祸，大家决不另眼相看，但若坐过牢监，到过战场，则即使他是一个万分平凡的人，人们也总看得特别一点。

我们是向来很崇拜"难"的脾气的，每餐吃三碗饭，谁也不以为奇，有人每餐要吃十八碗，就郑重其事的写在笔记上；用手穿针没有人看，用脚穿针就可以搭帐篷卖钱；一副画片，平淡无奇，装在匣子里，挖一个洞，化为西洋镜，人们就张着嘴热心的要看了。

一见短袖子，立刻想到白臂膊，立刻想到全裸体，立即想到生殖器，立刻想到性交，立刻想到杂交，立刻想到私生子。

中国人的想象唯在这一层能够此跃进。

愈是无聊赖，没出息的脚色，愈想长寿，想不朽，愈喜欢多照自己的照相，愈要占据别人的心，愈善于摆臭架子。

"下等人"还未暴发之先，自然大抵有许多"他妈的"在嘴上，但一遇机会，偶窃一位，略识几字，便即文雅起来：雅号也有了；身份也高了；家谱也修了，还要寻一始祖，不是名儒就是名臣。从此化为"上等人"，也如上等前辈一样，言行都很温文尔雅。

相传曾经有一个人，一向就以"万物不得其所"为宗旨的，平生只有一个大愿，就是愿中国人都死完，但要留下他自己，还有一个妇人和一个买食物的。

假使世界上只有一家有臭虫，而遭别人的指摘的时候，实在也不太舒服的，但捉起来却也真费事，况且北京有一种学说，说臭虫是捉不得的，越捉越多。即使捉尽了，又有什么价值呢，不过是一种消极的办法。最好还是希望别家也有臭虫，而竟发见了就更好。

大约人们一遇到不大看惯的东西，总不免以为他奇怪。我还记得初看见西洋人的时候，就觉得他脸太白，头发太黄，眼珠太淡，鼻梁太高。虽然不能明明白白的说出理由来，但总而言之：相貌不应该如此。至于对于中国人的脸，是毫无异议；即使有好丑之别，然而都不错的。

人必有所缺，这才想起他所需。穷教员养不活老婆了，于是觉得女子自食其力说之合理，并且附带地向男女平权论点头，富翁胖到发哮喘病了，才去打高尔夫球，从此主张运动的紧要。我们平时，是决不记得自己有一个人头，或一个肚子，应该加以优待的，然而一旦头痛肚泻，这才记起了他们，并且大有休息要紧，饮食小心的议论。

被称赞固然可以代广告，被骂也可以代广告，张扬了荣是广告，张扬了辱又何尝非广告。例如罢，甲乙决斗，甲赢，乙死了，人们固然要看杀人的凶手，但也一样的要看那不中用的死尸，如果用芦席围起来，两个铜板看一个，准可以发一点小财的。

假使有一个人，在路旁吐一口唾沫，自己蹲下去，看着，不久准可以围满一堆人，又假使又有一个人，无端大叫一声，拔腿就跑，同时准可以大家都逃散。

中国老例，凡要排斥异己的时候，常给对手起一个诨名，——或谓之"绰号"。这也是明清以来讼师的老手段；假如要控告张三李四，倘只说姓名，本很平常，现在却道"六臂太岁张三"，"白额虎李四"，则先不问事迹，县官只见绰号，就觉得他们是恶棍了。

凡是自己善于在暗中播弄鼓动的，一看见别人明白质直的言动，便往往反噬他是播弄和鼓动，是某党，是某系；正如偷汉的女人的丈夫，总愿意说世人全是忘八，和他相同，他心里才觉得舒畅。

无论是何等样的人，一成为猛人，则不问其"猛"之大小，我觉得他的身边便总有几个包围的人们，围的水泄不通。那结果，在内，是使该猛人逐渐变得昏庸，有近乎傀儡的趋势。在外，是使别人所看见的并非该猛人的本相，而是经过了包围者的曲折而显现的幻形。至于幻得怎样，则当视包围者是三棱镜呢，还是凸面或凹面而异。假如我们能有一种机会，偶然走到一个猛人的近旁，便可以看见这时包围者的脸面和言语，和对付别的人们的时候有怎样地不同。我们在外面看见一个猛人的亲信，谬妄骄恣，很容易以为该猛人所爱的是这样的人物。殊不知其实是大谬不然的。猛人所看见的他是娇嫩老实，非常可爱，简直说话会口吃，谈天要脸红。

中国人的性情总喜欢调和，折中的。譬如你说，这屋子太暗，须在这里开一个窗，大家一定不允许的。但如果你主张拆掉屋顶，他们就会来调和，愿意开窗了。没有更激烈的主张，他们总连平和的改革也不肯行。

　　有些改革者，是极爱谈改革的，但真的改革到了身边，却使他恐惧。唯有大谈难行的改革，这才可以阻止易举的改革的到来，就是竭力维护着现状，一面谈其改革，算是在做他那完全的改革的事业。

　　谁说中国人不善于改变呢？每一新的事物进来，起初虽然排斥，但看到有些可靠，就自然会改变。不过并非将自己合于新事物，乃是将新事物合于自己而已。

　　与名流学者谈，对于他之所讲，当装作偶有不懂之处，太不懂被看轻，太懂了被厌恶。偶有不懂之处，彼此最为合宜。

　　"雅"要地位，也要钱，古今并不两样，但古代的买雅，自然比现在便宜；办法也并不两样，书要摆在书架上，或者抛几本在地板上，酒杯要摆在桌子上，但算盘却要收在抽屉里，或者最好是在肚子里。

　　要驳互助说时用争存说，驳争存说用互助说；反对和平论时用阶级争斗说，反对斗争时就主张人类之爱。论敌是唯心论者呢，他的立场是唯物论，待到和唯物论相辩难，他却又化为唯心论者了。要之，是用英尺来量俄里，又用法尺来量密达，而发见无一相合的人。

　　在中国，尤其是在都市里，倘使路上有暴病倒地，或翻车摔伤的人，路人围观或甚至于高兴的人尽有，肯伸手来扶助一下的人却是极少的。

人的言行，在白天和在深夜，在日下和在灯前，常常显得两样。

要证明中国人的不正经，倒在自以为正经地禁止男女同学，禁止模特儿这些事件上。

弯腰曲背，在中国是一种常态，逆来尚须顺受，顺来自然更当顺受了。所以我们是最能研究人体，顺其自然而用之的人民。脖子最细，发明了砍头；膝关节能弯，发明了下跪；臀部多肉，又不致命，就发明了打屁股。

乡下人捉进知县衙门去，打完屁股之后，叩一个头道："谢大老爷！"这情形是特异的中国民族所特有的。

久受压制的人们，被压制时只能忍苦，幸而解放了便只知道作乐，悲壮剧是不能久留在记忆里的。

在上海生活，穿时髦衣服的比土气的便宜。如果一身旧衣服，公共电车的车掌会不照你的话停车，公园看守会格外认真的检查入门券，大宅子或大客寓的门丁会不许你走正门。所以，有些人宁可居斗室，喂臭虫，一条洋服裤子却每晚必须压在枕头下，使两面裤腿上的折痕天天有棱角。

小市民总爱听人们的丑闻，尤其是有些熟识的人的丑闻。

奴才做了主人，是决不肯废去"老爷"的称呼的，他的摆架子，恐怕比他的主人还十足，还可笑。

专制者的反面就是奴才，有权时无所不为，失势时即奴性十足。……做主子时以一切别人为奴才，则有了主子，一定以奴才自命：这是天经地义，无可动摇的。

佳作点评

人们常说，鲁迅的犀利在整个中国现代文学史上绝无仅有，他的杂文是对那个时代整个国民的心态的鞭挞，因而阅读鲁迅的杂文需要相应的勇气和胸襟，才能在文章中感受他的思想和精神。

《人生百态》可以称是鲁迅对国民思想认识的一个小的缩影，鲁迅将大凡人们常见的可笑可气的行为状态给予了展露和批驳。作者行文并没有相对严谨的结构，只是沿着自己的联想和思路来构架各个细节，零散中饱含着无拘无束，将各种各样的人生状态表达得淋漓尽致；幽默中夹杂着无限心酸，句句鞭辟入里，犀利地批判了人世间最丑恶的部分。读完此篇文章，鲁迅那傲视世间人生百态的铮铮铁骨形象仿佛就在眼前显现。

今

□ ［中国］李大钊

我以为世间最可宝贵的就是"今"，最易丧失的也是"今"。因为他最容易丧失，所以更觉得他可以宝贵。

为甚么"今"最可宝贵呢？最好借哲人耶曼孙所说的话答这个疑问："尔若爱千古，尔当爱现在。昨日不能唤回来，明天还不确实，尔能确有把握的就是今日。今日一天，当明日两天。"

为甚么"今"最易丧失呢？因为宇宙大化，刻刻流转，绝不停留。时间这个东西，也不因为吾人贵他爱他稍稍在人间留恋。试问吾人说"今"说"现在"，茫茫百千万劫，究竟那一刹那是吾人的"今"，是吾人的"现在"呢？刚刚说他是"今"是"现在"，他早已风驰电掣的一般，已成"过去"了。吾人若要糊糊涂涂把他丢掉，岂不可惜！

有的哲学家说，时间但有"过去"与"未来"，并无"现在"。有的又说，"过去"、"未来"皆是"现在"。我以为"过去未来皆是现在"的话倒有些道理。因为"现在"就是所有"过去"流入的世界，换句话说，所有"过去"都埋没于"现在"的里边。故一时代的思潮，不是单纯在这个时代所能凭空成立的。不晓得有几多"过去"时代的思潮，差不多可以说是由所有"过去"时代的思潮一凑合而成的。

吾人投一石子于时代潮流里面，所激起的波澜声响，都向永远流动传播，不能消灭。屈原的"离骚"，永远使人人感泣。打击林肯头颅的枪声，呼应于永远的时间与空间。一时代的变动，绝不消失，仍遗留于次一时代，这样传演，至于无穷，在世界中有一贯相联的永远性。昨日的事件与今日的事件，合构成数个复杂事件。此数个复杂事件与明日的数个复杂事件，更合构成数个复杂事件。势力结合势力，问题牵起问题。无限的"过去"都以"现在"为归宿，无限的"未来"都以"现在"为渊源。"过去""未来"的中间全仗有"现在"以成其连续，以成其永远，以成其无始无终的大实在。一掣现在的铃，无限的过去未来皆遥相呼应。这就是过去未来皆是现在的道理。这就是"今"最可宝贵的道理。

现时有两种不知爱"今"的人：一种是厌"今"的人，一种是乐"今"的人。

厌"今"的人也有两派：一派是对于"现在"一切现象都不满足，因起一种回顾"过去"的感想。他们觉得"今"的总是不好，古的都是好。政治、法律、道德、风俗全是"今"不如古。此派人唯一的希望在复古。他们的心力全施于复古的运动。一派是对于"现在"一切现象都不满足，与复古的厌"今"派全同。但是他们不想"过去"，但盼"将来"。盼"将来"的结果，往往流于梦想，把许多"现在"可以努力的事业都放弃不做，单是耽溺于虚无缥渺的空玄境界。这两派人都是不能助益进化，并且很足阻滞进化的。

乐"今"的人大概是些无志趣无意识的人，是些对于"现在"一切满足的人，觉得所处境遇可以安乐优游，不必再商进取，再为创造。这种人丧失"今"的好处，阻滞进化的潮流，同厌"今"派毫无区别。

原来厌"今"为人类的通性。大凡一境尚未实现以前，觉得此境有无限的佳趣，有无疆的福利。一旦身陷其境，却觉不过尔尔，随即起一种失望的念、厌"今"的心。又如吾人方处一境，觉得无甚可乐，而一旦其境变易，却又觉得其境可恋，其情可思。前者为企望"将来"的动机，后者为反顾"过去"的动机。但是回想"过去"，毫无效用，且空耗努力的时间。若以企望"将来"的动机，而尽"现在"的努力，则厌"今"思想却大足为进化的原动。乐"今"是一种惰性（Inertia），须再进一步，了解"今"所以可爱的道理，全在凭他可以为创造"将来"的努力，决不在得他可以安乐无为。

热心复古的人，开口闭口都是说"现在"的境象若何黑暗，若何卑污，罪恶若何深重，祸患若何剧烈。要晓得"现在"的境象倘若真是这样黑暗，这样卑污，罪恶这样深重，祸患这样剧烈，也都是"过去"所遗留的宿孽，断断不是"现在"造的。全归咎于"现在"是断断不能受的。要想改变他，但当努力以创造将来，不当努力以回复"过去"。

照这个道理讲起来，大实在的瀑流永远由无始的实在向无终的实在奔流。吾人的"我"，吾人的生命，也永远合所有生活上的潮流，随着大实在的奔流，以为扩大，以为继续，以为进转，以为发展。故实在即动力，生命即流转。

忆独秀先生曾于《一九一六年》文中说过，青年欲达民族更新的希望，"必自杀其一九一五年之青年，而自重其一九一六年之青年。"我尝推广其意，也说过人生唯一的蕲向，青年唯一的责任，在"从现在青春之我，扑杀过去青春之我，促今日青春之我，禅让明日青春之我。""不仅以今日青春之我，追杀今日白首之我，并宜以今日青春之我，豫杀来日白首之我。"实则历史的现象，时时流转，时时变易，同时还遗留永远不灭的现象和生命于宇宙之间，如何能杀得？所谓杀者，不过使今日的"我"不仍旧沉滞于昨天的"我"。而在今日之"我"中固明明有昨天的"我"存在。不止有昨天的"我"，昨天以前的"我"，乃至十年二十年百千万亿年的"我"都俨然存在于"今我"的身上。然则"今"之"我"，"我"之"今"，岂可不珍重自将为世间造些功德？稍一失脚，必致遗留层层罪恶种子于"未来"无量的人，即未来无量的"我"，永不能消除，永不能忏悔。

我请以最简明的一句话写出这篇的意思来：

吾人在世，不可厌"今"而徒回思"过去"，梦想"将来"，以耗误"现在"的努力。又不可以"今"境自足，毫不拿出"现在"的努力，谋"将来"的发展。宜善用"今"，以努力为"将来"之创造。由"今"所造的功德罪孽，永久不灭。古人生本务，在随实在之进行，为后人造大功德，供永远的"我"享受，扩张，传袭，至无穷极，以达"宇宙即我，我即宇宙"之究竟。

▄▌佳作点评▐▌▌

李大钊（1889—1927），字守常，河北乐亭人。1913年留学日本，1918年受聘担任北京大学图书馆主任，1920年发起组织马克思主义学说研究会，10月成立北京共产党小组。1927年4月6日被奉系军阀张作霖逮捕，28日遇害。

这篇富有哲理性的议论文写于1918年。作者针对当时在青年中出现的或留念过去、或沉迷现在、或空想未来等不思进取的情况有感而发，透彻地论述了过去、现在、未来三者的辩证关系，以此劝勉青年人要立足现实、珍惜现在。

在文章中，作者的语言自然晓畅，没有丝毫的刻板枯燥，再加上大量的事例佐证，从而使得思路清晰、逻辑严密、论述透彻，行文的生动性与说服力十足。文章不仅在当时极具现实意义，对于今天的我们，同样有着巨大的警示作用。

最苦与最乐 ▌▎▁▂ ▁▂ ▂

□〔中国〕梁启超

人生什么最苦呢？贫吗？不是。失意吗？不是。老吗？死吗？都不是。我说人生最苦的事莫苦于身上背着一种未来的责任。人若能知足，虽贫不苦；若能安分（不多作分外希望），虽失意不苦；老、病、死乃人生难免的事，达观的人看得很平常，也不算什么苦。独是凡人生在世间一天，便有一天应该做的事，该做的事没有做完，便像是有几千斤重担子压在肩头，再苦是没有的了。为什么呢？因为受那良心责备之过，要逃躲也没地方逃呀！

答应人办一件事没有办，欠了人的钱没有还，受了人的恩惠没有报答，得罪了人没有赔礼，这就连这个人的面也几乎不敢见他；纵然不见他的面，睡里梦里都像有他的影子来缠着我。为什么呢？因为觉得对不住他呀！因为自己对于他的责任还没有解除呀！不独对于一个人如此，就是对于家庭，对于社会，对于国家，乃至对于自己，都是如此。凡属我受过他好处的人，我对于他便有了责任。凡属我应该做的事，而且力量能够做得到的，我对于这件事便有了责任。凡属我自己打主意要做一件事，便是现在的自己和将来的自己立了一种契约，便是自己对于自己加一层责任。有了这责任，那良心便时时刻刻监督在后头。

这种苦痛却比不得普通的贫、病、老、死，可以达观排解得来。所以我说人生没有苦痛便罢，若有苦痛，当然没有比这个更重的了。

翻过来，什么事最快乐呢？自然责任完了，算是人生第一件乐事。古语说得好："如释重负。"俗语亦说："心上一块石头落了地。"人到这个时候，那种轻松愉快，真是不可以言语形容。责任越重大，负责的日子乃越长；到责任完了时，海阔天空，心安理得，那快乐还要加几倍哩！大抵天下事从苦中得来的乐才是真乐。人生须知道有负责任的苦处，才能知道有尽责任的乐处。这种苦乐循环，便是这有活力的人间一种趣味；却是不尽责任，受良心责备，这些苦都是自己找来的。

佳作点评

痛苦和快乐是人类永恒的话题，哲人志士有不少精彩的论述，平常百姓也有许多深刻的思考。梁启超的《最苦与最乐》一文，思想深刻，格调高雅，语言凝重，既有儒家的进取精神，又有佛家的超凡智慧，读来脍炙人口，掩卷沁人心脾，实在是不可多得的精品。

人生真义

□［中国］陈独秀

　　人生在世，究竟为的甚么？究竟应该怎样？这两句话实在难回答得很，我们若是不能回答这两句话，糊糊涂涂过了一生，岂不是太无意识吗？自古以来，说明这个道理的人也算不少，大概约有数种：第一是宗教家，像那佛教家说：世界本来是个幻象，人生本来无生；"真如"本性为"无明"所迷，才现出一切生灭幻象；一旦"无明"灭，一切生灭幻象都没有了，还有什么世界，还有什么人生呢？又像那耶稣教说：人类本是上帝用土造成的，死后仍旧变为泥土；那生在世上信从上帝的，灵魂升天；不信上帝的，便魂归地狱，永无超生的希望。第二是哲学家，像那孔、孟一流人物，专以正心、修身、齐家、治国、平天下，做一大道德家、大政治家，为人生最大的目的。又像那老、庄的意见，以为万事万物都应当顺应自然；人生知足，便可常乐，万万不可强求。又像那墨翟主张牺牲自己，利益他人为人生义务。又像那杨朱主张尊重自己的意志，不必对他人讲什么道德。又像那德国人尼采也是主张尊重个人的意志，发挥个人的天才，成功一个大艺术家、大事业家，叫做寻常人以上的"超人"，才算是人生目的；什么仁义道德，都是骗人的说话。第三是科学家，科学家说人类也是自然界一种物质，没有什么灵魂；生存的时候，一切苦乐善恶，都为物质界自然法则所支配；死后物质分散，另变一种作用，没有联续的记忆和知觉。

这些人所说的道理，各个不同。人生在世，究竟为的什么，应该怎样呢？我想佛教家所说的话，未免太迂阔。个人的生灭，虽然是幻象，世界人生之全体，能说不是真实存在吗？人生"真如"性中，何以忽然有"无明"呢？既然有了"无明"，众生的"无明"，何以忽然能都灭尽呢？"无明"既然不灭，一切生灭现象，何以能免呢？一切生灭现象既不能免，吾人人生在世，便要想想究竟为的什么，应该怎样才是。耶教所说，更是凭空捏造，不能证实的了。上帝能造人类，上帝是何物所造呢？上帝有无，既不能证实；那耶教的人生观，便完全不足相信了。孔、孟所说的正心、修身、齐家、治国、平天下，只算是人生一种行为和事业，不能包括人生全体的真义。吾人若是专门牺牲自己，利益他人，乃是为他人而生，不是为自己而生，绝非个人生存的根本理由，墨子思想，也未免太偏了。杨朱和尼采的主张，虽然说破了人生的真相，但照此极端做去，这组织复杂的文明社会，又如何行得过去呢？人生一世，安命知足，事事听其自然，不去强求，自然是快活得很。但是这种快活的幸福，高等动物反不如下等动物，文明社会反不如野蛮社会；我们中国人受了老、庄的教训，所以退化到这等地步。科学家说人死没有灵魂，生时一切苦乐善恶，都为物质界自然法则所支配，这几句话倒难以驳他。但是我们个人虽是必死的，可全民族是不容易死的，全人类更是不容易死的。全民族全人类所创的文明事业，留在世界上，写在历史上，传到后代，这不是我们死后连续的记忆和知觉吗？

照这样看起来，我们现在时代的人所见人生真义，可以明白了。今略举如下：

（一）人生在世，个人是生灭无常的，社会是真实存在的。

（二）社会的文明幸福，是个人造成的，也是个人应该享受的。

（三）社会是个人集成的，除去个人，便没有社会。所以个人的意志和快乐，是应该尊重的。

（四）社会是个人的总寿命，社会解散，个人死后便没有连续的记忆和知觉。所以社会的组织和秩序，是应该尊重的。

（五）执行意志，满足欲望（自食色以至道德的名誉，都是欲望），是个人生存的根本理由，始终不变的（此处可以说"天不变，道亦不变"）。

（六）一切宗教、法律、道德、政治，不过是维持社会不得已的方法，非个人所以乐生的原意，可以随着时势变更的。

（七）人生幸福，是人生自身出力造成的，非是上帝所赐，也不是听其自然所能成就的。若是上帝所赐，何以厚于今人而薄于古人？若是听其自然所能成就，何以世界各民族的幸福不能够一样呢？

（八）个人之在社会，好像细胞之在人身，生灭无常，新陈代谢，本是理所当然，丝毫不足恐怖。

（九）要享幸福，莫怕痛苦。现在个人的痛苦，有时可以造成未来个人的幸福。譬如有主义的战争所流的血，往往洗去人类或民族的污点。极大的瘟疫，往往促成科学的发达。

总而言之，人生在世，究竟为什么？究竟应该怎样？我敢说道：个人生存的时候，当努力造成幸福，享受幸福；并且留在社会上，后来的个人也能够享受。递相授受，以至无穷。

.▯佳作点评 ▯▯▯

在分析了宗教家、哲学家、科学家的观点后，陈独秀对人生真义作出了自己的回答：人生在世，个人是生灭无常的，社会是真实存在的；社会的文明幸福，是个人造成的，也是个人应该享受的；个人是社会的细胞，没有个人就没有社会，所以应该尊重个人的意志和快乐；社会是个人的总寿命，社会解散，个人死后便没有连续的记忆和知觉，所以应该尊重社会组织和秩序。执行意志，满足欲望是个人生存始终不变的理由；人生幸福是靠个人自己创造的，并非上帝所赐，也不是自然而然得来的；个人在社会中，生灭无常，新陈代谢，是理所当然的事情，丝毫不足恐惧。

呜呼广东人

□［中国］苏曼殊

曼殊在上海《国民日日报》社任英文翻译时，忆及某些广东人的媚外丑行，十分愤慨，于草下《敬告广东留学生》的同时，撰写此文，予以衍责。

吾悲来而血满襟，吾几握管而不能下矣！

吾闻之，外国人与外省人说："中国不亡则已，一亡必亡于广东人手。"我想这般说，我广东人何其这样该死？岂我广东人生来就是这般亡国之种吗？我想中国二十一行省，风气开得最早者，莫如我广东。何也？我广东滨于海，交通最利便。中外通商以来，我广东人于商业上最是狡猾。华洋杂处，把几分国粹的性质，淘溶下来，所以大大地博了一个开通的名气。这个名气，还是我广东的福，还是我广东的祸呢？咳，据我看来，一定是我广东绝大的祸根了！何也？"开通"二字，是要晓得祖国的危亡，外力的危迫，我们必要看外国内国的情势，外种内种逼处的情形，然后认定我的位置。无论其手段如何，"根本"二字，万万是逃不过，断没有无根本的树子可以发生枝叶的。依这讲来，印在我广东人身上又是个什么样儿？我看我广东人开通的方门，倒也很多。从维新的志士算起，算到细崽洋奴，我广东人够得上讲"开通"二字者，少讲些约有人数三分之一，各省的程度，实在比较不来。然而我广东开通的人虽有这样儿多，其实说并没有一个人也不为过，何也？我广东人有天然媚外的性质，看见了洋人，就是父爷天祖，也没有这样巴结。所以我广东的细崽洋奴，独捍他省，我讲一件故事，给诸位听听：香港英人，曾经倡立维多利亚纪念碑，并募恤南非战事之死者二事，而我广东人相率捐款，皆数十万，比英人自捐的还多数倍。若是遇了内地的什么急事，他便如秦人视越人的肥瘠，毫不关心。所以这样的人，已经不是我广东人了！咳！那晓得更奇呢！我们看他不像是广东人，他偏不愿做广东人，把自己祖国神圣的子孙弃吊，去摇尾乞怜，当那大英大法等国的奴隶，并且仗着自己是大英大法等国奴隶，来欺虐自己祖国神圣的子孙。你看这种人于广东有福？于广东有祸？我今有一言正告我广东人曰："中国不亡则已，一亡必先我广东；我广东不亡则已，一亡必亡在这班入归化籍的贱人手里。"

于今开通的人讲自由，自思想言论自由，以至通商自由，信教自由，却从没有人讲过入籍自由，因为这国籍是不可紊乱的。你们把自己的祖宗不要，以别人之祖宗为祖宗，你看这种人还讲什么同胞？讲什么爱国？既为张氏的子孙，便可为李氏的子孙。倘我中国都像我广东，我想地球面皮上，容不着许多惯门归化的人。呜呼我广东！呜呼我广东！这是我广东人开通的好结果！这是我广东人开通的好结果。

我久居日本，每闻我广东人入日本籍者，年多一年。且日本收归化顺民，须富商积有资财者，方准其入归化籍。故我广东人，旅居横滨、神户、长崎、大阪等处，以商起家者，皆入日本籍，以求其保护，而诳骗欺虐吾同胞。东洋如此，西洋更可想见。呜呼！各国以商而亡人国，我国以商而先亡己国！你看我中国尚可为吗？你看我广东人的罪尚可逭吗？吾思及此。

吾悲来而血满襟，吾几握管而不能下矣！

"吾悲来而血满襟，吾几握管而不能下矣！"这是广东人苏曼殊写《呜呼广东人》时的心情，让人唏嘘不堪。近代以降，国中对于广东人，似乎都是众口铄之，口诛笔伐不绝于纸笔和网络。广东人具有排外性、媚外性是众所周知的，加上南蛮文化由于没落而成为偏囿一隅的方言，使得广东人偏离一隅，独自做大，很少关心金钱以外的东西。

想想历朝历代那些在政治、经济、文化各个领域无不各领风骚的广东先烈，现在的广东人要能认识到自身的短处，除经济外要再在文化领域上续领风骚，大概也还是可以的。

一个行乞的诗人 ▌||ı ₋ ·· ₋

□ ［中国］徐志摩

萧伯讷先生在一九〇五年收到从邮局寄来的一本诗集，封面上印着作者的名字，他的住址，和两先令六的价格。附来作者的一纸短简，说他如愿留那本书，请寄两先令六，否则请他退回原书。在那些日子，萧先生那里常有书坊和未成名的作者寄给他请求批评的书本，所以他接到这类东西是不以为奇的。这一次他却发现了一些新鲜，第一那本书分明是作者自己印行的，第二他那住址是伦敦西南隅一所硕果仅存的"佃屋"，第三附来的短简的笔致是异常的秀逸而且他那办法也是别致。但更使萧先生奇怪的是他一着眼就在这集子小诗里发现了一个纯真的诗人，他那思想的清新正如他音调的轻灵。萧先生决意帮助这位无名的英雄。他做的第一件好事是又向他多买了八本，这在经济上使那位诗人立时感到稀有的舒畅，第二是他又替他介绍给当时的几个批评家。果然在短时期内各种日报和期刊上都注意到了这位流浪的诗人，他的一生的概况也披露了，他的肖影也登出了——他的地位顿时由破旧的佃屋转移到英国文坛的中心！他的名字是惠廉苔微士，他的伙伴叫他惠儿苔微士。

苔微士沿门托卖的那本诗集确是他自己出钱印的。他的钱也不是容易来的。十九镑钱印得二百五十册书。这笔印书费是做押款借来的。苔微士先生不是没有产业的人，他的进款是每星期十个先令（合华银五元），他自从成了残废以来就靠此生活。他的计划是在十先令的收入内规定六先令的生活费，另提两先令存储备作书费，余多的两先令是专为周济他的穷朋友的。他的住宿费是每星期三先令六（在更俭的时候是二先令四，在最俭的时候是不花钱，因为他在夏季暖和时就老实借光上帝的地面，在凉爽的树林里或是宽大的屋檐下寄托他的诗身！）但要从每星期两先令积成二三十镑的巨款当然不是易事，所以苔微士先生在最后一次的发狠中决意牺牲他整半年的进款，积成一个整数，自己跷了一条木腿，带了一本约书，不怎样乐观却也不绝望地投向荡荡的"王道"去。这是他一生最后一次，也是最辛苦的一次流浪，他自己说：——

"再下去是一回奇怪的经验，无可名状的一种经验；因为我居然还能过活，虽则我既没有勇气讨饭，又不甘心做小贩。有时我急得真想做贼，但是我没有得到可偷的机会，我依然平安地走着我的路。在我最感疲乏和饥饿的时候——我的实在的状况益发的黑暗，对于将来的想望益发的光鲜，正如明星的照亮衬出黑夜的深荫。"

"我是单身赶路的，虽则别的流氓们好意地约我做他们的旅伴，我愿意孤单，因为我不许生人的声音来扰我的清梦。有好多人以为我是疯子，因为他们问起我当天所经过的市镇与乡村我都不能回答，他们问我那村子里的'穷人院'是怎样的情形，我却一点儿也不知道，因为我没有进去过。他们要知道最好的寓处，这我又是茫然的，因为我是寄宿在露天的。他们问我这天我是从哪一边来的，这我一时也答不上。他们再问我到哪里去，这我又是不知道的。这次经验最奇怪的一点是我虽则从不看人家一眼，或是开一声口问他们乞讨，我还是一样受到他们的帮助。每回我要一口冷水，给我的却不是茶就是奶，吃的东西也总是跟着到手。我不由地把这一部生活认作短期的牺牲，消磨去一些无价值的时间为要换得后来千万个更舒服的；我祝颂每一个清朝，它开始一个新的日子，我也拜祷每一个安息日，晚上，因为它结束了又一个星期。"

这不禁使我们想起旧时朝山的僧人，他们那皈依的虔心使他们完全遗忘体肤的舒适。苔微士先生发现流浪生活最难堪的时候是在无荫蔽的旷野里遇雨，上帝保佑他们，因为流浪人的行装是没有替换的。有一天他在台风的乡间捡了一些麦柴，起造了一所精致的、风侵不进、露淋不着的临时公馆，自信可以暖暖地过一夜，却不料："天下雨。在半小时内大块的雨打漏了屋顶。不到一小时这些雨点已经变成了洪流。又只能耐心躺着，在这大黑夜如何能寻到更安全的荫蔽。这雨直下了十个钟头，我简直连皮张都浸透了，比没有身在水里干不了多少——不是平常我们叫几阵急雨给淋潮了的时候说的'浸透了皮'。我一点儿也不沮丧，把这事情只看作我应当经受的苦难的一件，到了第二天早上我在露天选了一个行人走不到的地点躺了下来，一边安息，一边让又热又强的阳光收干我的潮湿。有两三次我这样的遭难，但在事后我完全不觉得什么难受。"

头三个月是这样过的，白天在路上跑，晚上在露天寄宿，但不幸暖和的夏季是有尽期的，从十月到年底这三个月是不能没有荫蔽的。一席地也得要钱，即使是几枚铜子，苔微士先生再不能这样清高的流派他的时日。但高傲他还是有的，本来一个残废的人，求人家的帮助是无须开口的，他只要在通行上坐着，伸着一只手，钱就会来。再不然你就站在巡警先生不常到的街上唱几节圣诗，滚圆的铜子就会从住家的窗口蝴蝶似的向着你扑来。但我们的诗人不能这样折辱他的身份，他宁可忍冻，宁可挨饿，不能拉下了脸子来当职业的叫花。虽则在他最窘的日子，他也只能手拿着几副鞋带上街去碰他的机会，但他没有一个时候肯容自己应用乞丐们无心的惯技。这样的日子他挨过了两个月，大都在伦敦的近郊，最后为要整理他的诗稿他又回到他的故居，亏了旧时一个难友借给他一镑钱，至少寄宿的费用有了着落。他的诗集是三月初印得的，但第一批三十本请求介绍的送本只带回了两处小报上冷淡的按语。日子飞快地过去。同时他借来的一点钱又快完了，这一失望他几乎把辛苦印来的本子一起给毁了！最后他发明了寄书求售的法子，拼着十本里卖出一两本就可以免得几天的冻饿，这才蒙着了萧先生的同情，在简短的时日内结束了他的流浪的生涯。

佳作点评

这是一则感人的故事。徐志摩写的是萧伯讷先生在一九〇五年收到从邮局寄来的一本诗集，附来作者的一纸短简，说他如愿留那本书，请寄两先令六，否则请他退回原书。这一次他发现了一些新鲜，第一那本书分明是作者自己印行的，第二他那住址是伦敦西南隅一所硕果仅存的"佃屋"，但更使萧先生奇怪的是，他一着眼就在这集子小诗里发现了一个真纯的诗人，他那思想的清新正如他音调的轻灵。

苔微士是一个残疾人，他仅有一条腿。他的生活非常艰苦，有时需要沿村行乞。但就是这样一个行乞诗人，最后用诗歌赢到了大家的尊重，他成功了，进入了英国文坛的中心。这个故事告诉我们：只要坚持，一切都有可能发生。

愚妇人 ▌▍▎▁▂▁ ▁▁ ▁

□ ［中国］许地山

从深山伸出一条蜿蜒的路，窄而且崎岖。一个樵夫在那里走着，一面唱：

> 鸲鹆，鸲鹆，来年莫再鸣！
> 鸲鹆一鸣草又生。
> 草木青青不过一百数十日，
> 到头来，又是樵夫担上薪。
> 鸲鹆，鸲鹆，来年莫再鸣！
> 鸲鹆一鸣虫又生。
> 百虫生来不过一百数十日，
> 到头来，又要纷纷扑红灯。
> 鸲鹆，鸲鹆，来年莫再鸣！
> ……

他唱时，软和的晚烟已随他的脚步把那小路封起来了，他还要往下唱，猛然看见一个健壮的老妇人坐在溪涧边，对着流水哭泣。

"你是谁？有什么难过的事？说出来，也许我能帮助你。"

"我么？唉！我……不必问了。"

樵夫心里以为她一定是个要寻短见的人，急急把担卸下，进前几步，想法子安慰她。他说："妇人，你有什么难处，请说给我听，或者我能帮助你。天色不早了，独自一人在山中是很危险的。"

妇人说："我从来就不知道什么叫做难过。自从我父母死后，我就住在这树林里。我的亲戚和同伴都叫我石女。"她说到这里，眼泪就融下来了。往下她的话语就支离得怪难明白。过一会儿，她才慢慢说："我……我到这两天才知道石女的意思。"

"知道自己名字的意思，更应当喜欢，为何倒反悲伤起来？"

"我每年看见树林里的果木开花，结实；把种子种在地里，又生出新果木来。我看见我的亲戚、同伴们不上两年就有一个孩子抱在她们怀里。我想我也要像这样——不上两年就可以抱一个孩子在怀里。我心里这样说，这样盼望，到如今，六十年了！我不明白，才打听一下。呀，这一打听，叫我多么难过！我没有抱孩子的希望了……然而，我就不能像果木，比不上果木么？"

"哈，哈，哈！"樵夫大笑了，他说："这正是你的幸运哪！抱孩子的人，比你难过得多，你为何不往下再向她们打听一下呢？我告诉你，不曾怀过胎的妇人是有福的。"

一个路旁素不相识的人所说的话，哪里能够把六十年的希望——迷梦——立时揭破呢？到现在，她的哭声，在樵夫耳边，还可以约略地听见。

对《愚妇人》彻底否定的声音从未间断。有的人认为《愚妇人》主张人类绝嗣，由"鸽鹍歌"很容易看出它要说明的是，世间万物的生命是"无常"的，是短促的；人生是苦的，怀孕生孩子也是苦的。许地山的虚无主义里有很深的佛学思想，这和他长期研究宗教有很大关系。

画　虎

□［中国］朱湘

"画虎不成反类狗，刻鹄不成终类鹜。"自从这两句话一说出口，中国人便一天没有出息似一天了。

谁想得到这两句话是南征交趾的马援说的。听他说这话的侄儿，如若明白道理，一定会反问："伯伯，你老人家当初征交趾的时候，可曾这样想过：征交趾如若不成功，那就要送命，不如作一篇《南征赋》罢，因为《南征赋》作不成，终究留得有一条性命。"

这两句话为后人奉作至宝。单就文学方面来讲，一班胆小如鼠的老前辈便是这样警劝后生：学老杜罢，学老杜罢，千万不要学李太白。因为老杜学不成，你至少还有个架子；学不成李的时候，你简直一无所有了。这学的风气一盛，李杜便从此不再出现于中国诗坛之上了。所有的只是一些杜的架子，或一些李的架子。试问这些行尸走肉的架子、这些骷髅，它们有什么用？光天化日之下，与其让这些怪物来显形，倒不如一无所有反而好些。因为人真知道了无，才能创造有；拥着伪有的时候，决无创造真有之望。

狗，鹜。鹜真强似狗吗？试问它们两个当中，是谁怕谁？是狗怕鹜呢？还是鸷怕狗？是谁最聪明，能够永远警醒，无论小偷的脚步多么轻，它都能立刻扬起愤怒之呼声将鄙贱惊退？

画不成的老虎，真像狗；刻不成的鸿鹄，真像鸷吗？不然，不然。成功了便是虎同鹄，不成功时便都是怪物。

成功又分两种：一种是画匠的成功，一种是画家的成功。画匠只能模拟虎与鹄的形色，求到一个像罢了。画家他深探入创形的秘密，发现这形后面有一个什么神，发号施令。在陆地则赋形为劲悍的肢体、巨丽的皮革；在天空则赋形为剽疾的翮翼、润泽的羽毛。他然后以形与色为血肉毛骨，纳入那神，持搏成他自在己的虎鹄。拿物质文明来比方：研究人类科学的人如若只能亦步亦趋，最多也不过贩进一些西洋的政治学、经济学，既不合时宜，又长多短缺。实用物质科学的人如若只知萧规曹随，最多也不过摹成一些欧式的工厂商店，重演出惨剧，肥寡下肥众。日本便是这样：它古代摹拟到一点中国的文化，有了它的文字、美术；近代摹拟到一点西方的文化，有了它的社会实业，它只是国家中的画匠。我们这有几千年特质文化的国家不该如此。我们应该贯进物质文化的内心，搜出各根底原理，观察它们是怎样配合的，怎样变化的，再追求这些原理之中有哪些应当铲除，此外还有些什么原理应当加入，然后淘汰扩张，重新交配，重新演化，以造成东方的物质文化。

东方的画师呀！麒麟死了，狮子睡了，你还不应该拿起那支当时伏羲画八卦的笔来，在朝阳的丹凤声中，点了睛，让困在壁间的龙腾越上苍天吗？

佳作点评

"画虎不成反类狗，刻鹄不成终类鹜。"朱湘批评中国诗歌，只是一味地模仿，而没有创造，中国诗坛不再有杰出的诗人，推广开来才有创造，才有希望。就像绘画，花匠是模拟，求的是形似；画家是创造，表现的是神。作者批评了日本在人类科学中亦步亦趋，其发展就像一个模仿的花匠。作者借此例说明中华民族应当在几千年的深厚积淀和保持民族特性的基础上，不排斥外来先进文化，在发展变化中不断创新，创造东方特有的物质文化。

论自己 ▌▐▁▁▁▄

□［中国］朱自清

论自己

论自己

□［中国］朱自清

翻开辞典，"自"字下排列着数目可观的成语，这些"自"字多指自己而言。这中间包括一大堆哲学，一大堆道德，一大堆诗文和废话，一大堆人，一大堆我，一大堆悲喜剧。自己"真乃天下第一英雄好汉"，有这么些可说的，值得说，值不得说的！难怪纽约电话公司研究电话里最常用的字，在五百次通话中会发现三千九百九十次的"我"。这"我"字便是自己称自己的声音，自己给自己的名儿。自爱自怜！真是天下第一英雄好汉也难免的，何况区区寻常人！冷眼看去，也许只觉得那托自尊大狂妄得可笑，可是这只见了真理的一半儿。掉过脸儿来，自爱自怜确也有不得不自爱自怜的。幼小时候有父母爱怜你，特别是有母亲爱怜你。到了长大成人，"娶了媳妇儿忘了娘"，娘这样看时就不必再爱怜你，至少不必再像当年那样爱怜你。女的呢，"嫁出门的女儿，泼出门的水"；做母亲的虽然未必这样看，可是形格势禁而且鞭长莫及，就是爱怜得着，也只算找补点罢了。爱人该爱怜你？然而爱人们的嘴一例是甜蜜的，谁能说"你泥中有我，我泥中有你？"真有那么回事儿？赶到爱人变了太太，再生了孩子，你算成了家，太太得管家管孩子，更不能一心儿爱怜你。你有时候会病，"久病床前无孝子"，太太怕也够倦的，够烦的。住医院？好，假如有运气住到像当年北平协和医院那样的医院里去，倒是比家里强得多。但是护士们看护你，是服务，是工作；也许夹上点儿爱怜在里头，那是"好生之德"，不是爱怜你，是爱怜"人类"——你又不能老待在家里，一离开家，怎么着也算"作客"；那时候更没有爱怜你的。可以有朋友招呼你，但朋友有朋友的事儿，哪能叫他将心常放在你身上？可以有属员或仆役伺候你，那——说得上是爱怜吗？总而言之，天下第一爱怜自己的，只有自己；自爱自怜的道理就在这儿。

再说，"大丈夫不受人怜"。穷有穷干，苦有苦干。世界那么大，凭自己的身手，哪儿就打不开一条路？何必老是向人愁眉苦脸唉声叹气的！愁眉苦脸不顺耳，别人会来爱怜你？自己免不了伤心的事儿，咬紧牙关忍着，等些日子，等些年月，会平静下去的。说说也无妨，只别不拣时候，不看地方老是向人叨叨，叨叨得谁也不耐烦的岔开你或者躲开你，也别怨天怨地将一大堆感叹的句子向人身上扔过去。你怨的是天地，倒碍不着别人，只怕别人奇怪你的火气怎么这样大。自己也免不了吃别人的亏。值不得计较的，不做声吞下肚去。出入大的想法子复仇，力量不够，卧薪尝胆地准备着。可别这儿那儿尽嚷嚷——嚷嚷完了一扔开，倒便宜了那欺负你的人。"好汉胳膊折了往袖子里藏"，为的是不在人面前露怯相，要人爱怜这"苦人儿"似的，这是要强，不是装。说也怪，不受人怜的人倒是能得人怜的人；要强的人总是最能自爱自怜的人。

大丈夫也罢，小丈夫也罢，自己其实是渺乎其小的，整个儿人类只是一个小圆球上一些碳水化合物。像现代一位哲学家说的，别提一个人的自己了。庄子所谓马体一毛，其实还是放大了看的。英国有一家报纸登过一幅漫画，画着一个人，仿佛在一间铺子里，周遭陈列着从他身体里分析出来的各种元素，每种标明分量和价目，总数是五先令——那时合七元钱。现在物价涨了，怕要合国币一千元了罢？然而，个人的自己也就值区区这

人到无求品自高

一千元儿！自己这般渺小，不自爱自怜着点又怎么着！然而，"顶天立地"的是自己，"天地与我并生，万物与我为一"的也是自己；有你说这些大处只是好听的话语，好看的文句？你能愣说这样的自己没有！有这么的自己，岂不更值得自爱自怜的？再说自己的扩大，在一个寻常人的生活里也可见出。且先从小处看。小孩子就爱搜集各国的邮票，正是在扩大自己的世界。从前有人劝学世界语，说是可以和各国人通信。你觉得这话幼稚可笑？可是这未尝不是扩大自己的一个方向。再说这回抗战，许多人都走过了若干地方，增长了若干阅历。特别是青年人身上，你一眼就看出来，他们是和抗战前不同了，他们的自己扩大了。这样看，自己的小，自己的大，自己的由小而大。在自己都是好的。

自己都觉得自己好，不错；可是自己的确也都爱好。做官的都爱做好官，不过往往只知道爱做自己家里人的好官，自己亲戚朋友的好官。这种好官往往是自己国家的贪官污吏。做盗贼的也都爱做好盗贼——好喽啰、好伙伴、好头儿，可都只在贼窝里。有大好，有小好，有好得这样坏。自己关闭在自己的丁点大的世界里，往往越爱好越坏，所以非扩大自己不可。但是扩大自己得一圈儿一圈儿的、得充实、得踏实，别像肥皂泡儿，一大就裂。"大丈夫能屈能伸"，该屈的得屈点儿，别只顾伸出自己去，也得估计自己的力量。力量不够的话，"人一能之，己百之，人十能之，己千之"；得寸是寸，得尺是尺。总之，路是有的。看得远，想得开，把得稳；自己是世界的时代的一环，别脱了节才真算好。力量怎样微弱，可是是自己的。相信自己，靠自己，随时随地尽自己的一份儿往最好里做去，让自己活得有意思，一时一刻一分一秒都有意思。这么着，自爱自怜才真是有道理的。

佳作点评

此篇是朱自清的又一力作。虽是论自己，其实是论人的品格。先以怜人开篇。怜人的原因是由于人以己为本，顾己才能顾人，怜己才能爱人，后再举出一些怜人的类型，遗憾的是怜己之人却只以己为中心，即便怜人也是以自己的利益为目的。

怜己才知道怜人，利人即利己之基。

在我们的印象中，可以看到有两个截然不同的朱自清。一个是在荷塘边漫步，静静享受夏夜清新的宁静的文人；另一个则是时刻关心祖国，用手中的笔为祖国的新生而奔走呐喊的民主战士。

随遇而安

□ ［中国］邹韬奋

　　一个人要有进取的意志，有进取的勇气，有进取的准备，但同时还要有随遇而安的工夫。

　　姑就事业的地位说，假使甲是最低的地位，乙是比甲较高的地位，依次推升而达丙丁戊等等。由甲而乙，由乙而丙，由丙而丁……中间必非一蹴而就，必经过一段历程。换句话说，由甲到乙，由乙到丙……的中间，必须用过多少工夫，费了多少时间，充了多少学识，得了多少经验，有了多少修养。

　　倘若未达到乙而尚在甲的时候，心里对于目前所处的境遇，就觉得没有乐趣，希望到了乙的地位才能安泰；到了乙，要想到丙，于是对于那个时候所处的境遇，又觉得没有乐趣，希望到丙的地位才能安泰……这样筋疲力尽的一辈子没有乐趣下去，天天如坐针毡，身心都觉没有地方安顿，岂不苦极！

　　所以我们一面要进取，一面对于目前所处的地位，要能寻出乐趣来，譬如在职务上有一件事做得尽美尽善，便是乐趣；有一事对付得当，又是乐趣。在甲的时候，有这种乐趣；在乙的时候，也有这种乐趣，岂不是一辈子做有乐趣的人？这便是随遇而安的工夫，这样的随遇而安是积极的，不是消极的。彻底明白了此中真谛，真是受用无穷！

▎佳作点评 ▎

要对生活有兴趣，会寻找快乐、热爱生活、善于满足，才能做到随遇而安。

生活中的一切是让你体验它，而不是让你拥有它。如果你是体验它，它将是你的，你若想拥有它，它很快就会跑掉。

从一个微笑开始

□［中国］刘心武

又是一年春柳绿。

春光烂漫，心里却丝丝忧郁绞缠，问依依垂柳，怎么办？

不要害怕开始，生活总把我们送到起点，勇敢些，请现出一个微笑。

一些固有的格局打破了，现出一些个陌生的局面，对面是何人？周遭何冷然？心慌慌，真想退回到从前，但是日历不能倒翻。当一个人在自己的屋里，无妨对镜沉思，从现出一个微笑开始，让自信、自爱、自持从外向内，在心头凝结为坦然。

是的，眼前将会有更多的变故，更多的失落，更多的背叛，也会有更多的疑惑，更多的烦恼，更多的辛酸，但是我们带着心中的微笑，穿过世事的云烟，就可以学着应变，努力耕耘，收获果实，并提升认知，强健心弦，迎向幸福的彼岸。

地球上的生灵中，唯有人会微笑，群体的微笑构筑和平，他人的微笑导致理解，自我的微笑则是心灵的净化剂。

忘记微笑是一种严重的生命疾患，一个不会微笑的人可能拥有名誉、地位和金钱，却一定不会有内心的宁静和真正的幸福，他的生命中必有隐蔽的遗憾。

我们往往因成功而狂喜不已，或往往因挫折而痛不欲生。当然，开怀大笑与号啕大哭都是生命的自然悸动，然而我们千万不要将微笑遗忘。

唯有微笑能使我们享受到生命底蕴的醇味，超越悲欢。

他人的微笑，真伪难辨，但即使虚伪的微笑，也不必怒目相视，仍可报之以一粲。

即使是阴冷的奸笑，也无妨还以笑颜，微笑战斗，强似哀兵必胜，那微笑是给予对手的饱含怜悯的批判。

微笑无须学习，生而俱会，然而微笑的能力却有可能退化，倘若一个人完全丧失了微笑的心绪，那么，他应该像防癌一样，赶快采取措施，甚至对镜自视，把心底的温柔、顾眷、自惜、自信，丝丝缕缕拣拾回来。

从一个最淡的微笑开始，重构自己灵魂的免疫系统，再次将胸臆拓宽。

微笑吧！在每一个清晨，向着天边第一缕阳光；在每一个春天，面对着地上第一针新草；在每一个起点，遥望着也许还看不到的地平线……

相信吧，从一个微笑开始，那就离成功很近，离幸福不远！

人到无求品自高

▎佳作点评 ▎

我们带着心中的微笑，穿过世事的云烟，就可以学着应变，努力耕耘、收获果实，并提升认知、强健心弦，迎向幸福的彼岸。

我们应该相信微笑的力量，坦然、大度、亲切能融化冰川，当你试尝微笑的时候，你的心里就充满力量。

予人玫瑰，手有余香。送人一个微笑，就送去一份温暖，留给自己一份快乐！你若给别人一个发自内心的微笑，你也就赢得了美丽和快乐。

只为今天 ▋▍▁▁ ▁ ▁

□〔美国〕戴尔·卡耐基

我只为今天而快乐。而快乐发于内心，还不是一件外在的事情。这样便可假定亚伯拉罕·林肯所说的，"多数人的快乐大致依他们的决心而定"是正确的。

我只为今天而快乐，因而，使自己适应现状，却不是设法使一切适合自己的欲望。我顺其自然地接受自己的家庭、事业与运道，并使自己适应它们，而不是使它们适应我。

我只为今天而快乐，因而我照顾自己的身体。我要锻炼它、爱护它、滋养它，不滥用它，也不漠视它，使它成为一部完美的机器，以供我差遣。

我只为今天而设法强固自己的思想。我要学习有用的东西，我不要精神怠惰，我要读些需要努力、思想和专心的东西。

我只为今天而举止适度。我要尽可能仪态优雅、衣着适宜、低声说话、举动有礼、勤于称赞，却不批评，任何事情不吹毛求疵，也不企图管制或改进任何人。

我只为今天而活，为今天而努力，并不想一次解决自己整个生命的问题。我一天能持续工作十二小时，但若一生都得这样，我就会被吓得不战而退。

我只为今天而订下一个计划。我要写下今天自己每小时期望做什么。我也许不能确实依它而行，但我总是有个计划。在我的人生中，我尽量不让忙与犹豫这两个害人精干扰我。

我只为今天而给自己安排独处的半小时，并且放轻松。在这半小时里，有时我会想想上帝，多少使自己对自己的生命有正确的估量。

我只为今天而无所畏惧。我不害怕去享受快乐、去享受美丽的事物、去爱，并相信我所爱的人们也同样爱我。

◢佳作点评▮▮▄

昨天不能换回来，明天还不确实，而确有把握的就是今天。为了今天，才会有更灿烂的明天。为今天而快乐，为今天而无所畏惧，为今天而活！快乐生活，别等待明天，就在今天采摘生命的玫瑰吧！

幸福之路 ▌▌▎▖▖▁▁▁▁▁

□ ［俄国］列夫·托尔斯泰

个人生命幸福的不可能性存在于哪些事实中？第一，寻找个人生命幸福的人们之间的斗争；第二，使人浪费生命、厌腻、痛苦地欺骗人的娱乐；第三，死亡。

个人生命幸福的不可能性的第一个原因是寻找个人生命幸福的人们之间的斗争。如果把追求个人生命的幸福变为追求别的生命的幸福，就能消灭幸福的不可能性，人就会觉得幸福是可以达到的。用追求个人生命幸福的观念看世界，人在世界上看到的是毫无理性的生存斗争、相互残杀。但是一旦人们承认自己的生命就是追求他人的幸福，那就会在世界上看到另外一种情形，即同这些偶然出现的生存斗争并列的还有经常出现的生存者之间的相互服务。实际上，世界上假若没有这种服务，世界将以一种无法想象的状况存在，但可以预测的是起码比丛林社会更粗野。

只要假定这一点的可能性，所有从前的无理性地将人引向无法达到的个人幸福的活动就会被另一种活动所代替，它与世界规律一致，导向获得个人和全世界的最可能的幸福。

个人生命幸福的不可能性的另一个原因，是个人欢娱的欺骗性。它使人虚耗生命，引人走向厌倦和痛苦。人只要承认自己的生命在于为别人的幸福而努力，那么他就会消除对欺骗性欢娱的渴望，这种空洞的、折磨人的、将人引向满足于动物性躯体的无底的活动，也就可能被服从了理性规律的活动所代替。后一种活动是对别的生命的支持，对于自身的幸福也是必需的，个体苦难的折磨、消磨生命的活动也就会被同情怜悯他人的感情所替代，这种感情当然会产生有益的和快乐的活动。

个人生活幸福的不可能性的第三种原因是对死亡的恐怖。只有人承认了自己的生命不在于自身的动物性躯体的幸福中，而是存在于他人的幸福中时，对死亡的恐惧才会永远从人的眼中消失。

众所周知，由于害怕生命的幸福从人的肉体死亡中消失，于是人才产生对死亡的恐惧。如果人能够把自己的幸福放到他人的幸福中，就是说爱他人胜过爱自己，那么死亡就不再是生命和幸福的终结，不再像只为了自己而活着的人们所觉得的那样。

■ 佳作点评 ▮▮▁

托尔斯泰认为个人生命幸福是不可能的，它存在于寻找个人生命幸福的人们之间的斗争；使人浪费生命、厌腻、痛苦地欺骗人的娱乐和死亡当中。如果把自己的幸福放入他人的幸福当中，爱他人胜过爱自己，那么死亡就不再是生命和幸福的终结。

其实，幸福来源于自己，需要做到：忘记过去，运用你的智慧从自己所拥有的开始；寻找激情，对自己的生活负责，磨炼自己的意志；放弃执著，学会同情和给予；善于满足，让生活充满快乐。

人皆可以为圣贤

过最独立、最积极的生活的都是些年轻力壮的青年人。他们钻研一切科学理论，特别是天文学和哲学理论；观察社会一切阶级，体验数量繁多的各种不同的社会地位，甚至为人和己创造从未有过的关系；利用自己的晚年，总结对人和己实践所得的事实的观察，把这些联系起来，从而形成一个自己的哲学理论。

对于这样生活的人，人们都很尊敬他们，把他们看成是最有道德的人，因为他们的工作最有系统、最直接地促进了智慧的真正源泉——科学的进步。

由于人们不能以完全相同的方式和一视同仁的态度为自己的同类造福，所以人们分四个部分阐述道德理论，以适用于下列四类最有道德的人：

1. 不仅有能力完成自己的职责，而且有能力并且愿意帮助别人的人；

2. 他的智力活动能促进哲学进步的人；

3. 生来就在家庭中寻找幸福并成为值得尊敬的家长的人；

4. 具有强烈爱国主义情感的人。

生活的意义不在于我们占有什么，而在于从中体悟了什么，未经审视的生活是不值得过的。在这样一个喧嚣和功利的时代，这些亘古常新的人间智慧将提醒你关注真正的价值和真正的幸福。

实践和经验尤其重要，把生活的点滴科学地联系起来，系统地总结人生的理论，并造福于人类，那么你将是一个最有道德的和最有智慧的人。

与智者同行，你将获得智慧；与智者同行，你将找回自我；与智者同行，你将幸福快乐。

创造的欢乐 ▍▍ᵢᵢₗ_ ᵢ_ ᵢ _▂

□ ［法国］罗曼·罗兰

he这么说着，因为他明明知道暴风雨快来了。

所谓打雷，他要它在什么地方什么时候发生，就在什么地方什么时候发生。但在高处更比较容易触发，有些地方、有些灵魂竟是雷雨的仓库：它们会制造雷雨，在天上把所有的雷雨吸引过来。一年之中有几个月是阵雨的季节。同样，一生之中有些年龄特别富于电力，使霹雳的爆发即使不能随心所欲，至少也能如期而至。

整个的人都很紧张。雷雨一天一天地酝酿着。白茫茫的天上布满着灼热的云，没有一丝风，凝集不动的空气在发酵，似乎沸腾了。大地寂静无声，麻痹了。云里在发烧，嗡嗡地响着；整个大地等着那愈积愈厚的力爆发，等着那重甸甸的高举着的锤子打在乌云上面。又大又热的阴影移过，一阵火辣辣的风吹过，神经像树叶般发抖……随后又是一片静寂，天空继续酝酿着雷电。

在这样的等待期间，自有一种悲怆而痛快的感觉。虽然你受着压迫，浑身难过，可是你感觉到血管里头有的是烧着整个宇宙的烈火。陶醉的灵魂在锅炉里沸腾，像埋在酒桶里的葡萄。千千万万的生与死的种子都在心中活动，结果会产生些什么来呢？……像一个孕妇似的，你的心不声不响地看着自己，焦急地听着脏腑的颤动，想道："我会生下些什么来呢？"

有时不免空等一场。聚集的乌云四处散去，没有爆发；你惊醒过来，脑袋昏昏沉沉，疲倦、失望、烦躁，说不出的懊恼。但这阵雨早晚要来的，只不过是延期而已；要不是今天，就是明天；它爆发得越迟，来势就越猛烈……

瞧，它不是来了吗？乌云从生命的各个隐蔽的部分升起。一堆堆蓝得发黑的东西，不时给狂暴的闪电撕破一下；它们从四面八方飞驰来包围心灵，那速度快，令人眼花缭乱；尔后，它们把光明熄灭了，突然之间从窒息的天空直扑下来，那真是如醉若狂的时刻！……奋激达于极点的元素，平时被自然界的规律——维持精神的平衡而使万物得以生存的规律——幽禁在牢笼里的，这时可突围而出，在你意识消灭的时候统治一切，显得巨大无比，而且没有人能说明它的奥妙。你痛苦之极，你不再向往于生命，只等着死亡来解放了……

而突然之间，电光闪耀！

克利斯朵夫快乐地狂叫了。

欢乐，欢乐得如醉如狂，好比一颗太阳照耀着一切现在的与未来的成就，创造的欢乐，神明的欢乐！唯有创造才是欢乐，唯有创造的生灵才是生灵，其余的尽是与生命无关而在地下飘浮的影子。人生所有的欢乐是创造的欢乐：爱情，天才，行动——全靠创造这一团烈火迸射出来的。即便是那些在巨大的火焰旁边没有地位的野心家、自私的人、一事无成的浪子，也想借一点黯淡的光辉取暖。

不论是肉体方面的，或是精神方面的，创造总是脱离躯壳的樊笼，卷入生命的旋风，与神明同寿。创造是消灭死。

可怜的是不能创造的人，在世界上孤零零的，流离失所，眼巴巴地盯着枯萎、憔悴创造的肉体与内心的黑暗，却从来没有冒出一朵生命的火焰！可怜的是自知不能创造的灵魂，不像开满了春花的树一般满载着生命与爱情！对于这类人来说，他只不过是一具具行尸走肉而已，社会可能也给他光荣与幸福，但那只是点缀一下罢了。

佳作点评

人生所有的欢乐是创造的欢乐。爱情，天才，行动——全靠创造这一团烈火迸射出来的。即便是那些在巨大的火焰旁边没有地位的野心家、自私的人、一事无成的浪子，也想借一点黯淡的光辉取暖。

罗曼·罗兰塑造了一位英雄，世界不给他欢乐，他却创造了欢乐来给予世界；他用他的苦难来铸成欢乐。

人到无求品自高

□ ［法国］蒙田

年轻时应注重成功名、创大业，老年时应注重享受硕果。我辈天性之最大弱点，莫过于追求青春永驻。重新开始我们的生活，我们总是希望如此。求知欲也罢，雄心壮志也罢，都需与我们的年龄相称。当我们业已行将就木之时，我们的食欲与消遣才刚刚来临。

当你走到了死亡的边缘时，你拥有一座在大理石般地基上建设的住宅，一座令人忘却它是坟墓的住宅。

我最宏远的规划也不曾超过三百六十五日。此后，除了一个归宿以外，我再也没有什么可以担心和思索的了。我抛开所有的希望和事业，向我所逗留的地方做最后的辞别。我所拥有的东西正在日复一日地丧失殆尽。许久，许久，我既无所得也无所失。我所有的足够应付我的旅程。

我曾经生活过，而且精心地行走于命运规定给我的每一站；现在，我已经走完了命运规定给我的必经之途。

我发现，静心寡欲——摆脱那些扰乱生活的劳神之事，不再执著于这个世界是怎样运行的，抛开财富、等级、知识、死和自我，这是我老年的唯一慰藉。对此时正在学习的人来说，他应该学会什么时候他才能永久沉默。人的一生或许是一个不间断的学习过程，但无需在学校完成。

佳作点评

人到年老之时，便离死亡越近，因为我们已经走完了命运规定的必经之途。

一切随缘放下，不再执著，清心寡欲，宁静生活。

海纳百川有容乃大，壁立千仞无欲则刚。一个人已经无欲无求了，还有什么能征服他呢？德行先立，智慧洞开。

论消遣 ▮▯▯▯▯▯▯▯

□ ［法国］帕斯卡

人是不幸的，不幸到即便没有任何可以令他感到无聊的事时，他也会因其自身的原因感到无聊，同时他又是那么虚浮，以至于虽然充满着千百种无聊的根本原因，但只要有了最微小的事情，例如打中了一个弹子或者一个球，就足以使他开心了。

然而，请你说说，他的这一切都是基于什么原因呢？无非是明天好在他的朋友们中间夸耀自己玩得比另一个人更高明而已。同样，也有人在自己的房间里满头大汗，为了好向学者们显示自己已经解决了此前人们所一直未能发现的某个代数学问题。还有更多的人冒着极大的危险，为的是日后好夸耀自己曾经攻打过某个地方。最后，还有人耗尽自己毕生的精力在研究某一事物，而这并不是仅为了增加智慧，最重要的是为了要显示自己懂得这些事物，而这种人是所有这帮人中最愚蠢的了，因为他们是有知识而又愚蠢的。反之，我们却可以想到另外的那些人假如也有这种知识的话，他们就不会再是这么愚蠢。

每天都赌一点彩头，这样的人度过自己的一生是很有情趣的。但假如你每天早晨都要给他一笔当天他可能赢到的钱，条件是绝不许他赌博，那你可就要使他不幸了。也许有人要说，他所追求的乃是赌博的乐趣而并非赢钱，那么就让他来玩不赢钱的赌博，可他却一定会感到毫无趣味而且无聊不堪的。所以，他所追求的就不仅是娱乐，一种无精打采的、没有热情的娱乐会使他感到乏味的。他一定要感到热烈，并且要欺骗他自己，幻想着获得了在根本不赌博的条件之下别人能给他的那些东西自己就会幸福，从而他就得使自己成为激情的主体，并且为了达到自己所提出的这个目标而在这方面刺激自己的愿望、自己的愤怒和恐惧，就如同是小孩子害怕自己所涂出来的鬼脸一样。

几个月之前刚丧失了自己的独生子，并且今天早上还被官司和诉讼纠缠着而显得那么烦恼的那个人，此刻好像把这些事都忘记了，这是什么缘故呢？你用不着感到惊讶，他正在专心琢磨六小时以前猎狗追得起劲的那头野猪跑到哪里去了，此刻他别的什么都不再需要。一个人无论是怎样充满忧伤，但只要我们能掌握住他，使他钻进某种消遣里面去，那么他的忧伤就会被专注和快乐所取代。而一个人无论是怎样幸福，但假如他并没有通过某种足以防止无聊散布开来的热情或娱乐而使自己开心或沉醉，他马上就会忧伤和不幸的。没有消遣就绝不会有欢乐，有了消遣就绝不会有悲哀。而这也就是构成有地位的人之所以幸福的那种东西了，他们有一大群人在使他们开心，并且他们也有权力来维持自己的这种状态。

请相信这一点吧！作了总监、主计大臣或首席州长的人，要不是其所处的地位使从一清早就有来自四面八方一大群人不让他们在一天之内可以有一刻钟想到他们自己，他们一定会有无尽的烦恼，但公务琐事拖住了他们，使他们无暇自顾；可是，当他们倒台之后，当他们被贬还乡的时候——回乡之后，他们既没有财富，又没有仆从来伺候他们的需要——他们就不能不是穷困潦倒的了，因为已经再没有人来阻止他们想到自己。

那个因为自己的妻子和独子的死亡而那么悲痛的人，或是一件重大的纠纷使得他苦恼不堪的人，此刻一脸泰然的样子，居然能摆脱一切悲苦与不安的思念，这又是什么缘故呢？我们用不着感到惊异，是别人此时给他打过来一个球，他必须把球打回给对方，他一心要接住上面落下来的那个球，好赢得这一局。他既是有着这另一件事情要处理，你怎么能希望他还会想到他自己的事情呢？这是足以占据那个伟大的灵魂的一种牵挂，并足以排除他精神中的其他一切思念。这个人生来是为了认识全宇宙的，生来是为了判断一切事物的，生来是为了统治整个国家的，而对捕捉一只野兔的关心就可以占据了他，使他无所分心。但假如他不肯把自己降低到这种水平，并且希望永远都在紧张着，那么他无非是格外的愚蠢不堪而已，因为他在想使自己超乎人类之上，而这必然会使他生活得异常累。换一句话说，他既不能做什么却又能做得很多，既能做出一切却又不能做任何事，他既不是天使，也不是禽兽，而只是人。

人们可以专心一意地去追一个球或者一只野兔，这甚至于也是国王的乐趣。

君王的尊严是不是其本身还不够大得足以使享有这种尊严的人仅仅观照自己的所有，就可以幸福了呢？他是不是一定也要排遣这种思念，做得同普通人一样？我确实看到过，有人排遣了自己家庭的困苦景象而一心想念着好好跳舞，以便把自己的全部思想充满，而使自己幸福。然而，一个国王是否也能这样做呢？他追逐这些虚浮的欢乐，是不是要比鉴赏自己的伟大更加幸福呢？人们还能向他的精神提供更加称心满意的目标吗？使自己的灵魂专心一致按着曲调的拍子来调节自己的步伐，或者是准确地打出一个球，而不是安详地享受自己的帝王待遇，这难道不会有损他的欢娱吗？让我们做个试验吧：假设我们让国王没有任何感官上的满足，没有任何精神上的操心，没有伴侣，一味悠闲地只思念着自己，于是我们便会看到，一个国王缺少了消遣也会成为一个充满了愁苦的人，因而人们才小心翼翼地要避免这一点。于是在国王的身边便永远都少不了有一大群人，他们专门使消遣紧接着公事而来，他们无时无刻不在注视着国王的闲暇，好向国王提供欢乐和游戏，从而使他绝不会有空闲。这也就是说，国王的周围环绕着许多人，他们费尽心机地防范着国王单独一个人陷到思念其自身里面去。因为他们十分清楚，尽管他是国王，但假如他思想其自身的话，他仍然会愁苦的。

我谈到基督教国王的这一切时，绝不是把他们当做基督徒，而仅仅是当作国王。

人从很小的时候就操心着自己的荣誉、自己的财富、自己的朋友，甚至于自己朋友的财富和荣誉。我们把业务、学习语言和锻炼都压在他们身上，并且我们还使他们懂得，除非是他们的健康、他们的荣誉、他们的财富以及他们朋友的这些东西都处境良好，否则他们就不会幸福，并且只要缺少了任何一项就会使他们不幸。我们就这样给他们加以种种负担和事务，使得他们从天一亮就苦恼不堪。你也许会说，这是一种可以使他们幸福的奇异方式！那我们还能做什么使他们不幸呢？啊！我们还能做什么呢？我们只要取消这一切操心就行了，因为这时候他们就会看到他们自己，他们就会思想自己究竟是什么，自己从何而来，自己往何处去，这样我们就不能使他们过分地分心或转移注意了。而这就是何以在为他们准备好那么多的事情之后，假如他们还有富余时间的话，我们就还要劝他们从事消遣、游戏并永远要全心全意地有所事事的缘故了。

■佳作点评‖_

人怎样度过一天，在这一天中得到什么。哲学家帕斯卡解读了人生的逍遥，从几种不同的逍遥，阐述了对生命的不同状态。

通过阅读和对文本的理解，获得心灵的愉悦和精神的满足。哲学家诗意的表达，闪耀着理性的光芒，容易使读者产生心灵上的震撼。

中国书籍文学馆·精品赏析 咀嚼人生

论名声 ▌▏▎ ▁ ▏▁ ▎

名声和荣誉是一对双胞兄弟，好似双子星座的卡斯特和波勒士，两位兄弟一个永恒不朽，另一个却难以长存。名声能不朽，它的弟兄却只能昙花一现。当然，我所谓的名声不是那种稍现即逝的名声，而是具有高度的、真正的意义的名声。荣誉是我们每个人在相似的条件下都应当去获取的一种东西，而名声则不可能赋之于每一个人。我们都有权利让自己具备"荣誉感"的品格，而名声则须由他人认可或赋予。拥有荣誉最多能使他人相识，而名声则意味着出类拔萃的成就，使我们能为人怀念铭记。人人皆能求得荣誉，而名声则只能为少数人所获，他们都是具有卓越成就的超常之辈。

通向名声的途径有两条路，一是立功，一是立言。就基本条件而言，立功者需要有一颗伟大的心灵；而立言者则需要一个伟大的头脑。两条道路有区别，其得失也显而易见：功业若过眼烟云，而著作则永垂不朽。即使最为辉煌的丰功伟业，也只能影响一代人或几代人；然而一本才华横溢、飞珠溅玉的名著，却是生机勃勃的灵感泉源，历经千年岁月仍光华四射。

功业留给人们更多的是回忆，而且在岁月的流逝中会逐渐遗忘变形。日复一日，人们对它渐渐不再关心，直至消失殆尽，除非历史将它凝化为石，流传后世。而著作本身便可不朽，一旦书篇写就，便可与世长存。例如亚历山大帝王，我们所能记起的只是他的威名与事迹；而柏拉图、亚里士多德、荷马等人，他们的思想言论至今仍然在每个文人学士的头脑中闪耀，其影响与他们在世之时并无衰减。梵书与奥义书今天还在我们中间流传研习，而亚历山大当年光耀一时的丰功伟业，已若春梦一般荡然无存了。

实现立功多多少少要靠机遇。因此，获得功名，一方面固然是由于其业绩本身的价值，另一方面也有赖于时事风云的造就，如果二者不能相互承辅，根本不可能有立功者的光华闪烁。以战功为例，它是一种靠他人所证明的成就，依赖的是少数见证人的证言，然而有些因素却难以确定。比如这些见证人并非都曾在现场亲眼目睹，即使在现场亲眼目睹，他们的观察报告也不一定公正确凿。以上所谈的是有关立功的几个弱点，但它们都可以用其优点来平衡。立功的优点在于它是一种很实际的事，亦较易为一般人所理解。所以，除非我们不明了创功立业的动机，否则，一旦有了可靠可信的资料事实，便很容易做出公正的评判。

与立功的情形相比，立言恰好相反。它无需偶然的机遇，所依靠的是立言者的品德学问，并且借此可与世长存。此外，有时很难对所立之言的真正价值做出定论，内容愈是深奥，要想对它进行批评愈是不易。一般来说，很少有人能透彻地认识一部鸿篇巨制的价值，能够实事求是公正评价的批评家更是凤毛麟角。所以，靠立言而得的名声，大都是靠诸多判断累积而成。前面已经提及，功业更多的是留给人们回忆，而且很快便成过眼烟云；然而有价值的作品，除非残破不全，否则总是历久不衰，犹如初版时一样新鲜生动，而且永远不会为一代一代相袭的传统所淘汰。再则，一部优秀的著作，即使问世之初会为偏见所笼罩，然而不会永久地被人误解；历经岁月的洗礼，它真正的价值终究会显示出来的。

事实上，名声是比较的结果，而且主要是在品格方面的对比。所以，要对其做出评价，也就因人而异。某人的名声可能因新秀的崛起而使他原有的声望在不知不觉中受到了冲击或湮灭。因此，名声是依靠绝对价值来评判的。而所谓绝对价值，只存在于那些出类拔萃之人物，直接地靠其本身而傲视同类，在任何情况下都不可为他人剥夺。所以为了增进我们和社会的幸福，我们应该全力追求伟大的头脑和心灵。没有反射体我们无以看到光线，没有沸扬的名声我们便不可认识真正的天才。然而，名声并不能代表价值，许多天才沉没于默默无闻之中。正如莱辛所说："有些人得到了名声，有些人却当获未获。"

▎佳作点评 ▌

通向名声的途径有两条路，一是立功，一是立言。就基本条件而言，立功者需要有一颗伟大的心灵；而立言者则需要一个伟大的头脑。功业若过眼烟云，而著作则永垂不朽。即使最为辉煌的丰功伟业，也只能影响一代人或几代人；然而一本才华横溢、飞珠溅玉的名著，却是生机勃勃的灵感泉源，历经千年岁月仍光华四射。

实现立功多多少少要靠机遇，立言恰好相反。它无需偶然的机遇，它所依靠的是立言者的品德学问，并且借此可与世长存。

每一刹那都是新生 ▋▊▁▃▃ ▃ ▃

□ ［日本］松下幸之助

人生毫无意义了，除非我们改变那种每天只是翻来覆去，没有目标地过日子的生活态度。倘若希望人生是繁荣、和平与幸福，就应该改变这种反复单调的生活。今天应该比昨天进步，明天比今天更进步，也就是每天生命要有所成长。而生命成长到底是什么？对生命又有什么意义？

所谓"生命成长"，就是日新又新，人生在每一刹那都有新的改变，每一时刻都有新的生命在跃动。也可以用另一种方式来理解，旧的东西灭亡，新的东西诞生取而代之；一切事物没有一刻是静止的，它不断地在动、不断地在变。这是不可动摇的宇宙哲理。

由此我们就可以看出，由生到死就是一种生命成长。死就是消灭，一个接一个地死去，又一个个地诞生出来。为了实现人类的繁荣、和平和幸福，对死亡必须有从容不迫的态度，即信奉所谓"生死有命"的人生观。死，其实并没有什么可怕，它只是自然向完美成长中的一种机制或法则。

明白了生命成长的真谛，我们也就不再畏惧死亡了。因为，死亡，既不可怕，也不可悲，是生命成长必经的过程之一，也是万物生生不息的象征。死亡合乎天地法则，其中包含着喜悦和耐心。

当我们不再惧怕死亡，敢于直面死亡时，自然会明白如何面对每天的现实生活，每天的生活也就会经常保持新的创意和发明。

至于"十年如一日"，并不是说在十年里不要有任何进步，而是说十年中每一天的努力都要像第一天的努力那样起劲，旨在强调勤劳、努力与毅力的精神。这种十年如一日的努力，一定会产生非常新颖的创意和进步。但是，假如大家的工作十年来没有任何变化，千篇一律，那绝对是违反了生命成长的原理。

明治维新时，西乡隆盛和功臣之一的坂本龙马常长谈。西乡隆盛每次的感觉都不一样，即使是同一话题，坂本的谈话内容和观念每次都有一点儿改变。于是，西乡就对他说："前天，我遇到你的时候，你所讲内容和昨天、今天都稍有出入。你既然是天下驰名的志士，受到大家的尊敬，应该有不变的信念才行。所以我对你的话有些怀疑。"坂本龙马常就说："人不能有不变的信念，即使志也是这样。孔子说过'群子从时'，时间不停地流转，社会情势也天天在变化，昨天的'是'成为今天的'非'，乃是理所当然。我们从'时'，便是行君子之道。"接着又说："西乡先生，你对一个事物一旦认为是这样，就从头到尾遵守到底，将来你一定会变成时代的落伍者。"

人世万物始终在替换更新，但在转变中，唯一永远不变的就是真理，这也就是从宇宙中产生出来的力量。

因此，所谓转变及更新，便是因时因地活用这种力量。若以为真理是不变的，就不再活用变通，真理就等于死了一样。

就生意而言，店铺是愈老愈好，但如果让产品及经营方法维持老样子，即使再老的店铺也会被时代淘汰。

佛教也是一样。佛教的教义是永远不变的，但教化的方法必须随时代而改变。释迦牟尼以前常说："诸行无常。"一般人认为这话的意思是："这个世界像昙花一现，很不可靠。"如此看法好像否定了现世，使人丧失活下去的勇气，也对人类追求繁荣、和平与幸福打了很大的折扣。其实则不然，所谓"诸行"就是"万物"，"无常"就是"转变"；"诸行无常"是指万物流转、生命成长，也就是要求我们日新又新。

整个社会也一样，不论教育、经济、政治等各层面或每天的工作，人人都应该以以旧更新的精神谋求改善；否则，希望无止境的繁荣、和平与幸福无异于痴人说梦。

佳作点评

人生当中的每一天都是日新月异的，社会情势也天天在变化，昨天的"是"成为今天的"非"，乃是理所当然。

生命每一刻都在生长，都会有细胞老死，同时又会有新的细胞产生。死是生的开始，生是死的结束，生与死循环往复，生生不息。

人世万物始终在替换更新，但在转变中，唯一永远不变的就是真理，这也就是从宇宙中产生出来的力量。

荣与辱不过片刻，生与死只在瞬间。每一天都有新的阳光，每一刻都有新的生命。

燃起一盏心灯

生存或者是大胆的冒险，或者一事无成，而面对不断变化的命运却表现得如自由精灵一样的乃是一种永不被打败的力量。

——海伦·凯勒

蜜蜂和农人

□〔中国〕许地山

雨刚晴，蝶儿没有蓑衣，不敢造次出来，可是瓜棚的四围，已满唱了蜜蜂的工夫诗：

> 彷彷，徨徨！徨徨，彷彷！
>
> 生就是这样，徨徨，彷彷！
>
> 趁机会把蜜酿。
>
> 大家帮帮忙；
>
> 别误了好时光。
>
> 彷彷，徨徨！徨徨，彷彷！

蜂虽然这样唱，那底下坐着三四个农夫却各人担着烟管在那里闲谈。

人的寿命比蜜蜂长，不必像它们那么忙吗？未必如此。不过农夫们不懂它们的歌就是了。但农夫们工作时，也会唱的。他们唱的是：

> 村中鸡一鸣，

阳光便上升，

太阳上升好插秧。

禾秧要水养，

各人还为踏车忙。

东家莫截西家水；

西家不借东家粮。

各人只为各人忙——

"各人自扫门前雪，

不管他人瓦上霜。"

▮佳作点评▮▮▮

有的人也许以为人的一生很漫长，其实在历史的长河中，也就是短短的一瞬。人们认识不到生与死只在一瞬间，还在为自己不停地忙碌，"东家莫截西家水，西家莫借东家粮"，"各人自扫门前雪，莫管他家瓦上霜"。

自私并不是人的本性，人只是在生活当中变的自私和贪婪。人的本性是善良的，是不分你我的。在这短短的一生中，人应该大度、包容、善良、快乐地度过。

生命的光荣 ▌ı▄_ ▄ _ ▄

这阴森的四壁，只有一线的亮光，闪烁在这可怕的所在，暗陬里仿佛狞鬼睁视。但是朋友！我诚实地说吧，这并不是森罗殿，也不是九幽十八层地狱，这原来正是覆在光天化日下的人间哟！

你应当记得那一天黄昏里，世界呈一种异样的淆乱，空气中埋伏着无限的恐惧。我们正从十字街头走过，虽然西方的彩霞，依然罩在滴翠的山巅，但是这城市里是另外包裹在黑幕中，所蓄藏的危机时时使我们震惊。后来我们看见槐树上，挂着血淋淋的人头，峰如同失了神似的"哎哟"一声，用双手掩着两眼，忙忙跑开。回来之后，大家的心魂都仿佛不曾归窍似的……过了很久峰才舒了一口气，凄然叹道："为什么世界永远如是惨淡？命运总是如饿虎般，张口向人间搏噬！？"自然啦，峰当时可算是悲愤极了，不过朋友你知道吧！不幸的我，一向深抑的火焰，几乎悄悄焚毁了我的心。那时我不由地要向天发誓，我暗暗诅咒道："天！这纵使是上苍的安排，我必以人力挽回，我要扫除毒氛恶气，我要向猛虎决斗，我要向一切的强权抗冲……"这种的决心我虽不会明白告诉你们，但是朋友，只要你曾留意，你应当看见我眼内暴烈的火星。

153

后来你们都走了，我独自站在院子里，只见宇宙间充满了冷月寒光，四境如死的静默。我独自厮守着孤影，我曾怀疑我生命的荣光。在这世界上，我不是巍峨的高山，也不是湛荡的碧海，我真微小，微小如同阴沟里的萤虫，又仿佛冢间闪荡的鬼火，有时虽也照见芦根下横行跋扈的螃蟹，但我无力使这霸道的足迹不在人间践踏。

朋友！我独立凄光下，由寂静中，我体验出我全身血液的滚沸，我听见心田内起了爆火，我深自惊讶。呵！朋友！我永远不能忘记，那一天在马路上所看见的惨剧，你应也深深地记得：

那天似乎怒风早已诏示人们，不久将有可怕的惨剧出现。我们正在某公司的楼上，向那热闹繁华的马路望，忽见许多青年人，手拿白旗向这边行进。忽然间人声鼎沸如同怒潮拍岸，又像是突然来了千军万马。这一阵紊乱，真不免疑心是天心震怒。我们正摸不着头脑的时候，忽听"噼""啪"的一阵连珠炮响，呵！完了！完了！火光四射，赤血横流。几分钟之后，人们有的发狂似的掩面而逃，有的失神发怔。等到马路上大众散尽，唉！朋友！谁想到这半点钟以前，车水马龙的大马路，竟成了新战场！愁云四裹、冷风凄凄、魂凝魄结、鬼影憧憧，不但行人避路，飞鸦也不敢停留，几声哑哑飞向天阊高处去了。

朋友！我恨呵！我怒呵！当时我不住用脚踩那楼板，但是有什么用处，只不过让那些没有同情的人类，将我推搡下楼。我是弱者，我只得含着眼泪回家，我到了屋里，伏枕放量痛哭。我哭那锦绣河山，污溅了凌践的血腥；我哭那皇皇中华民族，被虎噬狼吞的奇辱；更哭那睡梦沉酣的顽狮，白有好皮囊，原来是百般撩拨，不受影响。唉！天呵！我要叩穹苍，我要到碧海，虔诚地求乞醒魂汤。

可怜我走遍了荒漠，经过崎岖的山峦，涉过汹涌的碧海，我尚未曾找到醒魂汤，却惹恼了为虎作伥的厉鬼，将我捉住，加我以造反的罪名。于是，我从陡峭山巅，陨落在这所谓人间的人间。

朋友！在我的生命史上，我很可以骄傲，我领略过玉软香温的迷魂窟的生活，我品过游山逛海的道人生活……现在我要深深尝尝这囚牢的滋味，所以我被逮捕的时候，我并不诅咒。作了世间的人，岂可不尝遍世间的滋味？……当我走进刚足容身的牢里的时候，我曾酣畅地微笑着，呵！朋友，这自然会使你们怀疑，坐监牢还值得这样夸耀？但是朋友！你如果相信我，我将坦白地告诉你说：世界最苦痛的事情，并不是身体入牢狱，而是不能舒展的心狱。这话太微妙了。但是朋友！只要你肯稍微沉默地想一想，你当能相信我不是骗你呢。

　　这屋子虽然很小，但它不能拘束我心，不想到天边，不想到海角，我依然是自由，朋友你明白吗？我的心非常轻松，没有什么铅般的压迫。有，只是那么沥尽的热血在蒸沸。

　　今天我伏在木板上，似忧似醉的当儿，我的确把世界整个体验了一遍，唉！我真像是不流的死沟水，永远不动的，伏在那里，不但肮脏，而且是太有限了。我不由得倒抽了一口气，但是我感谢上帝，在我死以前，已经觉悟了。即使我的寿命极短促，然而不要紧，我用我纯挚的热血为利器，我要使我的死沟流与荡荡的大海洋相通，那么我便可成为永久的，除非海枯石烂了，我永远是万顷中的一滴。朋友！牢狱并不很坏，它足以陶熔精金。

　　昨夜风和雨，不住地敲打这铁窗，这也许有许多的罪囚，要更觉得环境的难堪；但我却只有感谢，在铁窗风雨下，我明白什么是生命的光荣。

　　按罪名我或不至于死，不过从进来时，审问过一次后，至今还没有消息。今早峰替我送来书和纸笔，真使我感激。我现在不恐惧，也不发愁，虽然想起兰为我担惊受怕，有点儿难过，但是再一想"英雄的忍情，便是多情"这一句话，我微笑了，从内心里微笑了。兰真算知道我，我对她只有膜拜，如同膜拜纯洁圣灵的女神一般。不过还请你好好地安慰她吧！倘然我真要到断头台的时候，只要她的眼泪滴在我的热血上，我便一切满足了。至于儿女情态，不是我辈分内事……我并不急于出狱，我虽然很愿意看见整个的天，而这小小的空隙已足我游仭了。

我四周围的犯人很多，每到夜静更深的时候，有低默的呜咽，有浩然的长叹。我相信在那些人里，总有多一半是不愿犯罪，而终于犯罪的，唉！自然啦，这种社会底下，谁是叛徒，谁是英雄？真有点难说吧！况且设就的天罗地网，怎怪得弱者的陷落？朋友！在这种情形之下，我们该做什么？让世界永远埋在阴惨的地狱里吗？让虎豹永远的猖獗吗？朋友呵！如果这种恐慌不去掉，我们情愿地球整个的毁灭，到那时候一切死寂了，便没有心焰的火灾，也没有凌迟的恐慌和苦痛。但是朋友要注意，我们是无权利存亡地球的，我们难道就甘心做走狗吗？唉！我简直不知道要说什么哟。

我在这狭逼囚室里，几次让热血之海沉没了。朋友呵！我最后只有祷祝，只有恳求。青年的朋友们，认清生命的光荣……

▄佳作点评 ▍▍▍

庐隐创作的早期受到"五四"运动的影响，她具有强烈的社会责任感和民族忧患意识，积极参加社会活动，关心时事，因而她写了较多时事性较强的散文。

庐隐追求男女平等，提倡妇女解放，追求为祖国的解放献身和同情被苦难压迫的人，希望创造和谐人生的理想文化人格。她反对迷信，希望世人有理性、科学的理想文化人格，追求自然、本真、保持一颗童稚之心，任情而为，支配自己的生命的理想文化人格。

同命运的小鱼

□ ［中国］萧红

我们的小鱼死了。它从盆中跳出来死的。

我后悔，为什么要出去那么久！为什么只贪图自己的快乐而把小鱼干死了！

那天鱼放到盆中去洗的时候，有两条又活了，在水中立起身来。那么只用那三条死的来烧菜。鱼鳞一片一片地掀掉，沉到水盆底去；肚子剥开，肠子流出来。我只管掀掉鱼鳞，我还没有洗过鱼，这是试着干，所以有点儿害怕，并且冰凉的鱼的身子，我总会联想到蛇；剥鱼肚子我更不敢了。郎华剥着，我就在旁边看，然而看也有点躲躲闪闪，好像乡下没有教养的孩子怕着已死的猫会还魂一般。

"你看你这个无用的，连鱼都怕。"说着，他把已经收拾干净的鱼放下，又剥第二个鱼肚子。这回鱼有点动，我连忙扯了他的肩膀一下：

"鱼活啦，鱼活啦！"

"什么活啦！神经质的人，你就看着好啦！"他逞强一般在鱼肚子上划了一刀，鱼立刻跳动起来，从手上跳下盆去。

"怎么办哪？"这回他向我说了。我也不知道怎么办。他从水中摸出来看看，好像鱼会咬了他的手，马上又丢下水去。鱼有肠子流在外面一半，鱼是死了。

"反正也是死了，那就吃了它。"

鱼再被拿到手上，一些也不动弹。他又安然地把它收拾干净。直到第三条鱼收拾完，我都是守候在旁边，怕看，又想看。第三条鱼是完全死的，没有动。盆中更小的一条很活泼了，在盆中转圈。另一条怕是要死，立起不多时又横在水面。

火炉的铁板热起来，我的脸感觉烤痛时，锅中的油翻着花。鱼就在大炉台的菜板上，就要放到油锅里去。我跑到二层门去拿油瓶，听得厨房里有什么东西跳起来，噼噼啪啪的。他也来看。盆中的鱼仍在游着，那么菜板上的鱼活了，没有肚子的鱼活了，尾巴仍打得菜板很响。

这时我不知该怎样做，我怕看那悲惨的东西。躲到门口，我想：不吃这鱼吧。然而它已经没有肚子了，可怎样再活？我的眼泪都跑上眼睛来，再不能看了。我转过身去，面向着窗子。窗外的小狗正在追逐那红毛鸡，房东的使女小菊挨过打以后到墙根处去哭……

这是凶残的世界，失去了人性的世界，用暴力毁灭了它吧！毁灭了这些失去了人性的东西！

晚饭的鱼是吃的，可是很腥，我们吃得很少，全部丢到垃圾箱去了。

剩下来两条活的就在盆里游泳。夜间睡醒时，听见厨房里有"呼嗙"的水声，点起洋烛去看一下。可是我不敢去，叫郎华去看。

"盆里的鱼死了一条，另一条鱼在游水响……"

到早晨，用报纸把它包起来，丢到垃圾箱去。只剩一条在水中上下游着，又为它换了一盆水，早饭时又丢了一些饭粒给它。

小鱼两天都是快活的，到第三天忧郁起来，看了几次，它都是沉到盆底。

"小鱼都不吃食啦，大概要死吧？"我告诉郎华。

他敲一下盆沿，小鱼走动两步；再敲一下，再走动两步……不敲，它就不走，它就沉下。

又过一天，小鱼的尾巴也不摇了，就是敲盆沿，它也不动一动尾巴。

"把它送到江里一定能好，不会死。它一定是感到不自由才忧愁起来！"

"怎么送呢？大江还没有开冻，就是能找到一个冰洞把它塞下去，我看也要冻死，再不然也要饿死。"我说。

郎华笑了。他说我像玩鸟的人一样，把鸟放在笼子里，给它米子吃，就说它没有悲哀了，就说比在山里好得多，不会冻死，不会饿死。

"有谁不爱自由呢？海洋爱自由，野兽爱自由，昆虫也爱自由。"郎华又敲了一下水盆。

小鱼只悲哀了两天，又畅快起来，尾巴打着水响。我每天在火炉旁边烧饭，一边看着它，好像生过病又好起来的自己的孩子似的，更珍贵一点儿，更爱惜一点儿。天真太冷，打算过了冷天就把它放到江里去。

我们每夜到朋友那里去玩，小鱼就自己在厨房里过个整夜。它什么也不知道，它也不怕猫会把它攫了去，它也不怕耗子会使它惊跳。我们半夜回来也要看看，它总是安安然然地游着。家里没有猫，知道它没有危险。

又一天就在朋友那里过的夜，终夜是跳舞，唱戏。第二天晚上才回来。时间太长了，我们的小鱼死了！

第一步踏进门的是郎华，差一点儿没踏碎那小鱼。点起洋烛去看，还有一点儿呼吸，腮还轻轻地抽着。我去摸它身上的鳞，都干了。小鱼是什么时候跳出水的？是半夜？是黄昏？耗子惊了你，还是你听到了猫叫？

蜡油滴了满地，我举着蜡烛的手，不知歪斜到什么程度。

屏着呼吸，我把鱼从地板上拾起来，再慢慢把它放到水里，好像亲手让我完成一件丧仪。沉重的悲哀压住了我的头，我的手也颤抖了。

短命的小鱼死了！是谁把你摧残死的？你还那样幼小，来到世界——

说你来到鱼群吧，在鱼群中你还是幼芽一般正应该生长的，可是你死了！

郎华出去了，把空漠的屋子留给我。他回来正在开门时，我就赶上去说："小鱼没死，小鱼又活啦！"我一面拍着手，眼泪就要流出来。我到桌子上去取蜡烛。他敲着盆沿，没有动，鱼又不动了。

"怎么又不会动了？"手到水里去把鱼立起来，可是它又横过去。

"站起来吧。你看蜡油啊！……"他拉我离开盆边。

小鱼这回是真死了！可是过一会儿又活了。这回我们相信小鱼绝对不会死，离开水的时间太长，复一复原就会好的。

半夜郎华起来看，说它一点儿也不动了，但是不怕，那一定是又在休息。我招呼郎华不要动它，小鱼在养病，不要搅扰它。

亮天看它还在休息，吃过早饭看它还在休息，又把饭粒丢到盆中。我的脚踏起地板来也放轻些，只怕把它惊醒，我说小鱼是在睡觉。

这一觉就再没有醒。我用报纸包它起来，鱼鳞沁着血，一只眼睛一定是在地板上挣跳时弄破的。

就这样吧，我送它到垃圾箱去。

佳作点评

正如一颗水珠在诗人眼中可以折射出整个世界一样，在萧红这位有着细腻、敏感精神世界的女性作家眼里，"买鱼、杀鱼、吃鱼"这件家长里短的事情，亦可升华为对自由的热爱、命运的抗争和人生的解读。

在这篇散文中，萧红细致地描写出了小鱼生的坚强、死的挣扎，表现出了萧红对于自由的热爱和追求。

匆　匆

□ ［中国］朱自清

　　燕子去了，有再来的时候；杨柳枯了，有再青的时候；桃花谢了，有再开的时候。但是，聪明的，你告诉我，我们的日子为什么一去不复返呢？——是有人偷了他们罢，那是谁？又藏在何处呢？是他们自己逃走了罢，现在又到了哪里呢？

　　我不知道他们给了我多少日子，但我的手确乎是渐渐空虚了。在默默地算着，八千多日子已经从我手中溜去，像针尖上一滴水滴在大海里，我的日子滴在时间的流里，没有声音，也没有影子。我不禁头涔涔而泪潸潸了。

　　去的尽管去了，来的尽管来着；去来的中间，又怎样的匆匆呢？早上我起来的时候，小屋里射进两三方斜斜的太阳。太阳他有脚啊，轻轻悄悄地挪移了；我也茫茫然跟着旋转。于是——洗手的时候，日子从水盆里过去；吃饭的时候，日子从饭碗里过去；默默时，便从凝然的双眼前过去。我觉察他去得匆匆了，伸出手遮挽时，他又从遮挽着的手边过去；天黑时，我躺在床上，他便伶伶俐俐地从我身上跨过，从我脚边飞去了。等我睁开眼和太阳再见，这算又溜走了一日。我掩着面叹息，但是新来的日子的影儿又开始在叹息里闪过了。

在逃去如飞的日子里，在千门万户的世界里我能做些什么呢？只有徘徊罢了，只有匆匆罢了；在八千多日的匆匆里，除徘徊外，又剩些什么呢？过去的日子如轻烟，被微风吹散了；如薄雾，被初阳蒸融了，我留着些什么痕迹呢？我何曾留着像游丝样的痕迹呢？我赤裸裸来到这世界，转眼间也将赤裸裸地回去罢？但不能平的，为什么偏要白白走这一遭啊？

你聪明的，告诉我，我们的日子为什么一去不复返呢？

▮佳作点评 ▮▮▮

人生最无奈的，就是无论你情愿与否，时间都会匆匆离去。朱自清在这篇很短小的散文中，通过对大自然荣枯的描绘，写出了时间飞逝——"八千多日子已经从我手中溜去，像针尖上一滴水滴在大海里"，时间之无情，生命之短暂，作者不由得"头涔涔而泪潸潸"。

作者写本篇时，正值"五四"运动的低潮期，作者对现实感到失望，但作者也没有就此沉沦，作者在散文中流露出的那些许颓丧，只是作者对于人们的提醒和告诫，时间无情，但留给我们的不一定是遗憾和悔恨，只要我们能珍惜现在，把握当今，就会无所怨悔，不会"白白走这一遭"。

吃　的

提到欧洲的吃喝，谁总会想到巴黎，伦敦是算不上的。不用说别的，就说煎山药蛋吧。法国的切成小骨牌块儿，黄铮铮的，油汪汪的，香喷喷的；英国的"条儿"(chips)却半黄半黑，不冷不热，干干儿的什么味也没有，只可以当饱罢了。再说英国饭吃来吃去，主菜无非是煎炸牛肉排、羊排骨，配上两样素菜。记得在一个人家住过四个月，只吃过一回煎小牛肝儿，算是新花样。可是菜做得简单，也有好处，材料坏容易见出，像大陆上厨子将坏东西做成好样子，在英国是不会的。大约他们自己也觉着腻味，所以一九二六年，有一位华衣脱女士（E．White)组织了一个英国民间烹调社，搜求各市各乡的食谱，想给英国菜换点儿花样，让它好吃些。一九三一年十二月烹调社开了一回晚餐会，从十八世纪以来的食谱中选了五样菜（汤和点心在内），据说是又好吃，又不费事。这时候正是英国的国货年，所以报纸上颇为揄扬一番。可是，现在欧洲的风气，吃饭要少要快，那些陈年的老古董，怕总有些不合时宜吧。

吃饭要快，为得忙，欧洲人不能像咱们那样慢条斯理儿的，大家知道。干吗要少呢？为的卫生，固然不错，还有别的，女的男的都怕胖。女

163

的怕胖，胖了难看；男的也爱那股标劲儿，要像个运动家。这个自然说的是中年人、少年人；老头子挺着个大肚子的却有的是。欧洲人一日三餐，分量颇不一样。像德国，早晨只有咖啡面包；晚间常冷食，只有午饭重些。法国早晨是咖啡、月牙饼，午饭晚饭似乎一般分量。英国却早晚饭并重，午饭轻些。英国讲究早饭，和我国成都等处一样。有麦粥、火腿蛋、面包、茶，有时还有薰咸鱼、果子。午饭顶简单的，可以只吃一块烤面包、一杯咖啡；有些小饭店里出卖午饭盒子，是些冷鱼冷肉之类，却没有卖晚饭盒子的。

伦敦头等饭店总是法国菜，二等的有意大利菜、法国菜、瑞士菜之分；旧城馆子和茶饭店等才是本国味道。茶饭店与煎炸店其实都是小饭店的别称。茶饭店的"饭"原指的午饭，可是卖的东西并不简单，吃晚饭满成；煎炸店除了煎炸牛肉排、羊排骨之外，也卖别的。头等饭店没去过，意大利的馆子却去过两家。一家在牛津街，规模很不小，晚饭时有女杂耍和跳舞。只记得那回第一道菜是生蚝之类，一种特制的盘子，边上围着七八个圆格子，每格放半个生蚝，吃起来很雅相。另一家在由斯敦路，也是个热闹地方。这家却小小的，通心细粉做得最好。将粉切成半分来长的小圈儿，用黄油煎熟了，平铺在盘儿里，洒上干酪（计司）粉，轻松鲜美，妙不可言。还有炸"搦气蚝"、鲜嫩清香、蝤蛑、瑶柱，都不能及，只有宁波的蛎黄仿佛近之。

茶饭店便宜的有三家：拉衣恩司（Lyons），快车奶房，ＡＢＣ面包房。每家都开了许多店子，遍布市内外；ＡＢＣ比较少些，也贵些，拉衣恩司最多。快车奶房炸小牛肉、小牛肝和红烧鸭块都还可口；他们烧鸭块用木炭火，所以颇有中国风味。ＡＢＣ炸牛肝也可吃，但火急肝老，总差点儿事；点心烤得却好，有几件比得上北平法国面包房。拉衣恩司似乎没什么出色的东西，但他家有两处"角店"，都在闹市转角处，那里却有好吃的。角店一是上下两大间，一是三层三大间，都可容一千五百人左右；晚上有乐队奏乐。一进去只见黑压压地坐满了人，过道处窄得可以，但是气象颇为阔大（有个英国学生讥为"穷人的宫殿"，也许不错）；在那里往往找了半天、站了半天才等着空位子。这三家所有的店都用女侍者，只有两处角店里却用了些男侍者——男侍者工钱贵些。男女侍者都穿了黑制服，女的更戴上白帽子，分层招待客人。也只有在角店里才要给点小费（虽然门上标明"无小费"字样），别处这三家开的铺子里都不用给的。曾去过一处角店，烤鸡做得还入味；但是一只鸡腿就合中国一元五角，若吃鸡翅还要贵点儿。茶饭店有时备着骨牌等等，供客人消遣，可是向侍者要了玩的极少；客人多的地方，老是有人等位子，干脆就用不着备了。此外，还有一种生蚝店，专吃生蚝，不便宜。一位房东太太告诉我说"不卫生"，但是吃的人也不见少。吃生蚝却不宜在夏天，所以英国人说月名中没有"R"（五、六、七、八月），生蚝就不当令了。伦敦中国饭店也有七八家，贵贱差得很大，看地方而定。菜虽也有些高低，可都是变相的广东味儿，远不如上海新雅好。在一家广东楼要过一碗鸡肉馄饨，合中国一元六角，也够贵了。

　　茶饭店里可以吃到一种甜烧饼（muffin）和窝儿饼（crumpet）。甜烧饼仿佛我们的火烧，但是没馅儿，软软的，略有甜味，好像参了米粉做的。窝儿饼面上有好些小窝窝儿，像蜂房，比较薄，也像掺了米粉。这两样大约都是法国来的，但甜烧饼来得早，至少二百年前就有了。厨师多住在祝来巷（Drury Lane），就是那著名的戏园子的地方；从前用盘子顶在头上卖，手里摇着铃子。那时节人家都爱吃，买了来，多多抹上黄油，在客厅或饭厅壁炉上烤得热辣辣的，让油都浸进去，一口咬下来，要不沾到两边口角上。这种偷闲的生活是很有意思的，但是后来的窝儿饼浸油更容易、更香，又不太厚、太软，有咬嚼些，样式也颇俏；人们渐渐地喜欢它，就少买那甜烧饼了。一位女士看了这种光景，心下难过，便写信给《泰晤士报》，为甜烧饼抱不平。《泰晤士报》特地做了一篇小社论，劝人吃甜烧饼以存古风；但对于那位女士所说的窝儿饼的坏话，却宁愿存而不论，大约那论者也是爱吃窝儿饼的。

复活节（三月）时候，人家吃煎饼（pancake），茶饭店里也卖。这原是忏悔节（二月底），忏悔人晚饭后去教堂之前吃了好熬饿的，现在却在早晨吃了。饼薄而脆，微甜。北平中原公司卖的"胖开克"（煎饼的音译）却未免太"胖"，而且软了——说到煎饼，想起一件事来：美国麻省勃克夏地方（Berkshire Country）有"吃煎饼竞争"的风俗。据《泰晤士报》说，一九三二年的优胜者一气吃下四十二张饼，还有腊肠、热咖啡。这可算"真正大肚皮"了。

英国人每日下午四时半左右要喝一回茶，就着烤面包黄油。请茶会时，自然还有别的，如火腿夹面包、生豌豆苗夹面包、茶馒头（teascone）等等。他们很看重下午茶，几乎必不可少。又可乘此请客，比请晚饭简便省钱得多。英国人喜欢喝茶，过于喝咖啡，和法国人相反；他们也煮不好咖啡，喝的茶现在多半是印度茶；茶饭店里虽卖中国茶，但是主顾寥寥。不让利权外溢固然也有关系，可是不利于中国茶的宣传（如说制时不干净）和茶味太淡才是主要原因。印度茶色浓味苦，加上牛奶和糖正合适；中国红茶不够劲儿，可是香气好。奇怪的是茶饭店里卖的，色香味都淡得没影子。那样茶怎么会运出去，真莫名其妙。

街上偶然会碰着提着筐子卖落花生的（巴黎也有），推着四轮车卖炒栗子的，叫人有故国之思。花生栗子都装好一小口袋一小口袋的，栗子车上有炭炉子，一面炒、一面装、一面卖。这些小本经营在伦敦街上也颇古色古香，点缀一气。栗子是干炒，与我们糖炒的差得太多了。英国人吃饭时也有干果，如核桃、榛子、榧子，还有巴西乌菱（原名 Brazils，巴西出产，中国通称"美国乌菱"），乌菱实大而肥，香脆爽口，运到中国的太干，便不大好。他们专有一种干果夹，像钳子，将干果夹进去，使劲一握夹子柄，"格"的一声，皮壳碎裂，有些蹦到远处，也好玩儿的。苏州有瓜子夹，像剪刀，却只透着玲珑小巧，用不上劲儿去。

　　作者着力介绍了英、法等国的吃食特征和吃食习惯，并和中国进行对比。

　　本文展现了作者细腻的观察力、深厚的人文素养，并透过饮食文化，走进历史现场，从中可看出东西方文化的差异和历史文明的脉络。

　　写欧洲的书多是满目的繁华和鼎盛，让人对这个天堂般优美的地方油然生出一种审美的疲惫。但不同的是朱自清的文字，让你更多回味起繁华背后文明的深深叹息，为读者进行了一次思想心灵震撼的深层次的洗礼。

闲暇的伟力 ▌▌ı▪▁ ▪ ▃

□ ［中国］邹韬奋

"闲暇"两个字，用再平常一点的话讲起来，就是"空的时候"。

金 屑

在美国费列得费亚的造币厂地板上，常用造币材料余下小如细粉的金屑，看过去似乎是很细，微不足道，但是当局想法儿把它聚集拢来，每年居然省下好几千元的金洋！能用闲暇伟力的成功人，也好像这样。

短的闲暇

我们常听见人说："现在离用膳时候只有五分钟或十分钟了，简直没有时候可以做什么事了。"但是我们试想世界上有多少没有良好机会的苦儿，竟利用许多短的闲暇，成就大业，便知道我们所虚掷的闲暇时间。倘若不虚掷，能利用，已足使我们必有所成。此处闲暇时间外的本来的工作时间尚不包括在内，可见闲暇的伟力，真非常人所及料！

格兰斯敦

格兰斯敦是英国最著名的政治家，他的法律、政治名著，是世界上研究法律政治的人无不佩服的。但是他一生无论什么时候，身边总带一本小书，一有闲暇的时候，就翻来看，所以他日积月累，学识渊博。大家只晓得他的学识甚深，而不晓得他却是从利用闲暇伟力得来。

法拉台

法拉台 (Michael Faraday) 是电学界极著名的发明家。他贫苦的时候是受人雇用着订书的，一天忙到晚，但是他一有一点闲暇，就一心一意做他的科学试验。有一次他写信给他的朋友说："我所需要的就是时间，我恨不能买到许多'写意人'的'空的钟头，甚至空的日子'。"但是有"空的钟头""空的日子"的"写意人"，反多一无贡献和"草木同腐"，远不及"一天忙到晚"的法拉台，就在于他能利用闲暇的伟力。

虽　忙

一个人虽忙，每日只要能抽出一小时，如果用得其法，虽属常人也能精熟一种专门科学。每日一小时，积到十年，本属毫无知识的人，也要成为富有学识的人。

心之所好

尤其是年轻的人，在本有工作之外，遇有闲暇时候，总须有一种"心之所好"的有益的事做。这种事和他原有的工作有无关系，都不要紧，最要紧的是真正"心之所好"，有"乐此不疲"的态度。

现　今

"现今"的时间，是我们立志可以做任何事的"原料"；用不着过于追想"已往"，梦想"将来"，最重要的是尽量地利用"现今"。

佳作点评

作者提醒我们：每个人都有多多少少的闲暇时间，利用这些时间是一门学问，也可让人走向成功！

在时间的土壤上谁播下懒怠，谁便只能收获失望和叹息。

守岁烛 ▌▏▁▁▁▁

□ ［中国］缪崇群

蔚蓝静穆的空中，高高地飘着一两个稳定不动的风筝，从不知道远近的地方，时时传过几声响亮的爆竹——在夜晚，它的回音是越发地撩人了。

岁是暮了。

今年侥幸没有他乡做客，也不曾颠沛在那遥迢的异邦，身子就在自己的家里。但这个陋小低晦的四围，没有一点儿生气，也没有一点儿温情，只有像垂死般的宁静，冰雪般的寒冷。一种寂寥与没落的悲哀，于是更深地把我笼罩了，我永日沉默在冥想的世界里。因为想着逃脱这种氛围，有时我便独自到街头徜徉去，可是那些如梭的车马，鱼贯的人群，也同样不能给我一点儿兴奋或慰藉，他们映在我眼睑的不过是一幅熙熙攘攘的世相。活动的、滑稽的、杂乱的写真，看罢了所谓年景归来，心中越是惆怅的没有一点儿皈依了。

啊！What is a home without mother？

我又陡然地记忆起这句话了——它是一个歌谱的名字，可惜我不能唱它。

在那五年前的除夕的晚上，母亲还能斗胜了她的疾病，精神很焕发地和我们在一起聚餐，然而我不知怎么那样地不会凑趣，我反郁郁地沉着脸，仿佛感到一种不幸的预兆似的。

"你怎么了？"母亲很担心地问。

"没有怎么，我是好好的。"

我虽然这样回答着，可是那两股辛酸的眼泪，早禁不住就要流出来了。我急忙转过脸，或低下头，为避免母亲的视线。

"少年人总要放快活些，我像你这般大的年纪，还一天玩到晚，什么心思都没有呢。"

母亲已经把我看破了。

我没有言语；父亲默默地呷着酒；弟弟尽独自挟他所喜欢吃的东西。自己因为早熟一点儿的缘故，不经意地便养成了一种易感的性格。每当人家欢喜的时刻，自己偏偏感到哀愁；每当人家热闹的时刻，自己却又感到一种莫名的孤独。究竟为什么呢？我是回答不出来的……

——没有不散的筵席，这句话的黑影，好像正正投满了我的窄隘的心胸。

饭后过了不久，母亲便拿出两个红纸包儿出来，一个给弟弟，一个给我。给弟弟的一个，立刻便被他拿走了，给我的一个，却还在母亲的手里握着。红纸包里裹着压岁钱，这是我们每年所最盼切而且数目最多的一笔收入，但这次我是没有一点儿兴致接受它的。

"妈，我不要罢，平时不是一样地要吗？再说我已经渐渐长大了。"

"唉，孩子，在父母面前，八十岁也算不上大的。"

"妈妈自己尽辛苦节俭，哪里有什么富余的呢。"我知道母亲每次都暗暗添些钱给我，所以我更不愿意接受了。

"这是我心愿给你们用的……"母亲还没说完，这时父亲忽然在隔壁带着笑声地嚷了：

"不要给大的了，他又不是小孩子。"

"别睬他，快拿起来吧。"母亲也抢着说，好像哄着一个婴孩，唯恐他受了惊吓似的……

佛前的香气，蕴满了全室，烛光是煌煌的。那慈祥、和平、娴静的烟纹，在黄金色的光幅中缭绕着、起伏着，仿佛要把人催得微醉了，定一下神，又似乎乍从梦里醒觉过来一样。

母亲回到房里的时候，父亲已经睡了，但她并不立时卧下休息，她尽沉思般地坐在床头，这时我心里真凄凉起来了，于是我也走进了房里。

房里没有灯，靠着南窗底下，烧着一对明晃晃的蜡烛。

"妈今天累了罢？"我想赶去这种沉寂的空气，并且打算伴着母亲谈些家常。我是深深知道我刚才那种态度太不对了。

"不——"她望了我一会儿又问，"你怎么今天这样不喜欢呢？"

我完全追悔了，所以我也很坦白地回答母亲：

"我也说不出为什么，逢到年节，心里总感觉着难受似的。"

"年轻的人，不该这样的，又不像我们老了，越过越淡。"

——是的，越过越淡，在我心里，也这样重复地念了一遍。

"房里也点蜡烛做什么？"我走到烛前，剪着烛花问。

"你忘记了吗？这是守岁烛，每年除夕都要点的。"

那一对美丽的蜡烛，它们真好像穿着红袍的新人，上面还题着金字：寿比南山……

"太高了，一点吧？"

"你知道守岁守岁，要从今晚一直点到天明呢。最好是一同熄——所谓同始同终——如果有剩下的便留到清明晚间照百虫，这烛是一照影无踪的……"

……

在烛光底下，我们不知坐了多久；我们究竟把我们的残余的，唯有的一岁守住了没有呢，哪怕是蜡烛再高一点儿，除夕更长一些？

外面的爆竹，还是密一阵、疏一阵地响着，只有这一对守岁烛是默默无语，它的火焰在不定地摇曳，泪不止地垂滴，自始至终，自己燃烧着自己。

明年，母亲便去世了，过了一个阴森森的除夕。第二年、第三年，我都不在家里……是去年的除夕罢，在父亲的房里，又燃起了"一对"明晃晃的守岁烛了。

——母骨寒了没有呢？我只有自己问着自己。

又届除夕了，环顾这陋小、低晦、没有一点儿生气与温情的四围——比去年更破落了的家庭。唉，我除了凭吊那些黄金的过往以外，哪里还有一点儿希望与期待呢？

岁虽暮，阳春不久就会到来……

心暮了，生命的火焰，将在长夜里永久逝去了！

1930，6月改作

．佳作点评 ‖﹍

母爱是温暖的，是伟大的，是慈祥的，是幸福的；有母亲的家是团圆的，是温馨的，是完整的，充满欢乐。

母爱是一份牵挂，是一份报答。她扶我们学走路，教我们学说话，千辛万苦把我们培养大。缪崇群通过守岁烛的故事向我们叙述着一份简朴慈祥温暖的母爱。

"过去"的人生

□ ［中国］梁遇春

来信中含着"既有今日，何必当初"的意思。这差不多是失恋人的口号，也是失恋人心中最苦痛的观念。我很反对这种论调。我反对，并不是因为我想打破你的烦恼同愁怨。一个人的情调应当任它自然地发展，旁人更不当来用话去压制它的生长，使他堕到一种莫名其妙的烦闷网子里去。真同情于朋友忧愁的人，绝不会残忍地去扑灭他朋友怀在心中的幽情。他一定用他情感的共鸣使他朋友得点真同情的好处，我总觉"既有今日，何必当初"这句话对"过去"未免太藐视了。我是个恋着"过去"的骸骨同化石的人，我深切感到"过去"在人生中的意义，尽管你讲什么"从前种种譬如昨日死，以后种种譬如今日生"同 Let by gones be by gones；"从前"是不会死的。就算性质上看不见，它的精神却还是一样的存在。"过去"也不至于烟消火灭般过去了，它总留了深刻的足迹。理想主义者看宇宙一切过程都是向一个目的走去的，换句话就是，世界上事物都是发展的一个基本的意义的。他们把"过去"包在"现在"中间一起往"将来"的路上走，所以 Emerson 讲："只要我们能够得到'现在'，把'过去'拿去给狗子罢了。"这可算是诗人的幻觉。这么漂亮的肥皂泡子不是人人都会吹的。

我们老爱一部一部地观察人生，好像舍不得这样猪八戒吃人参果般用一个大抽象概念解释过去。所以，我相信要深深地领略人生的味的人们，非把"过去"当做有它独立的价值不可，千万不要只看作"现在"的工具。由我们生来不带乐观性的人看来，"将来"总未免太渺茫了，"现在"不过一刹那，好像一个没有存在的东西似的，所以只有"过去"是这不断时间之流中站得住的岩石。我们只好紧紧抱着它，才免得受漂流无依的苦痛。"过去"是个美术化的东西，因为它同我们隔远，看不见了，它另外有一种缥缈不实之美。她像一块风景近看瞧不出好来，到远处一看，就成个美不胜收的好景了。为的是已经物质上不存在，只在我们心境中憧憬着，所以"过去"又带了神秘的色彩。对于我们含有 Melancholy 性质的人们，"过去"更是个无价之宝。Howthorne 在他《古屋之苔》书中说："我以我往事的记忆，一个也不能丢了。就是错误同烦恼，我也爱把它们记着。一切的回忆同样地都是我精神的食料。现在把它们都忘丢，就是同我没有活在世间过一样。"不过"过去"是很容易被人忽略去的。而一般失恋的苦恼都是由忘记"过去"，太重"现在"的结果。实在讲起来，失恋人所丢失的只是一小部分现在的爱情。他们从前已经过去的爱情是存在"时间"的宝库中，绝对不会失丢的。在这短促的人生，我们最大的需求同目的是爱，过去的爱同现在的爱是一样重要的。因为现在的爱丢了就把从前之爱看得一个钱也不值，这就有点近视眼了。只要从前你们曾经真挚地互爱过，这个记忆已很值得好好保存起来，作这千灾百难人生的慰藉，所以我意思是，"今日"是"今日"，"当初"依然是"当初"，不要因为有了今日的结果，把"当初"一切看作都是镜花水月白费了心思的。爱人的目的是爱情，为了目前的小波浪，忽然舍得将几年来两人辛辛苦苦织好的爱情之网用剪子铰得粉碎，这未免是不知道怎样去多领略点人生之味的人们的态度了。我劝你将这网子仔细保护着，当你感到寂寞或孤栖的时候，把这网子慢慢张开在你心眼的前面，深深地去享受它的美丽，好像吃过青果后回甘一般，那也不枉你们从前的一场要好了。

这是梁遇春给朋友写的回信。失恋的人愿意说,"从前种种譬如昨日死,以后种种譬如今日生",想忘掉过去,就当过去没存在一样。

而梁遇春认为"将来"总未免太渺茫了,"现在"不过一刹那,好像一个没有存在的东西似的。所以只有"过去"是这不断时间之流中站得住的岩石。我们只好紧紧抱着它,才免得受漂流无依的苦痛。

爱情织的网应该仔细保护着,当你感到寂寞或孤栖的时候,把这情网慢慢张开在你心眼的前面,深深地去享受它的美丽,好像吃过青果后回甘一般。

婴　儿

□ ［中国］巴金

　　我们要盼望一个伟大的事实出现，我们要守候一个馨香的婴儿出世——你看他那母亲在她生产的床上受罪！

　　她那少妇的安详、柔和、端丽，现在在剧烈的阵痛里变形成不可信的丑恶：你看她那遍体的筋络都在她薄嫩的皮肤里暴涨着，可怕的青色与紫色，像受惊的水青蛇在田沟里急泅似的，汗珠粘在她的前额上像一颗颗的黄豆，她的四肢与身体猛烈地抽搐着、畸屈着、奋挺着、纠旋着，仿佛她垫着的席子是用针尖编成的，仿佛她的帐围是用火焰织成的；一个安详的、镇定的、端庄的、美丽的少妇，现在在阵痛的惨酷里变形成魔鬼似的恐怖：她的眼，一时紧紧地阖着，一时巨大地睁着；她那眼，原来像冬夜池潭里反映着的明星，现在吐露着青黄色的凶焰，眼睛像烧红的炭火，映射出她灵魂最后的奋斗，她的原来朱红色的口唇，现在像是炉底的冷灰，她的口颤着、噘着、扭着，死神热烈地亲吻不容许她一息的平安，她的发是散披着横在口边，漫在胸前，像揪乱的麻丝，她的手指间紧抓着几穗拧下来的乱发；

　　这母亲在她生产的床上受罪；

但她还不曾绝望，她的生命挣扎着血与肉与骨与肢体的纤维，在危崖的边沿上抵抗着，搏斗着死神的逼迫；

她还不曾放手，因为她知道（她的灵魂知道！）这苦痛不是无因的，因为她知道她胎宫里孕育着一点儿比她自己更伟大的生命的种子，包涵着一个比一切更永久的婴儿；

因为她知道这苦痛是婴儿要求出世的征候，是种子在泥土里爆裂成美丽的生命的消息，是她完成她自己生命的使命的时机；

因为她知道忍耐是有结果的，在她剧痛的昏瞀中，她仿佛听着上帝准许人间祈祷的声音，她仿佛听着天使们赞美未来的光明的声音；

因此她忍耐着、抵抗着、奋斗着……她抵拼绷断她统体的纤维，她要赎出在她那胎宫里动荡的生命，在她一个完全美丽的婴儿出世的盼望中，最锐利，最沉酣的痛感逼成了最锐利、最沉酣的快感……

◢佳作点评 ⦀⫶

巴金用生动细致的笔触描写了一个母亲在生产婴儿时遭受的痛苦。

生命的悸动，就像种子在泥土里爆裂成美丽的生命的消息，仿佛是上帝的福音，仿佛听着天使们赞美未来的光明的声音。在祈祷中，赎出在她那胎宫里动荡的生命。我们每个人都是在母体里降生，在阳光里成长，在黑暗中结束自己的生命。

每一个生命的诞生，都标识着母亲的伟大，她能战胜痛苦，完成生命的延续。

痛苦像一把犁刀，它一方面割破了你的心，另一方面却掘开了生命的新水源！

战胜自己

□［中国台湾］罗兰

如把我们日常所经验过的种种痛苦烦恼，仔细分析一下，你会发现，这痛苦的来源有一大部分都是不能战胜自己。

当我们需要勇气的时候，先要战胜自己的懦弱。需要洒脱的时候，先要战胜自己的执迷。需要勤奋的时候，先要战胜自己的懒惰。需要宽宏大量的时候，先要战胜自己的浅狭。需要廉洁的时候，先要战胜自己的贪欲。需要公正的时候，先要战胜自己的偏私。

这许多矛盾的名词——勇敢、懦弱、洒脱、执迷、勤奋、懒惰、宽大、浅狭、廉洁、贪欲、公正、偏私……几乎经常同时占据着我们。

世上没有绝对完美理想的人，当然也很少绝对不可救药的人，每一个人的性格中都或多或少地存在着上述的矛盾。这些矛盾，在你遇到一件事情，需要你采取行动去应付的时候，就往往会同时出现。而当它们同时出现的时候，也就是你开始彷徨困扰、痛苦不堪的时候。你怎样决定，完全看这两种矛盾的力量是哪一边战胜。如果是积极和光明的一边战胜，你走向成功。如果是消极和黑暗的一边战胜，你就走向失败。

这理由很明显，按理说，每一个人都应该知道自己怎样做，才是正确的决定。但是，很少人能够不经交战而采取正确的行动。甚至交战的结果，仍是消极与黑暗的一面战胜。

战胜自己不是一件容易的事。它需要很大的勇气与坚定的信念。想一想看，你战胜自己的次数多吗？还是时常姑息纵容了自己？

一个人，如果他勤奋，那必定是他战胜了自己的懒惰。懒惰是我们最难克服的一个敌人。许多本来可以做到的事，都因为一次又一次的懒惰拖延，而把成功的机会错过了。

当我们尝试一项新工作，接触一个新环境，应付一个新场面的时候，总难免有一种向后牵曳的力量。我们常会退缩地想：还是安于现状吧！还是省事为妙吧！还是不要冒险吧！于是，就在这种种消极的决定中，不知多少可贵的机会流失了。许多人抱怨自己一事无成，恐怕这消极的处理事情的习惯，是使他失败的一个最大的原因。

每一个人都知道公正廉洁是可敬的，偏私贪欲是可耻的。但是，事到临头，往往就会有一些你在事先所想不到的理由来影响你正面的决定。比如说：你会把责任推给环境的压力，风气的不良，或一项消极退守的成语，如"识时务者为俊杰"之类。其实，那正是你被另一个自己所战败的明证。一个人在必要的时候不能战胜自己，是可耻的，任何理由都无法掩饰这种羞耻。一个人应该有力量让自己那光明的一面战胜，否则，你的人生就失败了。

如果你知道宽恕是一种美德，那么你为什么还要计较别人的短处或过失呢？

如果你知道豁达一点可以减少痛苦，你为什么还不肯早一点把眼前琐屑的得失恩怨放开看淡呢？

要知道，我们有时痛苦困扰，犹豫不安，那只是因为我们心情上有两种相反的力量在相持不下。让我们明智一点，早作抉择，你会觉得生活的面目豁然开朗起来了。

我们从小所受的教育，足够使我们知道怎样明辨是非。在明辨是非之外，就要看我们是否有足够的信念，和约束自己的力量，去遵循我们所知道的正确的路。那需要经过很艰苦的奋斗，需要动用你一切内在的向上向善的力量，才能把握你所预定应走的方向。

勤与惰，清醒与执迷，并不是距离遥远的两极，而只是薄薄的剃刀的两面，其间只有一刃之隔。你翻过这一刃之隔，便是勤奋与清醒；留在那边，便是懒惰与执迷。你要不要翻过，只在短短的一念之间。

如果你决心清醒，你便可以清醒；如果你决心执迷，你就将继续执迷。这"决心"的实现，不在你能不能，而在你肯不肯。

▮佳作点评 ▐▌▖

痛苦的来源有一大部分都是不能战胜自己。战胜自己不是一件容易的事。它需要很大的勇气与坚定的信念。勤与惰，清醒与执迷，并不是距离遥远的两极，而只是薄薄的剃刀的两面，其间只有一刃之隔。你翻过这一刃之隔，便是勤奋与清醒；留在那边，便是懒惰与执迷。你要不要翻过，只在短短的一念之间。

一个人成功的过程，不是克服多少困难的过程，而是战胜自己的过程。

因小失大

□［美国］富兰克林

在一个假日里，同伴们集钱购买玩具，而我是负责跑腿的。当我口袋里装满了同伴们的铜板时。我立即向儿童玩具店跑去。有必要说一下，当时我只是个七岁的孩子。路上，我瞧见别的孩子手里拿着哨子，哨子吹出的声音把我迷住了。于是，我就把铜板统统掏出来，换了一只哨子。我回到家里，一蹦三跳地吹着哨子跑遍全屋，为此颇感得意，不想妨碍了一家人。我把买哨子所付的钱数告诉兄姐和堂哥堂姐时，他们说我付了四个哨子的钱，还对我说，多付的钱本来可以买许多好玩的东西。他们嘲讽我做了件蠢事，我由于气恼而大声哭泣起来。即使现在每想到这件事，我所感到的羞辱，远远超过哨子带给我的乐趣。

然而，这件事一直印在我的脑际，而且后来对我的人生颇有助益。每当别人引诱我去买一些我用不着的东西时，我常常告诫自己："别对哨子花太多的钱。"我把钱省了下来。长大成人以后，我闯进了大千世界，结识了形形色色的人，我发现有许多"对哨子付出了太多的钱"的人。

有的人渴望得到宫廷的青睐，把时间浪费在宫廷会议上，放弃休息、自由、美德，甚至朋友：在我看来，这种人对他的哨子付了过高的代价。

有的人争名夺利，时常参与政事，忽视自己的本职工作，最后因此而堕落。我认为，这种人对他的哨子付出的代价实在太高了。

有的守财奴为了敛财致富，不惜置一切舒适、一切与人为善的快乐、别人对他的尊敬和友谊的欢乐于不顾。对此，我劝诫他们说："可怜的人啊，你为你的哨子付出了过高的代价。"

有的人专事寻欢作乐，不努力提高自己的志向或社会地位，忽视健康，只沉溺于眼前的良辰美景时，应该劝慰他们说："错了，你这样做适得其反，在自找苦吃；你对你的哨子付出了过高的代价。"

有的人注重于外貌仪表，讲究衣着，欲置备豪华舒适的住宅、精雕细琢的家具和富丽堂皇的马车，但他的财力根本未达到此种水平，结果弄得债台高筑。我感叹道你对你的哨子付出了太高太高的代价。总而言之，人类一切痛苦之事，大都由于对事情的错误估价，亦即因小失大——"对他们的哨子付出过高的代价"。

▂▊佳作点评 ▐▍▖

文中讲述了一个七岁孩子身上发生的"因小失大"的事，告诉我们不应该因一件小事而失去不应该丢掉的东西的道理。

在作者看来，生活中，还有很多人"对哨子付出了太多的钱"，人类一切痛苦之事，大都由于对事情的错误估价，亦即因小失大——"对他们的哨子付出过高的代价"。

若想不付高昂代价，只有了解"哨子"本身的价值，付出与之相等的努力和投入，才不会因小失大，才不会对哨子付出过高的代价。

保持自我 ▊▎▍▖▁▗▁▁▃

□［美国］迈克尔·杰克逊

我决心自作主张。每时，每刻，我的思想警戒都不能松懈。在我没有谨慎地思考别人思想的价值以前，我决心拒绝别人的思想，无论他们的声望是如何地伟大、地位是如何地崇高，我都不会接受。

我决心加强对个人的完整性的防护。那些金钱或安全的诺言，我决不肯用出卖或以我的信仰与行动的自由来交换。

我决不肯任人推举或被别人所征服。在我未能确知前途所走的方向前，我拒绝仅因某种"方向"或"运动"在某一时候恰是流行的或有利的，便追随其后。相反，我要根据个人的好恶而选择，而不要根据批评家的好恶。我要选择从我自己的朋友、音乐、纸烟、猫、宗教、政治和特别喜欢的事物那里获得快乐，而不管他们在大家的心中如何。

我决心遵守我祖国的"传统美德"，并维护个人自由的信心及对他人权利的尊重。

我决心更爱人类，把恨减到最少。

1963 年，5 岁的迈克尔·杰克逊与兄长组成乐团，开始了他的表演生涯。1971 年，开始个人独唱生涯。至今，他已在全世界销售了约 7.5 亿张唱片。

在迈克尔·杰克逊的个人特色里，一流舞蹈的表演是造成世界争相模仿的主要元素。在他每次的舞蹈肢体动作中，透露出他优良的肢体协调性。每一个舞蹈的动作都是细腻且清楚的，并且毫不含糊地配合着每一次的全新创意，给观众们带来了不少新的视觉感受，如同"太空步""45 度前倾专利"，让全球的歌迷为之疯狂。他保持了自我，并相信自我，所以他获得了极大的成功。

生前·死后 ▌▌▖▖▗▖ ▗

□［美国］卡尔·萨根

有的人尚在母亲的怀抱里就开始饱受饥饿，夭折似乎成了他们的最好归所；而另一些人，仅仅是由于出身的原因，过着富足华丽的生活。这个世界看来似乎非常不公平，一个人可能生在被凌辱的家庭或被咒骂的种族，或天生有某种残疾，于是在命运的捉弄中生活一辈子，直至死神带走他的灵魂。

生命的结局难道只能如此吗？仅仅是一场无梦、永无尽头的睡眠吗？公正何在？这是惨淡、残酷而无情的世界。难道我们不应在公平的竞技场上有第二次机会吗？如果不管前生命运如何与我们作对，我们来生的出身取决于我们今生努力的程度，这似乎是美妙公平的。或者，如果我们死后存在一次审判，只要我们扮演好这一生所注定的角色，为人谦卑、诚实等等，那么作为奖赏，这个世界的痛苦和动乱将被来生摆脱掉，我们可以在永久避难所中愉快地生活，直到时间的尽头。

如果这个世界是经过考虑，事先设计好的，而且是公平的，它就会是这个样子。如果想使承受痛苦和磨难的人得到他们应得的安慰，它就会是这个样子。

因此，这样的社会——引导人们满足于现在的生活状况，期望死后有所回报的社会——倾向于灌输给人们安于现状、反对变革的思想。更有甚者，对死亡的恐惧，在某种程度上本来是生存斗争和进化中的一种适应，在战争中反而变得不适应。那些宣扬英雄来生会得到极大幸福的文化，或者甚至那些仅仅是按照权威的吩咐来行事的人，可能会赢得一些竞争性的优势。

因此，宗教和国家在兜售死后精神永存的思想和关于来生概念时，应该是不费吹灰之力的。在这个问题上，我们不能期望存在广泛的怀疑主义。尽管几乎毫无证据，人们仍然愿意去相信它们。不容置疑，大脑损伤会使我们丧失大部分记忆，会将我们由疯狂变得平静，或由平静变得疯狂。大脑化学的改变，会使我们相信有一个针对我们的大规模的阴谋，或者使我们自己感觉听到了上帝的福音。尽管这提供了强有力的证据，正如我们的个性、特征、记忆等根源于大脑的物质之中一样。但是，不重视这一证据，回避这一证据的可信度仍是很容易的。

如果由一个强劲有力的社会制度坚持来生的存在，那么持异议者人数很少，并且保持沉默、遭到憎恶是不足为奇的。

佳作点评

卡尔·萨根对科学和社会诸多方面都有重大、深远的贡献，并且影响了全世界数以亿计的人们。

他认为，命运的不公是前生造成的，来生的命运是今生修行的结果，就像佛学里讲的三世因果：欲知前世事，今生受者是，欲知后世果，今生作者是，假使百千劫，所作业不已，姻缘会遇时，果报还自受。种如是因，得如是果，一切唯心造。

论幸运 ▎▍▕▂▁▂▂▁

□ ［英国］培根

毋庸置疑，个人的命运往往会受一些偶然性因素影响，例如长相漂亮、机缘凑巧、某人的死亡，以及施展才能的机会等等。但另一方面，人之命运也常常是由人自己造成的。正如古代诗人所说："每个人都是自身的设计师。"

有些时候，一个人的愚蠢恰是另一个人的幸运，一方的错误恰好造成了另一方的机会。正如谚语所说："蛇吃蛇，变成龙。"

炫耀于外表的才干徒然令人赞羡，而深藏不露的才干则能带来幸运，这需要一种难以言传的自制与自信。西班牙人把这种本领叫做"潜能"。所谓"潜能"，即一个人具有优良的素质，而且能在必要时发挥这种素质从而推动幸运的车轮转动。

加图具有多方面的才能，因而，历史学家李维曾这样形容他说："他的精神与体力都是那样优美博大，因此无论他出身于什么家庭，都一定可以为自己开辟出一条道路。"由此可以看出，只要对一个人深入观察，完全可以发现他是否可以期待遭际幸运。幸运之神虽然是盲目的，但却并非是无形的。

作为个体，幸运的机会是不显眼的，但作为整体却像银河般光辉灿烂。同样，一个人也可以通过不断作出细小的努力来达到幸福，这就是不断地增进美德。

意大利人在评论真正聪明的人时，除了夸赞他别的优点外，有时会说他表面上带一点"傻"气。是的，有一点傻气，但并不是呆气，再没有比这对人更幸运的了。然而，一个民族至上或君主至上主义者的"傻气"却是不幸的根源。因为他们让别人替自己思考，走别人为自己设计的路了。

意外的幸运会使人冒失、狂妄，然而来之不易的幸运却不会如此，它使人成为伟大。

我们应该崇敬命运之神，最起码这是为了她的两个女儿——一位叫自信，一位叫光荣。他们都是幸运所产生的。前者诞生在自我的心中，后者降生在他人的心目中。

智者不夸耀自己的成功，他们把光荣归功于"命运之神"。事实上，也只有伟大人物才能得到命运的护佑。恺撒对暴风雨中的水手说："放心吧，有恺撒坐在你的船上！"而苏拉则不敢自称为"伟大"，只称自己为"幸运的"。从历史可以看到，凡是把成功完全归于自己的人，结局常常都是很不幸的。例如，雅典人泰摩索斯总把他的成就说成："这绝非幸运所赐。"结果又如何呢？他以后没有一件事是顺利的。世间确有一些人，他们的幸运，流畅得有如荷马的诗句。例如普鲁塔克就曾以泰摩列昂的好运气与阿盖西劳斯和埃帕米农达的运气相对比。但这种幸运的原因还是可以从他们的性格中得到发现。

▎佳作点评 ▎

幸运之神虽然是盲目的，但却并非是无形的。意外的幸运会使人冒失、狂妄，然而来之不易的幸运却不会如此，它使人成为伟大。智者不夸耀自己的成功，他们把光荣归功于"命运之神"。凡是把成功完全归于自己的人，结局常常都是很不幸的。

有些时候，一个人的愚蠢恰是另一个人的幸运，一方的错误恰好造成了另一方的机会。埋怨命运等于嘲笑自己，幸运之神从来不会光顾那些没有准备的头脑。

幸运要靠自己创造，机会要靠自己把握，只有创造了幸运、把握住机会的人，才能成功。

生命之战

□［美国］亨利·梭罗

　　在我们的整个生命中，善恶之间时刻都在进行着无休止的、惊人的精神性之战。善，是唯一的授予，永不失败。在全世界为之振奋的竖琴音乐中，善的主题给我们以欣喜。这竖琴好比宇宙保险公司的旅行推销员，宣传它的条例，我们的小小善行则是我们付的保险费。虽然年轻人最后总要冷淡下去，宇宙的规律却永远也不会冷淡，而且永远与敏感的人站在一起。这种谴责之辞随着西风四处传播，听不到的人是不幸的。我们每弹拨一根弦，每移动一个音栓的时候，都在向我们的心灵透着可爱的寓意。许多讨厌的声音听来却像音乐，而且传得很远。对于我们卑贱的生活，这真是一个傲然的可爱的讽刺。

　　我们知道，有一只野兽生存在我们的身体里，而且每个人都有。当我们的更高的天性沉沉欲睡时，它就醒过来了。这只野兽是很难整个驱除掉的。也像一些虫子，甚至在我们生活着并且活得很健康的时候，它们寄生在我们的体内。我们也许能躲开它，却永远改变不了它的天性。恐怕它自身也有一定的健壮。我们可以很健康，却永远不能是纯净的。有一天，我捡到了一块野猪的下颚骨，有雪白的完整的牙齿，它带有一种动物性的健康和精力。但是，这却是用其他方法得到的，而非节欲和纯洁。

　　"人之所以异于禽兽者几希，"孟子说，"庶民去之，君子存之。"如果我们谨守着纯洁，谁知道将会得到什么样的生命？如果我知道有这样一个聪明人，他能教给我洁身自好的方法，无论多么艰辛，我都会找到他。"按照吠陀经典的说法，能够控制情欲和身体的外在能，并做好事的话，是从心灵上接近神的不可缺少的条件。"然而，精神能够在瞬间渗透并控制身体上的每一个官能和每一个部分，而把外表上最粗俗的淫荡转化为内心的纯洁与虔诚。

　　如果我们放纵生殖的精力，我们将因此荒淫而不洁；如果我们克制它，将使我们精力洋溢而得到鼓舞。贞洁是人类的花朵，创造力、英雄主义、神圣等等只不过是它的各种果实。除非保证纯洁的海峡畅通，否则人决不会立刻奔流到上帝那里。

　　在我们的生命之中，一会儿纯洁鼓舞前进，一会儿因不洁而沮丧。自知身体之内的兽性在一天天地消失，而神性在一天天成长的人是有福的；一旦人与劣等的兽性结合在一起，接踵而来的羞辱将会无穷无尽。最令我担心的是，我们只是农牧之神和森林之神那样的神或半神与兽结合所产生的妖怪——饕餮好色的动物。

　　我担心，在一定程度上，我们的一生就是我们的耻辱。

　　▪ 佳作点评 ▮▮▮

　　我们每弹拨一根弦，每移动一个音栓的时候，都在向我们的心灵透着可爱的寓意。在我们的整个生命中，善恶之间时刻都在进行着无休止的、惊人的精神性之战。善，是唯一的授予，永不失败。

　　生命成长的过程，就是善与恶的交战过程。善的一面胜利了，你就可以成佛成道；恶的一面胜利了，你就会变成魔鬼。生命之战一旦停止，就表示作为一个人的生命的终结。

论老之将至

□［法国］卢梭

尽管标题如此，可这篇文章真正要谈的却是怎样才能不老。在我这个年纪，这实在是一个至关重要的问题。

仔细选择你的祖先是我的第一个忠告。尽管我的双亲皆已早逝，但是考虑到我的其他祖先，我的选择还是很不错的。当然也不可否认，我的外祖父六十七岁时去世，正值盛年，可是另外三位祖父辈的亲人都活到八十岁以上。至于稍远些的亲戚，没能长寿的只发现一位，他死于一种现已罕见的病症——被杀头。我的一位曾祖母活到九十二岁高龄，一直到死，她始终是让子孙们感到敬畏的人。我的外祖母，一辈子生了十个孩子，活了九个，还有一个早年夭折，此外还有过多次流产。可是在外祖父去世之后，她马上就致力于妇女的高等教育事业。她是格顿学院的创办人之一，力图使妇女进入医疗行业。

我的外祖母总爱讲起她在意大利遇到过的一位面容悲哀的老年绅士，她询问他为什么而忧郁，他说他刚刚失去了两个孙子。

"天哪！"她叫道，"我有七十二个孙儿孙女，如果我每失去一个就要悲伤不止，那我就没法活了！"

"奇怪的母亲。"老绅士听后回答说。但是，作为她的七十二个孙儿孙女的一员，我却要说我更喜欢她的见地。

八十岁之后，她开始感到入睡有些困难，她便经常在午夜时分至凌晨三时这段时间里阅读科普方面的书籍。我想她这样一来根本就没有工夫去留意她在衰老。

在我看来，这是保持年轻的最佳方法。如果你有既广泛又浓烈的兴趣和活动，而且你又能从中感到自己仍然精力旺盛，那么你就根本不会去考虑你已经活了多少年这种纯粹的统计学情况，更不会去考虑你那也许不很长久的未来。

至于健康方面的忠告，由于我这一生几乎从未患过病，也就没有什么有益的忠告。我吃喝皆随着自己的心意而为，想吃喝多少就吃喝多少；醒不了的时候就睡觉。尽管实际上我喜欢做的事情通常是有益健康的，但我做事情从不以这是否有益健康为根据。

老年人在身心方面须防止两种危险。一种是过分沉溺于往事。人不能生活在回忆当中，不能生活在对美好的往昔的怀念或对去世的友人的哀念之中。一个人应当把心思放在今天，放到需要自己去做的事情上。当然，这一点并非能够轻而易举地做到，往事的影响总是在不断地增加。人们总认为自己过去的情感要比现在强烈得多，头脑也比现在敏锐。假如真的如此，就该忘掉它；而如果可以忘掉它，那你自以为是的情况就可能并不是真的。

另一种危险是依恋年轻人，期望从他们的勃勃生气中获取力量。子女们长大成人之后，都想按照自己的意愿生活。如果你还像他们年幼时那样关心他们，如果他们不是异常迟钝的话，他们就会把你视为包袱。当然，我不是说不应该关心子女，而是说这种关心应该是含蓄的，假如可能的话，还应是宽厚的，而不应该过分地感情用事。动物的幼子一旦自立，大动物就不再关心它们了。人类则很难做到这一点，也许是由于其幼年时期较长的缘故吧。

我认为，倘若想成功地度过老年时期，老年人应具有强烈的爱好，而且其活动又都恰当适宜，并且不受个人情感影响。只有在这个范围里，长寿才真正有益；只有在这个范围里，源于经验的智慧才能不受压制地得到运用。

告诫已经成人的孩子别犯错误根本没有用处，因为，一来他们不会相信你，二来错误原本就是教育所必不可少的要素之一。但是，如果你是那种受个人情感支配的人，你就会生活得很空虚，除非你把全副心思放在子女和孙儿孙女身上。假如事实确是如此，那么当你还能为他们提供物质上的帮助，譬如支援他们一笔钱或者为他们编织毛线外套的时候，你绝不要期望他们会因为你的陪伴而感到快活。这一点希望老年人记在心中。

还有一个忠告，老年人切莫因死亡的恐惧而苦恼。年轻人害怕死亡是可以理解的。有些年轻人担心他们会在战斗中丧生，于是每当想到会失去生活能够给予他们的种种美好事物，他们就感到痛苦。年轻人这种担心并不是无缘无故的，也是情有可原的。但是，对于一位经历了人世的悲欢、履行了个人职责的老人，因害怕死之而苦恼，就有些可怜且可耻了。

在我看来，克服这种恐惧的最好办法，就是逐渐扩大你的兴趣范围并使其不受个人情感的影响，直至包围自我的围墙一点一点地离开你，而你的生活则越来越融合于大家的生活之中。每一个人的生活都应该像河水一样，开始是细小的，并被限制在狭窄的两岸之间，然后热烈地冲过巨石，滑下瀑布。渐渐地，河道变宽了，河岸扩展了，河水流得更平稳了。最后，河水流入了海洋，不再有明显的间断和停顿，尔后便摆脱了自身的存在，而且这是在毫无痛苦可言的情况下进行的。能够这样理解自己的一生，将不会因害怕死亡而痛苦，因为他所珍爱的一切都将继续存在下去。而且，随着精力的衰退，疲倦之感日渐增加，长眠或许是解决此问题的最受欢迎的方法。

我渴望死于尚能劳作之时，同时知道他人将继续我所未竟的事业，我大可因为已经尽了自己之所能而感到安慰。

▎佳作点评 ▎▎

延缓衰老除了健康的体魄之外，还要有一种健康的心态，要老有所乐，老有所为，这样就会忘记了时间，忘记了衰老，"青山依旧在，几度夕阳红"。

老年人不要过分沉溺于往事。人不能生活在回忆当中，不能生活在对美好往昔的怀念或对去世友人的哀念之中。一个人应当把心思放在今天，放到需要自己去做的事情上。

老年人还要克服死亡的恐惧，死是生的延续，是生的开始。

束　缚

□［德国］叔本华

从人的生理特征上看，恋爱是一种本能行为，而且是与生俱仅有的。从心理上看，它是一种最强烈的情歌，是"欲望中的欲望"。在恋爱中，男性在恋爱中尤为突出，他会为心爱女性的秋波所迷惑，不惜为她做出任何奉献和牺牲。这主要是基于什么原因呢？因为，他爱她，她身上有着一种在他看来是不可磨灭的东西。仅这一点，就使其他一切都无足轻重了。他爱到着了迷的程度！尽管在恋爱中使近乎疯狂的欲望得到过满足，这也并不意味着他已获得了真正的幸福，因为恋爱终究还不是为个人、为种族和人类的，他仍没有脱离这个充满痛苦和悲惨的世界，它永不能毁灭和消失，它使人生的序幕一场又一场地承继下去。

恋爱是求生意志的表现，产生恋爱行为最持久、最深刻的根源所在是求生意志的永存性。人类生存意志的核心是难以打破的，而且只有这种本质核心，才能直接保证种族永存。如果在认识上以这本质的永续为微不足道的小事，掉以轻心，加以蔑视，那当然是极大的错误。就种族的外貌而言，种族的持续是生存于我们所不能置身也不可知道的未来。然而，就其内在的本质而言，种族的永续是永久性的并存或是续存于各色各样的个体之中，内在的本质完全相同，这就是切实渴望生存和永续的求生意志。它是不可能被扭曲，不可能被销毁和改变的。这意志的实在性可以通过恋爱充分、直接而又非常具体地表现出来。它将随意志而永存延续，却永远也不能驾驭人们解脱人生。那么，个体怎样才能从痛苦的世界中解脱出来呢？唯一的途径就是否定意志，使个体意志脱离种族的枝干，停止其生存。除此之外，不可能再会有什么解脱人生的妙计了。佛教曾把对生存意志的否定称为"涅亚"。所谓"涅亚"，即指根绝了人生种种欲望所达到的一种至高至乐的境界。这也是人类一切认识能力所永远也达不到的境地。事实上，只要生命仍存在于这个世界上，人生就不会得到任何解脱，生存的求生意志所表现出来的恋爱行为，只是人生解脱的叛徒，绝不是助手和朋友，因为你决不会因为恋爱而从人生中解脱出来。

ⅰ佳作点评 ⅱⅰ

恋爱是求生意志的表现，产生恋爱行为最持久、最深刻的根源是求生意志的永存性。这种永存性，也就是人生的束缚。那么，怎样才能从痛苦的世界中解脱出来呢？唯一的途径就是否定意志。

这种否定意志就是熄灭人心中的种种妄想，根绝了人生种种欲望所达到的一种至高至乐的境界。

归根结底，对一个人灵魂的束缚不仅仅是恋爱，而是人的肉体。只要有肉体存在，人的各种欲望就存在，就会产生种种束缚让你进退不得。

每一天的决战

□ ［日本］池田大作

人生如梦，而永恒的是生命。尽管生命转瞬即逝，却比所有的财宝都珍贵。那么，将如此宝贵短促的生命无所事事地轻抛是可耻的。

对整个人类来说，为使命而活着的人是最多可贵的，而不知为何而生存的人是最为空虚的。彷徨的人只不过在别人眼中是自由的，对不得不彷徨于路的人来说，他没有了生存的根基，生活只是在打发着一个个充满不安和内心空虚的苦恼日子。人生没有使命感则不免陷入彷徨。

即使在今世看来比较理想的人生观，若站在上一级宇宙的高度来考察，就会产生疑问：这个人生观是正确的吗？显然，这个问题是极其艰深的。必有一个宇宙至高的，或者说代表生命本源的法则，所谓命运，不就是人们从法则那儿得到的报应吗？

人类生命中有一个像最大公约数一样的共同基础，那是生命的支柱，只有在这个基础之上，人们的才能、天分才会得到发挥。倘若一个人最本质的基础失去了，即使再杰出的才能也会枯竭，甚至连生存的力量都会耗尽，从而不得不走向衰亡。人类生命中这种必备因素是与生俱来的，熟知人的本质基础之后，才能去寻找可充分发挥个性的合适场所。

"既然成为人，竭尽全力生存是唯一的选择。"把这一条当做焦点来观察一个人，就会发现，外表的不同都是枝节。去掉这些枝节，只会剩下人类生命的赤裸裸的胴体。要判断他的人生价值，这是唯一的标准。

　　人生犹如建设，一旦停止建设，人生就会烟消雾散。

　　对自己眼下能做的事情不付出全力的人，是没有资格谈未来的。一个人必须点燃起自己对眼前工作的热情。因为，人，首先得稳稳地站住脚跟，才能进行下一个大飞跃。

　　想一想，一天只有二十四小时，即使利用交通工具跑得再快，这一点也是不能改变的。因此，不管在哪里，不管怎样做，只有自己的"存在"才是确实的。怎样充实这个自我呢？这就看你怎样充实每一天。甚至是否能使自己的人生丰富多彩，是否能在社会上拥有主动权，都取决于你对每一天的充实。有利的环境本身是单调的，如果你设法利用这些有利因素，使自己的人生变得充实起来，这种脑力劳动本身就是丰富多彩的。

　　人们每一天都在决战，昨天的成功，并不能保证今天的胜利，昨天的挫折不一定就导致今天的失败。关键是看你能否把每时每刻都把握住。所有的努力加在一起，它的本质就是你的机会和才能，这才是你一生的总决战。

佳作点评 ‖

　　人们每一天都在决战，昨天的成功，并不能保证今天的胜利，昨天的挫折不一定就导致今天的失败。关键是看你能否把每时每刻都把握住。所有的努力加在一起，它的本质就是你的机会和才能，这才是你一生的总决战。对人生彷徨的人来说，他没有了生存的根基，生活只是在打发着一个个充满不安和内心空虚的苦恼日子。

　　一寸光阴一寸金。时间顺流而下，生活逆水行舟。在时间的土壤上，如果播下的是懒怠，那么收获的只能是失望和叹息。

失去人性的学问

□〔日本〕池田大作

可以认为，现代的学问企图将一切事物都加以科学分析，而人性这最重要的东西却被忽略了。我认为，所谓人类，就是依靠思想形成理念，设定理想，并为这个理想进行努力的客观存在。人类的高贵就体现在这里。当然，在现实中，重要的还有某事如何如何之类的分析和真伪的判断。但是，进行分析和判断，就要预测某事如何如何，这就包含了理想，而要实现理想，就要树立应该怎么做的判断基准，为此，分析和判断又是非常必要的。我认为，追求理想和重视现实，这两方面人类都具备，而且两方面都具备才是中庸之道，才是正确的思想方法。

学问是为人类的需要而存在的，如今，我们被迫忘记了这个不说自明的道理。其根本原因是：本来学问是从"人"出发的，而在当今社会，人们已不再好好学习这个学问的基础，而一味追求最新的成果。人们之所以会采取这种做学问的态度，归根结底，是由于一切一切的基本点——"人的观念"没有确立。当然，"人"是不会被所有从事专业的人们淡忘的，但是，由于没有一个能抓住人类整体形象的尺度，不知不觉，就会把自己专业领域的方法当做看待人类的基本尺度了，这样，现代的悲剧就发生了。政治也好，经济也好，科学也好，凡是和人类自身有关的学问，可以说，在今天这个时代都是必需的。

忘却活的现实而大发议论，容易流于繁琐的讲话和注释。当然，仔细考证文献也是很重要的工作，但不要忘记其中的根本精神，并且要设法将这一根本精神运用于实践，服务于现实世界。这才是研究一切学问、思想的正确方法。

在一切观点的根本之处，我们必须紧紧盯住"人"的存在，必须掌握深刻理解人的重要性的价值观。面对那些忘却"人"的思想和运动，不管它们在形式上多么符合逻辑，也不管它们用多么庞大的体系来装饰自己，我们都要保持冷静的头脑，不被表象所迷惑。

▁佳作点评 ▊▍▖

现代的学问企图将一切事物都加以科学分析，而人性这最重要的东西却被忽略了。学问是为人类的需要而存在的，如今，我们被迫忘记了这个不说自明的道理。

从事各种学问的研究，都要考虑到人的因素，如果不考虑人的关系，那么这个学问的研究就很难在社会上立足。一切学问要注重现实，现实就要和人发生关系，这就是做学问的根本精神。设法将这一根本精神运用于实践，服务于现实世界，这才是研究一切学问、思想的正确方法。

生存的代价 ▍ⅠⅠ▄▄ ▄▄ ▄

□〔埃及〕艾尼斯·曼苏尔

　　有一句世界性的格言："进去时应想着出来。"或者说成："登门迈脚须小心！"其中想表达的意思就是说，一只脚迈进门槛，另一只脚要始终留在门外。也可以这样说，你应该一只眼睛在门里，一只眼睛在门外；或者，你应该骑跨在门槛上；或者，你的智慧应该在你的舌头上，你的头脑应该在你的心上，你应该给自己的每一个动作、每一个意见、每一个思想、每一个步骤，都加上一个计算器，以便保证你的心灵、你的肉体、你的头脑、你的生命的安全。你应该经受所有这些磨难，因为这样可以使你自己安全。经历过种种原因的磨难后，你就为自己实现了安全、无虞、顺遂与和平了！

　　但是，谁能这样小心谨慎一辈子呢？谁能戴此枷锁而不疲乏？谁能不因为这枷锁而不粉碎它，或是随着这枷锁而粉碎呢？谁能不让禁锢在牙齿后面的舌头因疲惫而说话呢？谁能不让自己因行走劳累而倒在地上呢？谁能忍受大门长期禁闭或看着门偏斜而不去砸烂这些门呢？谁能总数着自己咀嚼的每一口饭和饮的每一滴水呢？谁能用自己的手指握住自己的心，用自己的手指抓住自己的脑呢？谁能把自己的全部潜能都囚禁得好好的呢？

谁能用囚禁自己的办法换得正确和无过呢？所有这一切，都是为了走上笔直的道路，为了接近于正确。若想保证所有这一切都没有丝毫错误，只有也唯有助一个方法——不做任何事。

然而，除了死人，谁也不能如此。也只有死人才不知道错误，因为他们无法判断正确。至于活人，因为他们有可以伸屈的四肢、舌头和手臂，有可以远望的眼睛，有可以配置耳机和电话的耳朵，因此，他们在这些自然因素的引导下，产生了偏颇。

活人不懂得折中，因为折中就意味着拦腰斩断。而过火极端，倒常常是令他们高兴的事，哪怕这样会导致一种永远的休息。他们是人：即使付出代价，也要去干，这是人的无法改变的自然特性。我们为此付出过多少代价啊！

死亡就是为了生存而付出的代价，而且是为了任何一种生存。

佳作点评

你应该给自己的每一个动作、每一个意见、每一个思想、每一个步骤，都加上一个计算器，以便保证你的心灵、你的肉体、你的头脑、你的生命的安全。但是，谁能这样小心谨慎一辈子呢？谁能带此枷锁而不疲乏？

人活着就是为了经受苦难，在苦难中获得智慧，然后悟出人生至深至极的道理，寻找到心灵皈依的方向。

心灵上的舒展

在这个世界上哪能都是快乐美好呢，人生是苦乐掺杂的，

不是所有时光都是完美的，但只要有美好的希望就够了。

——罗曼·罗兰

论无话可说 ▌▏▍▁▁▁▁

□［中国］朱自清

十年前我写过诗；后来不写诗了，写散文；入中年以后，散文也不大写得出了——现在是，比散文还要"散"的无话可说！许多人苦于有话说不出，另有许多人苦于有话无处说；他们的苦还在话中，我这无话可说的苦却在话外。我觉得自己是一张枯叶，一张烂纸，在这个大时代里。

在别处说过，我的"忆的路"是"平如砥""直如矢"的；我永远不曾有过惊心动魄的生活，即使在别人想来最风华的少年时代。我的颜色永远是灰的。我的职业是三个教书；我的朋友永远是那么几个，我的女人永远是那么一个。有些人生活太丰富了，太复杂了，会忘记自己，看不清楚自己，我是什么时候都"了了玲玲地"知道，记住，自己是怎样简单的一个人。

但是为什么还会写出诗文呢？——虽然都是些废话。这是时代为之！十年前正是五四运动的时期，大伙儿蓬蓬勃勃的朝气，紧逼着我这个年轻的学生，于是乎跟着人家的脚印，也说说什么自然，什么人生。但这只是些范畴而已。我是个懒人，平心而论，又终于只是范畴，此处也只是廉价的，新瓶里装旧酒的感伤。当时芝麻黄豆大的事，都不惜郑重地写出来，

心灵上的舒展

209

现在看看，苦笑而已。

先驱者告诉我们说自己的话。不幸这些自己往往是简单的，说来说去是那一套，终于说的听的都腻了——我便是其中一个。这些人自己其实并没有什么话，只是说些中外贤哲说过的和并世少年将说的话。真正有自己的话要说的是不多的几个人，因为真正一面生活一面吟味那生活的只有不多的几个人。一般人只是生活，按着不同的程度照例生活。

这点简单的意思也还是到中年才觉出的。少年时多少有些热气，想不到这里。中年人无论怎样不好，但看事看得清楚、看得开，却是可取的。这时候眼前没有雾，顶上没有云彩，有的只是自己的路。他负着经验的担子，一步步踏上这条无尽的然而实在的路。他回看少年人那些情感的玩意，觉得一种轻松的意味。他乐意分析他背上的经验，不止是少年时的那些；他不愿远远地捉摸，而愿剥开来细细地看。也知道剥开后便没了那跳跃着的力量，但他不在乎这个，他明白在冷静中有他所需要的。这时候他若偶然说话，绝不会是感伤的或印象的，他要告诉你怎样走着他的路，不然就是，所剥开的是些什么玩意。但中年人是很胆小的；他听别人的话渐渐多了，说了的他不说，说得好的他不说。所以终于往往无话可说——特别是一个寻常的人像我。但沉默又是寻常的人所难堪的，我说苦在话外，以此。

中年人若还打着少年人的调子——姑不论调子的好坏——原也未尝不可，只总觉"像煞有介事"。他要用很大的力量去写出那冒着热气或流着眼泪的话；一个神经敏锐的人对于这个是不容易忍耐的，无论在自己，在别人。这好比上了年纪的太太小姐们还涂脂抹粉地到大庭广众里去卖弄一般，是殊可不必的了。

其实这些都可以说是废话，只要想一想咱们这年头。这年头要的是"代言人"，而且将一切说话的都看作"代言人"；压根儿就无所谓自己的话。这样一来，如我辈者，倒可以将从前狂妄之罪减轻，而现在是更无话可说了。

但近来在戴译《唯物史观的文学论》里看到，法国俗语"无话可说"竟与"一切皆好"同意。呜呼，这是多么损的一句话，对于我，对于我的时代！

▮佳作点评 ▮▮▮▪

《论无话可说》写于 1931 年，这正是中国现代史上动荡不安的年代。内战连年，外患堪忧。经历过"五四"新文化运动的朱自清已从朝气蓬勃的青年步入深谙人世尘缘的中年。看清了生存的困苦、做人的艰难，面对现实，失望和苦闷郁积心间。于是将这种生命的体验融入其文，表现出极富哲理的人生与人性的思考与感怀。

作者不是苦在话中，而是苦在话外，不是有话说不出或有话无处说，而是有话不想说。尤其是对这个"大时代"，倘若文章不能真实地传达自己的思想，不去针砭时弊，拾遗补缺，不如不写不说。

无话可说就是沉默，不是在沉默中爆发，就是在沉默中死亡。

窗外的春光 ▌▌ᵢᵢ▬ ▪▪ ▬

□〔中国〕庐隐

几天不曾见太阳的影子，沉闷包围了她的心。今早从梦中醒来，睁开眼，一线耀眼的阳光已映射在她红色的壁上，连忙披衣起来，走到窗前，把洒着花影的素幔拉开。前几天种的素心兰，已经开了几朵，淡绿色的瓣儿，衬了一颗朱红色的花心，风致真特别，即所谓"冰洁花丛艳小莲，红心一缕更嫣然"了。同时一股沁人心脾的幽香，喷鼻醒脑，平板的周遭，立刻涌起波动，春神的薄翼，似乎已扇动了全世界凝滞的灵魂。

说不出是喜悦，还是惆怅，但是一颗心灵涨得满满的——莫非是满园春色关不住——不，这连她自己都不能相信；然而仅仅是为了一些过去的眷恋，而使这颗心不能安定吧！本来人生如梦，在她过去的生活中，有多少梦影已经模糊了，就是从前曾使她惆怅过，甚至于流泪的那种情绪，现在也差不多消逝净尽，就是不曾消逝的而在她心头的意义上，也已经变了色调。那就是说从前以为严重了不得的事，现在看来，也许仅仅只是一些幼稚的可笑罢了！

兰花的清香，又是一阵浓厚的包袭过来，几只蜜蜂"嗡嗡"的在花旁兜着圈子，她深切地意识到，窗外已充满了春光；同时二十年前的一个梦影，从那深埋的心底复活了：

一个仅仅十零岁的孩子，为了脾气的古怪，不被家人们的了解，于是把她送到一所因牢似的教会学校去寄宿。那学校的校长是美国人—— 一个五十岁的老处女，对于孩子们管得异常严厉，整月整年不许孩子走出那所建筑庄严的楼房外去；四围的环境又是异样的枯燥，院子是一片沙土地；在角落里时时可以发现被孩子们踏陷的深坑，坑里纵横着人体的骨骼，没有树也没有花，所以也永远听不见鸟儿的歌曲。

春风有时也许可怜孩子们的寂寞吧！在那洒过春雨的土地上，吹出一些青草来——有一种名叫"辣辣棍棍"的，那草根有些甜辣的味儿，孩子们常常伏在地上，寻找这种草根，放在口里细细地嚼咀。这可算是春给她们特别的恩惠了！

那个孤零的孩子，处在这种阴森冷漠的环境里，更是倔强，没有朋友，在她那小小的心灵中，虽然还不曾认识什么是世界，也不会给这个世界一个估价。不过她总觉得自己所处的这个世界，是有些乏味。她追求另一个世界。在一个春风吹得最起劲的时候，她的心也燃烧着更热烈的希冀，但是这所因牢似的学校，那一对黑漆的大门仍然严严地关着，就连从门缝看看外面的世界，也只是一个梦想。于是在下课后，她独自跑到地窖里去，那是一个更森严可怕的地方，四围是石板做的墙，房顶也是冷冰冰的大石板，走进去便有一股冷气袭上来，可是在她的心里，总觉得比那死气沉沉的校舍，多少有些神秘性吧。最能引诱她的当然还是那几扇矮小的窗子，因为窗子外就是一座花园。这一天她忽然看见窗前一丛蝴蝶兰和金钟罩，已经盛开了，这算给了她一个大诱惑。自从发现了这窗外的春光后，这个孤零的孩子，在她生命上，也开了一朵光明的花，她每天像一只猫儿般，只要有工夫，便蜷伏在那地窖的窗子上，默然地幻想着窗外神秘的世界。

她没有哲学家那种富有根据的想象，也没有科学家那种理智的头脑，她小小的心，只是被一种天所赋予的热情紧咬着。她觉得自己所坐着的这个地窖，就是所谓人间吧——一切都是冷硬淡漠，而那窗子外的世界却不一样了。那里一切都是美丽的，和谐的，自由的吧！她欣羡着那外面的神秘世界，于是那小小的灵魂，每每跟着春风，一同飞翔了。她觉得自己变成一只蝴蝶，在那盛开着美丽的花丛中翱翔着，有时她觉得自己是一只小鸟，直扑天空，伏在柔软的白云间甜睡着。她整日支着颐不动不响地尽量陶醉，直到夕阳进到山背后，大地垂下黑幕时，她才快快地离开那灵魂的休憩地，回到陌生的校舍里去。

她每日每日照例地到地窖里来，——一直过完了整个的春天。忽然她看见蝴蝶兰残了，金钟罩也倒了头，只剩下一丛深碧的叶子，苍茂的在熏风里撼动着，那时她竟莫名其妙地流下眼泪来。这孩子真古怪得可以，十几岁的孩子前途正远大着呢。这春老花残，绿肥红瘦，怎能惹起她那么深切的悲感呢？！但是孩子从小就是这样古怪，因此她被家人所摒弃。同时也被社会所摒弃。在她的童年里，便只能在梦境里寻求安慰和快乐，一直到她否认现实世界的一切，成了一个疏狂孤介的人。在她三十年的岁月里，只有这些片段的梦境，维系着她的生命。

阳光渐渐地已移到那素心兰上，这目前的窗外春光，撩拨起她童年的眷恋，她深深地叹息了："唉，多缺陷的现实的世界呵！在这春神努力的创造美丽的刹那间，你也想遮饰起你的丑恶吗？人类假使连这些梦影般的安慰也没有，我真不知道人们怎能延续他们的生命哟！"

但愿这窗外的春光，永驻人间吧！她这样虔诚地默祝着，素心兰像是解意出的向她点着头。

◢佳作点评 ▌▌▖

作者写的学校，就是封建社会的枷锁，那些被社会封闭了的姑娘，渴望着生命的自由，时刻都在幻想着外面的世界。文章里的小女孩，为一朵花流泪，那是因为花朵让她不再孤单，在心里互相理解，那是她生命的陪伴。只有在梦里，她才有美丽和快乐。

春光，让她眷恋，让花儿开放，让春光永驻世间，让花儿永远地开放吧！

万古长存的山岭，并不胜于生命短处、瞬息即逝的花朵。纯洁的人性在赎偿人类自己制造的不幸和缺陷。

死所的选择 ▌|ı__ ¸¸ ¸

□〔中国〕柔石

　　一个穷孩子，睡倒在路边，不幸的他，病了！而且病的是急性的痧症，他全身抽筋，肩膀左一耸，右一耸，两腿也左一伸，右一伸。脸色青的和烤熟的茄子一样，唇黑，眼闭着无光。有时，虽眨眨地向环立在他四周的群众一眼，好似代替他已不能说话的口子求乞一般，但接着蹙一蹙眉头，叫声"啊唷"，又似睡去一样的了。眼泪附在眼睑上不曾滴下，两颊附着两窝泥块，他似要用手去抓，但五指似烧熟的蟹脚一般，还颤抖得厉害。

　　孩子约十岁模样，不是乞丐的兄弟，就是苦力的儿子，衣服烂破。这时还在地上卷去不少的泥灰。他没有帽，也没有鞋袜，两胫圆而有劲，但这时也失了支撑力了。总之，他像一只垃圾堆里的死老鼠，他除了叫声"啊唷"，和喉中有时"嗡嗡"以外，他竟和死去没两样了。

　　围拥着在他的四周，足有几十个群众。公公、婆婆、青年、孩子不等，都是些善男信女，营营地在谈论他，谈论得很厉害。有的还不住地问他——他父母是谁，住在哪里，今年几岁。好似要在他死后，给他编年谱一般。但他一句没有答，且一句没有听。

　　一位偻背的老人提议道：

"最好送他到医院里去，这是痧症，极危险的，不能随便吃点什么药就会好，最好送他到医院里去。"

可是一位妇人，却又自己对她自己叹息：

"给他吃点什么药呢？可怜的孩子，这样是就要死去的，唉，给他吃点什么呢？可怜的孩子！"

但又有一位矮胖的男人，好似他自己是唯一的慈善家，他说：

"给他几个铜子，我们合拢来给他几个铜子。病好像厉害，又好像不厉害。总之，给他几个铜子，我们合拢来给他几个铜子。"

可是他还没有摸他的皮夹，又有人说道：

"他还要钱作什么用呢？"

一边又有人驳道：

"有铜子病或会好了！"

而一边却更有人笑问：

"他的腿为什么这样粗大呢？"

一时，一位穿洋服的先生走来，他大概以为人群中总是在变把戏。但当他一伸头颈去看到以后，立刻掉过脸，用手帕掩住鼻，快快走了，一边说：

"传染病，传染病，传染病人的身边会有这许多人围着，中国人真要命！传染病！"他的语气中还有一句，"我是一看就走"，没有说出来，接着又回头叫了一句："警察为什么一个也没有。"于是昂然地去了，几乎连呼吸都屏息着。谈论的结果是什么也没有。孩子这时还会抽动着他的手和脚，可是我诅咒道："你为什么要死在路边？死到荒山里去吧！"

▪佳作点评 ▎▎▂

柔石所写的是这样一个场面：一个穷孩子在马路边染上重病，濒临死亡。在他身边围着一群善男信女，指手画脚，乱出主意，但没有一个人能把孩子送到医院去。

这些善男信女，平日里满口道德慈悲、假仁假义，但在需要救助的时候却无动于衷，形同陌路，毫无愧色。就像有些善男信女，让他们给寺院捐钱可以，因为那样能给自己积功累德，造作福田。但让他们帮助生活在困苦当中的某一个人时，他们却置身事外，各人自扫门前雪，不管他家瓦上霜。

个人的美德 ▌▌▍▖▂▂ ▖▗ ▃

□［中国］邹韬奋

有一位老前辈在某机关里办事，因为他的事务忙，那机关里替他备了一辆汽车，任他使用。有一天他对我说，他想到中国有许多苦人，在饿寒中过可怜的日子，觉得非常难过，已把汽车取消，不再乘坐了。我问他什么用意，他说改造社会，要以身作则。他这样做是要用自己的俭苦来感化别人的。我说我很怀疑这种"感化"的实效究竟有多少，因为许多"苦人"根本就坐不起汽车，用不着你去感化；至于上海滩上的富翁阔少，买办官僚，决不会因为你老不坐汽车，他们也把汽车取消。就是我这样出门只能乘乘电车，或有的地方没有电车可乘，因为要赶快，不得不忍心坐上把人当牛马的黄包车，也无法领略你老的"感化"作用。他听了没有话说。

就一般说，这位老前辈算是有着他的个人的美德，但他要想把这"个人的美德"的"感化"作用来"改造社会"，便发生我在上面所说的困难了。他真正要想改造社会，便应该努力促成一种社会环境，使白坐汽车的剥削者群无法存在。劳苦大众在需要时都有汽车可坐，这才是根本的办法。但是这种合理的社会环境是要靠集体的力量实际斗争得来的，绝不是像"取消汽车，不再乘坐"的"个人的美德"所能由"感化"而造成的。

有人羡称列宁从革命时代到他握着政权以后，只有着一件陈旧破烂的呢大衣，连一件新大衣都没有，叹为绝无仅有的个人的美德，好像要想学列宁的人只需学他始终穿着一件破旧的大衣便行！其实列宁并非有意穿上一件破旧的大衣来"感化"什么人，他的伟大是在能领导大众为着大众革命，在努力革命中忘却了自己的衣服享用，恰恰是无意中始终穿着一件破旧的大衣。倘若不注意他为解放大众所积极进行的工作，而仅仅有意于什么个人美德的感化作用，那就等于上面那位老前辈的感化论了。无疑地列宁绝不是要提倡穿着破旧的大衣，他所领导的革命成功之后，劳苦大众不但无须穿着破旧的大衣，而且因社会主义建设的成功，大家还都得穿上新的好的大衣！

我在德国的时候，听见有人不绝口地称赞希特勒的俭德，说他薪俸都不要，把它归还到国库里。我觉得他的重要任务是所行的政策能否解决德国人民的经济问题，是否有益于德国的大众，倒不在乎他个人的薪俸的收下或归还。老实说，像我们全靠一些薪俸来养家活命的人们，便无从领受这样"个人的美德"的"感化"。

我们的意思，当然不是反对个人的美德，更不是说奢侈贪污之有裨于社会，不过鉴于有一班人夸大"个人的美德"对于改造社会的效用，反而忽略或有意模糊对于改造现实所需要的积极的斗争。

◢佳作点评 ▮▮◣

邹韬奋先生在这里说明了自己的一个观点，个人的美德无法改造社会。他主张每个人应该干好自己应该干的事情，对于细小的行为不宜过分夸大。"鉴于有一班人夸大'个人的美德'对于改造社会的效用，反而忽略或有意模糊对于改造现实所需要的积极的斗争"。这是一种颇为深刻的观点。

勇气的力量 ▌▍▁▁▁▁

□［中国］梁漱溟

没有智慧不行，没有勇气也不行。我不敢说有智慧的人一定有勇气；但短于智慧的人，大约也没有勇气，或者其勇气亦是不足取的。怎样是有勇气？不为外面威力所摄，视任何强大势力若无物，担荷若何艰巨工作而无所怯。譬如，军阀问题，有的人激于义愤要打倒他；但同时更有许多人看成是无可奈何的局面，只有迁就他，只有随顺而利用他，自觉我们无拳无勇的人，对他有什么办法呢？此即没勇气。没勇气的人，容易看重既成的局面，往往把既成的局面看成是一不可改的。说到这里，我们不得不佩服孙中山先生，他真是一个有大勇的人。他以一个匹夫，竟然想推翻二百多年大清帝国的统治。没有疯狂似的野心巨胆，是不能作此想的。然而没有智慧，则此想亦不能发生。他何以不为强大无比的清朝所慑服呢？他并非不知其强大，但同时他知此原非定局，而是可以变的。他何以不自看渺小？他晓得是可以增长起来的，这便是他的智慧。有此观察理解，则其勇气更大。而正唯其有勇气，心思乃益活泼敏妙。智也，勇也，都不外其生命之伟大高强处，原是一回事而非二。反之，一般人气慑，则思呆也。所以说没有勇气不行。无论什么事，你总要看他是可能的，不是不可能的。

无论如何艰难巨大的工程，你总要"气吞事"，而不要被事慑着你。

▮佳作点评▮

怎样是有勇气？不为外面威力所摄，视任何强大势力若无物，担荷若何艰巨工作而无所怯。

智也，勇也。勇气来源于智慧，没有智慧的勇气是不足取的，是匹夫之勇，只有在智慧的基础上的勇气，才是最有力量的。

人的勇气能承担一切重负，如果整个世界是公正的话，那么勇气就没有存在的必要了。

心灵的轻 ‖ᵢᵢ▃▃ ▃▃ ▃

□［中国］刘湛秋

生命是一个人自己的不可转让的专利。

生命的过程，就是时间消费的过程。在时间面前，最伟大的人也无逆转之力；我们无法买进，也无法售出；我们只有选择、利用。

因此，珍惜生命，就是珍惜时间，就是最佳地运用时间。由于我这种意识的强烈萌生，我越来越吝啬地消费我自己。

我试图选择一种轻松的生活方式，因此我提倡并创作轻诗歌。我所说的轻并非纯粹的游戏人生和享乐，而是追求心灵的轻松和自由，过自我宽松的日子，而这种感觉会导致行为的选择更富有人性和潇洒。一个人自己活得很累会使你周围的人和社会也感到很累。如果说，我能有益于他人和群体，就是因为我能释放出这种轻松的气息，使别人和我有缘相聚（无论多么短暂）都能感到快乐。

只有轻松才能使人不虚此生，才能使整个世界变得和谐。以恶是治不了恶的。

对于我们这群黄土地的子孙来说，古老的文明、漫长的历史已使我们背负够重了，复杂的现实和人际关系使我们体验够累的了。

我愿意以轻对重，以轻对累。对我自己，无论处于佳境还是不幸，我都能寻找到自我轻松，既不受名利之累，也不为劣境所苦。对周围群体，当我出现在他们面前，能带给他们所需要的轻松，从而增添或缓解他们生活中的喜悦和痛楚。

　　当然，这也是我在非常窄小天地里的一个愿望，为社会、世俗所围的我，深知——追求一种轻松的生活方式，在某些时候和某些方面，也许会付出沉重的代价。

佳作点评

　　生命是一个人自己的不可转让的专利。追求心灵的轻就是追求心灵的轻松和自由，过自我宽松的日子。只有轻松才能使人不虚此生，才能变得快乐，才能使整个世界变得和谐。

心灵上的舒展 ▌▌▖▂▁ ▃ ▁

□［中国台湾］罗兰

人生最大的苦恼，不在自己拥有的太少，而在自己想望得太多。想望不是坏事，但想望得太多，而自己能力又不能达到，则会构成长久的失望与不满。在对环境、对自己，都长久地感到失望与不满的情形之下，就产生了自卑、疑惧，对环境的戒备和内心的紧张。

我常想，对那些太急于求好，或争于求功的人们来说，他们需要学会一分"心灵上的舒展"。这种心灵上的舒展是让自己能把一切看平淡些，看轻松些。不要巴望得太高，不要过分地求全苛刻。固然，在正常的情形之下，我们都应该要求自己上进，要求自己做事要精确、要成功、要胜利、要超越；但是在这一切要求之上，还必须有另一种要求来使它平衡。这要求便是使自己"量力而为"，要"轻松平淡"。

一个人的智力、体力、领悟力与适应力，都有一定的限度和范围，不可能在每一件事上都一路领先，胜过所有的人。我们必须承认有自己力量所不能达到之处。必须承认人外有人，天外有天。我们可以在某一些事情上比别人略胜一筹，但当别人在另一些事情上胜过我们时，我们必须有为别人喝彩的心情；至低限度要有承认别人在某些方面比自己好的雅量。而且即使对自己来说，当我们达不到自己所要求的目标时，除去准备继续努力之外，也必须对自己能存几分原谅。

我们常见有两种人。一种人是太懒散，因此他们需要多催逼自己；另有一种人是太要强，因此他们需要略微放宽自己。对一个过分求全的人来说，他如想真正得到成功，必须先让自己学会几分平淡。否则单是那种急于求功的紧张焦虑，就会把他的精神无益地消耗，以致一事无成。

当你紧张焦虑、不可终日的时候，你不妨想想世界上那些尽人皆知、值得紧张焦虑的大事。例如，太空人登陆月球的事。试着设想一下太空人所面临的考验，科学家们所面临的考验，以至于太空人的家属们所面临的考验等等，你会开始了解，你自己目前所引为紧张的事情实在很小；你所面临的成败得失也实在并不那么严重。

世上真正成功的人常能举重若轻，履险如夷，临危不乱。这是一分定力，也是一种智慧和胸襟。太空人在登月探险的过程中，还有心情说笑话，那一分轻松正是最高智慧的表现，也是成功者所必备的条件之一。

大成功如此，小成功亦然。念书、参加考试，除认真准备之外，必须能够把得失置之度外。凡事在于自己尽力而为，只要自己已经尽力，成功与否，或是否胜过别人，那就已经不是自己的力量所可操纵，多去忧虑反而分散了自己的精神与心力，削弱了成功的可能性。

"不问收获，但问耕耘"，这句名言不但是我们做事为人的一个守则，也更是应付得失问题时的最佳箴言，同时也是一项真正帮助我们达到成功目的的信条。因为我们在耕耘时，如果分心去巴望收获，或因急于收获而不耐烦去脚踏实地的耕耘，都足以影响到正常的工作步骤，而减少或失去了应得的收获。

个人的成就与竞争时的得胜，固然是值得快乐的事，但假如一个人处处想得胜、要争强，则不但享不到成功的乐趣，反而充满了唯恐被别人超越的苦恼。由于你时时想要胜过人，则一切人都将成为你的敌人。生活中那些本来值得欣赏的项目，也都由于你急于求功，而变成了不受欢迎的干扰。这样，你的生活势必内容枯燥、冷硬而乏味。由于你只欣赏自己而不欣赏别人，难免使自己变为孤立而非常寂寞。那时，你即使成功，也会由于无人与你分享而不会觉得快乐。

因此，假如你已具备了天赋的聪明与后天的勤奋，希望你在这两项成功必备的条件之外，再加上一分平淡轻松的心情，那是真有智慧者所最应追求的。

聪明勤奋和平淡轻松是成功的两翼，缺少其一，都将使你不能成行。

▎佳作点评 ▮▮▮

每个人都渴望成功，但有多少人知道，除了天赋的聪明与后天的勤奋外，一份平淡轻松的心情也是成功路上所不可缺少的必备条件？

人外有人，天外有天，这是颠扑不破的真理。每个人的能力都有一定的限度和范围，不可能在每一件事上都胜过所有人，我们要学会为别人喝彩。而通常我们苦恼的并不是自己拥有的太少，而在自己向望的太多。长久地感到失望与不满，往往就会对自己产生不满，进而自卑。每个人都希望领先别人、超越别人、渴望成功，往往急于求好、急于求成，接着紧张焦虑、不可终日的情绪就会围绕在我们身边——其实大可不必，如果我们怀着一份平淡轻松的心情，把一切看得平淡些、轻松些，不过分苛求自己，就会发现，成败得失也实在并没有那么严重。

不必完美

□［美国］戴维·波恩斯

　　每个追求者都向往成功。在成功的牵引下，人能够被激励、鞭策、奋发向上，向美好的目标挺进。然而，如果成功的设定脱离客观现实，为自己设置的目标可望而不可即，那么，结果往往是使自己压抑、忧愁和失望。

　　在现实生活中，与那些非完美主义者相比，完美主义者将承受更大的精神压力，他们的生活会充满担心失败的焦虑和忧愁，不敢冒险，患得患失。结果，他们所期望的成功并没有而至。

　　"完美主义者"是指哪些人呢？它并不包括那些为美好的理想执著追求的人们。没有客观的目标与科学的态度，成功是难以实现的。这里所指的完美主义者是这样一些人，他们为自己设置不可能达到的目标，强迫自己去实现，并用他们的成就去衡量自身的价值。结果，他们总是在惴惴不安中失败。

　　曾经有一位终日消沉的历史学家说："如果我没有我的完美主义，那我只是一个平平庸庸的人。谁愿空活百岁而碌碌无为呢？"在他看来，完美主义是自己为取得成功必须付出的代价。他相信实现完美是他达到理想高度的唯一途径。可是实际情况怎样呢？他对失败的恐惧使他如履薄冰，工作效率远不如他的同事。

完美主义者也可能会获得一些成功，但成功的到来并不是因为有了这些完美的标准。很显然，大部分完美主义者都对这个结论感到惊讶。研究表明，强迫性的完美主义不利于人的心理健康，而且会导致自我挫败，损害工作效率、人际关系、自尊心等。

为什么完美主义者情绪紊乱、工作效率低呢？原因之一是他们以歪曲的、非逻辑的思想方法看待生活。

"要么全有，要么全无。"这也许是完美主义者中最普遍的思想方法。

相信消极的事情会重复出现，是另一种畸形的思想方法。这些人总以为："我恐怕永远也做不好这件事。"他们不是从失败中获得经验，而是被动地吸取反面教训。"我本不该做这事。""我决不再做了！"从而使他们产生挫败心理和负罪感而不能自拔。例如减肥，他为自己制定了严格控制饮食的要求，只要他实行计划，就自鸣得意，这是所谓"圣人阶段"。一旦偶尔贪嘴，稍微破例，就进入"罪人阶段"。一位完美主义者吃了一匙冰淇淋，就为"失败"搅得坐立不安，最后竟大开吃戒，结果将一盒子的冰淇淋吃了个精光。

另外，许多完美主义者在人际关系方面是很弱的。他们害怕自己的意见不被采纳，从而使自己的完美形象受到影响。因此他们为自己的言行辩解，对别人却指指点点，评头论足。这样一来，常常伤害别人，影响同事、朋友之间的关系，最终他们不可避免地陷入了最担心的孤独境地。

在人的一生中，取得最佳成就可能只有一次。所以，把它作为实现每一件成功的标准，结局是可想而知的。相反，如果你的目标客观而又现实，你会常常感到轻松愉快，自然而然地感觉到自己富有创造性，工作效率卓著，因而充满自信。当然，这里的轻松并不是提倡松懈、懒散。当你为自己远大的目标切实地奋斗的时候，你就会发现，你干得多么出色！

如果你是个强迫性的完美主义者，你就会老是看到自己各方面的缺点、毛病。有一个简单的方法可能会帮助你扭转这个局面：把每天自己所做过的事列举出来。这个做法也许有点可笑，但只要坚持两个星期，你就会发现效果非常好：你开始把注意力集中到生活的积极因素上去了，为此你会感到振奋不已。

抛弃那种"要么全有，要么全无"的思想方法，也是一个较有效的方法。看看你身边的人和事，问问自己，世界上有多少事情可以列入这个思维范畴之中。洁白无瑕的墙壁真的毫无瑕疵吗？你最崇拜的电影明星的外貌真是那么无可挑剔吗？你认识的某个人一生都充满自信吗？通过这一系列问答，你会发现，世界上没有一件事是尽善尽美的。每一个人，每一种思想，每一件艺术品，每一种理论，都是如此。"要么全有，要么全无"的绝对化思想方法，完全没有一丝积极作用，有的只是自我挫伤、自我损害。

切记，完美主义者总是背着恐惧上路。奉行完美主义，可能使你一时获得某些小成就，或使你免受大的挫折或失败。但是，它限制你的前进，剥夺你勇于进取、追求甜美生活的权利和机会。让自己获得作为一个正常人应有的生活权利，你就会成为一个更幸福的人，更有用的人！

■佳作点评 ‖‖‖

世界上没有哪一件事是尽善尽美的。每一个人，每一种思想，每一艺术品，都是如此。

作者把这篇文章命名为"不必完美"，并不是意味着在劝导人们以此为借口而不去努力乃至放弃追求完美。我们当然应该努力做到最好，但人是无法要求完美的。但是，如果我们为自己设置不可能达到的目标，强迫自己去实现，并以取得的成就来衡量自身的价值，那么，我们的人生就会在惴惴不安中失败——完美主义者总是背着恐惧上路，总会看到自己许许多多的缺点，总害怕自己的完美形象受到破坏——完美主义限制了我们的前进，剥夺我们勇于进取、追求甜美生活的权利和机会。所以，作者告诉我们——不必完美。

　　人生有许多的不完美，而生命的美丽，也在于它的缺憾——如此，我们才会更加珍惜！

论狡猾

□［英国］培根

狡猾是邪恶与聪明的结合体。虽然狡猾与机智有所貌似，但却很不相同——无论是在诚实方面，还是在才智方面。例如有人赢牌靠的是在配牌时捣鬼，但牌技终归不高；还有人虽然很善于联络人心投机倒把，但终归身无一技，做不得实事。

须知，善攻心计与理解人性并不能等同视之。有许多很世故很会揣摩人的脾气性格的人，却并不是真正有学问的人。这种人所擅长的是阴谋而不是研究。他们能够猜透某种类型的人，但也只限于这几种，一旦改型，老一套就会吃不开，所以古人鉴别人才的那种方法——"让他们到生人面前去试试身手"，对他们是不适合的。

事实上，狡猾的人与初入商界历练摊床的人相差无几，在这里，我们不妨细看其真面目。

有一种狡猾人专门会察言观色。因为世上许多诚实的人，都有一颗深情的心和无掩饰的脸。但这种人一面窥视你，一面却假装恭顺地瞧着地面，就像许多"耶稣会员"那样。

另一种狡术颇为隐蔽，把真正要达到的目的掩盖在东拉西扯的闲谈中。例如有一名专管财政的官员，当他想促使女皇签署某笔账单时，每一次都先谈一些其他的事务，以转移女皇的注意力，结果女皇往往不留意那张要她签字的账单，而爽快地签字了。

还有一种方法是在对方毫无思想准备的情势下，突然提出一项建议，让他在仓促中做出草率的决定。

当一个人试图阻止一份优质方案被提交审视时，最好的办法就是首先由自己把它提交上去，但提交的同时又要恰到好处地加以解释以引起领导及众人的反感，因而使之得不到通过。

欲言又止，似有难言之隐的表述方式，正是刺激别人加倍地想知道你要说的东西的妙法。

如果你能让一件急于表白的事被别人逼得毫无退路时才娓娓道来，那么，它的可信度将上升几个百分点。例如，你可以先作出满面愁容，引人询问原因何在。波斯国的大臣尼亚米斯就曾将这种做法施于他的君主。有一次他生情并茂地对他的国王说：“我过去在陛下面前从没有过愁容。可是现在……”

对令人不愉快或难以启齿的事，可以先找一个中间人把话风放出去，然后由你从旁证实。罗马大臣纳西斯在向皇帝转告皇后与诗人西里斯通奸时，就是这么办的。

若你不想把自己绞于某件事当中，但又要说明此事时，你可以采取借代方式，例如说，“听人家说……”或“据别人说……”等等。

我知道一位先生就是这样做的，他每次都把最想托别人办的事情写在信的附言里，使用“顺便提及”这一种格式，好像这只是受人之托，不好回绝似的。

还有一位先生，他在演说时总是把最重要的事情放在最后说，好像这只是忽然想起一件差点忘了的事似的。

我还认识一位先生，他是这样办事的，他常常故意在人前把正想给人看的信件，装作惊惶地假装藏起来，仿佛正在做一件怕被那人知道的事情。这一番表演的目的恰恰是引起那人的疑心和发问，这样就可以把他正想使对方知道的事情告诉那人了。

诱人上当在所有狡猾中似乎是最不容易防备的。我知道有一位先生暗地里想与另一位先生竞争部长之职。于是他对那先生说："在当今这个王权衰落的时代当部长是件毫无意义的事。"那位正可能被任命为部长的先生天真地认同了这种看法，并且也对别人如此说。结果先说的那位先生便抓住这句话禀报女皇，女皇大为不悦，自然就选用了这位发布谬论的先生。

还有一种被称作"翻烧饼"的狡猾，就是把你对别人讲的话，翻赖成是别人对你所讲的。反正两人之间没有任何见证人，上帝才知道真相究竟是怎样的。

影射狡术便攻于心理。比如对着某人面故意暗示对别人说，"我不会干某种事的"，言外之意那个人却会这样干。罗马人提林纳在皇帝面前影射巴罗斯将军，就采用了这个办法。

一些人专在离奇古怪之事上下工夫。当他要向你暗示某种东西时，便讲给你听一个有趣的故事。这种方法既保护了自己，又可以借人之口去广传你的话。

设问狡术会给人一种成就感。他故意在对话时设问，暗示你做出他所期待的回答。然后你还自以为是的认为这个被他授意的想法，是自己通过思考想出来的。

突然提出一个大胆的、出其不意的问题，常能使被问者大吃一惊，从而坦露其心中的机密。这就好像一个更名改姓的人，在没有防备的情况下突然被人呼叫真名，必然会出于本能地有所反应一样。

总之，狡猾的形式多种多样，在这里一一展示的目的是警告那些老实人行事之前多多考虑，以免不明其术而上当。

狡猾中的聪明并非真正的明智。他们虽能登堂却不能入室，虽能取巧并无大成。靠这些小术要得逞于世，最终还是要走进死角的。正如所罗门所说："愚者玩小聪明，智者深思熟虑。"

▎佳作点评 ▎

这是一篇很有趣的散文，主题鲜明，围绕着"狡猾"来进行论述，一气呵成，首尾呼应，浑然一体。

在文章中，作者根据自己丰富的人生阅历，给人们提供了许多迅速有效、十分实用的认识周围狡猾之人的能力。在文章里作者列举了各种各样的狡猾，并有充分、充足的论据作为辅助，更为深刻地体现作者对狡猾之人的厌恶。但作者并不愤恨狡猾之人，反而肯定了狡猾者的一定智慧——"狡猾是邪恶的聪明"——不过这不代表作者对狡猾之人有赞赏之意，主要目的是告诫人们需要提防这种人。

生命力 ▮▯▯▯▯▯▯

□［英国］毛姆

　　生命力是极其旺盛的。生命力带来的欢快可以销毁人们面临的一切艰难困苦。它在人的内部起作用，用它的辉煌火焰向每个人的处境投射光明，所以无论人面临怎样的不幸，也终究可以忍受。悲观主义的产生往往是由于你设身处地想想别的感受，这也是小说多具戏剧性的原因之一。小说家以他的私人小天地为素材，创造出一个公众的世界，把他自己特有的敏感性、思维能力和感情力量加在他想象的人物身上。大多数人不大有想象力，他们感受不到富于想象力的人觉得无法忍受的坎坷境遇。

　　就像私生活。一贫如洗，毫无家产的人不以为然，也不避讳，而我们对此却非常重视，最怕受到干扰。他们嫌恶独处，和人群在一起使他们感到踏实。任何一个与他们同处的人都不难看出，他们并不重视财富和拥有财富的人。事实是，我们认为必不可少的东西，有许多是他们根本不需要的。这是富裕者的运气。因为除去眼盲者，谁都可以看到，大城市里的无产阶级全都生活在何等的苦难和纷扰之中，流浪街头、无事可做，又有多少人在沉闷的工作中挣扎，他们的妻子儿女，都生活在饥饿的边缘，前途是望不到头的贫穷。如果只有革命才能改变这种命运，那么让革命快些到来吧！

然而，今天所推崇的文明国家中，人与人之间的残酷无情、金钱交易无不影射着过去，还真不能轻易断言他们的生活比过去好。不过，尽管如此，我们还不妨认为这个世界总的说来比历史上过去的世界，大体上是好了些。大多数人的命运虽然仍不好，但总不像过去那样可怕。我们有理由希望，随着知识的增长，那些仍旧存在的、给人们带来痛苦的邪恶势力终将被消除。

　　大自然是我们的主宰。地震将继续造成惨重灾害。干旱将使谷物枯萎，忽然而至的洪水将摧毁人们精心营造的建筑物。唉，人类仍将利用愚智不断发起战争并侵袭陌生的国土。因为，不能适应生活的婴儿还将继续出生，结果生活将成为他们的沉重负担。世界上的人只要有强弱之分，弱者就一定要被强者逼得走投无路。除非人们摆脱掉私有观念的符咒，但那似乎又是永远不可能的，因为他们永远要从无力的人手里攫夺他的所有。人类不重新来过，那么自我完成的本能就会传袭，他们就会不惜牺牲别人的幸福，恣意发挥自己的这种本能。总之，只要人是人，他就必须准备面对他所有的一切邪恶和祸患。

．।佳作点评 ‖▎▁

　　生命力是极其旺盛的。生命力带来的欢快可以销毁人们面临的一切艰难困苦。它在人的内部起作用，用它的辉煌火焰向每个人的处境投射光明。

　　毛姆内心的渴望和能量，就是生命力。每个人都可以感受得到的生命力，不需要接受逻辑、理性的检验。生命力是独立于逻辑、理性之外的存在。或者说，它先于逻辑、理性的存在。

　　大自然给人类带来无穷的灾难，人与人之间也有强弱之分，弱者就一定会被强者强夺、压迫。但无论有多少坎坷磨难，人类都会继续承受，永远不会灭亡，这就是强大的生命力作用的结果。

致韩斯卡夫人

□［法国］巴尔扎克

对于生活中的巨大不幸，友情本应该是一种有效的慰藉。可为什么它反而使这些不幸变得更加深重？昨夜，读您最近来的信时，我闷闷不乐地寻思这事儿。首先，您的忧愁深深地感染了我；其次，信里流露了一些伤人的情绪，含有一些使我伤心的话语。您大概不知道，我心里是多么的痛苦，伴随我文学生涯中第三次失败的，是多么可悲的热情。1828 年，我第一次遭受失败时，不过二十九岁，而且还有一位天使在我身边。今天，在我这个年纪，一个男人不再能产生被保护的亲切感觉。因为接受保护是年轻人的事，而且，爱情帮助年轻人，也是很自然的事情。可是对于一个距四十岁比距三十岁更近的人，保护就是一种不敬，就是一种侮辱。一个无能的，在这种年纪还没有财源的人在任何国家都会受审判。

9 月 30 日，我从所有希望的峰巅上跌落下来，把一切都完全抛弃，躲到了这里（夏约），住在于勒·桑多以前住过的屋顶室。在我一生之中，这是第二次被完全的、出乎意料的灾难弄破产。我既为前途担心，又感到孤寂难熬。这一次，我是孤身一人，落到这步孤独的田地的。不过，我仍愉快地想，我至少整个儿留在几颗高贵的心里吧……可就在这种时候，您这封如此忧愁、如此沮丧的信到了。我是多么迫不及待地抓起它的呀！待到读完，我把它和别的信捏在一起，又是多么的气馁！之后，我让自己小睡了一会儿。我紧盯着您最后的几句话，就像被激流冲走的人抓住最后一根树枝。书信具有一种决定命运的能力。它们拥有一股力量，是有益还是有害，全凭收信人的感觉。它们就是在这些感觉上愚弄我们。我希望在两个彼此确信是朋友的人——例如我们——之间，有一种约定的标记，只要一看信封，就知道信里面是洋溢着欢乐，还是充满了叹怨。这样，就可以选择读信的时刻了。

我虽然沮丧，却没有惊呆。我还没丧失勇气，比起我遭受的别的灾难，被抛弃的感觉、孤寂的感觉更使我痛苦。我身上没有半点利己主义的打算。我必须把我的思想、我的努力、我的所有感情告诉一个人。不如此，我就没有力量。如果我不能把众人放在我头上的花冠献在一个人脚下，那我就不要花冠。我向那些流逝的，一去不返的岁月作的告别，是那么长，那么惆怅！那些岁月既未给我百分之百的幸福，也未使我完完全全地倒霉。它们让我生存，一边冰冷、一边灼热地生存。现在，我觉得仅是由于责任的意识，我才活了下来。我一走进现在待着的屋顶室，就相信我会累得筋疲力尽，死在这里。我认为辛苦的工作我能忍受，无所事事却受不了。一个多月来，我半夜起床，到下午六点才躺下。我强迫自己只食用维持生存必不可少的东西，以使自己的头脑不为消化所累。因此，我不仅感到了我无法描写的虚弱，而且由于大脑深受生活的影响，常常混乱发晕。有时，我失去了垂直的辨别力。这是小脑的毛病。睡在床上，我觉得脑袋掉在左边或右边了，起床时，脑袋里又好像压着一个巨大的重物。现在，我明白完全的禁欲和浩繁的工作怎样使帕斯卡老看到身边洞开着深渊，从而使他时刻在左右各放一张椅子。

……

这是我对您的心灵发出的最后一声抱怨。在我对您的信赖里，有一种利己主义的东西，必须去除。我决不因为您曾加重我的忧愁，便趁您忧伤的时候，来火上浇油。我知道基督教的殉教者们死时都面带微笑。如果瓜蒂莫赞是个基督徒，一定会平静地安慰他的大臣，而不会说："而我，我又睡在玫瑰上了吗？"（俗语，意为：我又生活快乐吗？）这倒是一句动听的粗俗话，可是基督即使没有使我们变得更好，至少使我们变得温文尔雅了一些。

看到您阅读一些神秘主义的著作，我很难受。相信我，读这种书对您这样的灵魂必然会带来不幸。这是毒药，是令人陶醉的麻醉品。这种书会产生不好的影响。正如有人酷好挥霍和放荡，也有人热爱贞洁。如果您不是丈夫的妻子、孩子的母亲、一些人的朋友和亲戚，我也不会劝您放弃这种习惯，因为要是那样，您只要乐意，完全可以进一家修道院，不会伤害任何人，尽管您在修道院里很快就会死。请相信我的话，您生活在荒原之中，处境荒凉，孤孤独独，读这种书是非常有害的。友谊的权利太微小，以致我的话您不会听。不过还是让我就此向您发一声卑微的请求，不要再读这类书了，我读过它们，我了解它们的危害。

我尽心竭力，不折不扣地按您的叮嘱，满足您的意愿，不过这是在您的智慧允许您预计到的情况下。我不是拜伦，不过就我所知，我的朋友博尔热也不是托马斯·莫尔，而且他具有狗一样的忠诚。我能拿来与这种忠诚相比的，只有您在巴黎的奴隶对您的忠心。

好吧，再见吧。现在天亮了，烛光渐渐变得黯淡。从三点钟起，我就给您一行一行地写，希望您在字里行间，听到一种真诚的、深切的、如天空一样无边的感情的呐喊。这种感情远在人们一时间的庸俗和恼怒之上，人们不可能认为它会改变，因为低劣的感觉歇宿在社会底层的某个角落，天使的脚从来不去触及它。如果智慧不把某种美妙东西置放在任何物质的和凡间的东西都不可达到的高岩上面，那它还有什么用处？

信笔写下去，会扯得太远。校样在等着我看。必须深入我文笔的奥吉亚斯牛圈，扫除错误。我的生活从此只呈现工作的单调，即使有变化，也是工作本身来将它改变。我就像对玛丽·黛莱丝皇后谈他的灰马和黑马的那位奥地利老上校：一会儿骑这一匹，一会儿骑那一匹；六个钟头看《卢吉埃利家秘事》，六个钟头看《被人诅咒的孩子》，六个钟头看《老姑娘》。隔一阵子，我就站起身，去注视我的窗户俯临的房屋之海；从军事学校一直到御座城门，从先贤祠一直到星形广场的凯旋门。吸过新鲜空气后，我又重新投入工作。我在三楼的套间还没有弄好，因此我在屋顶室工作。在这里，我就像偶尔吃到黑面包的公爵夫人一样高兴。在巴黎，再没有这样漂亮的屋顶室了。它刷得雪白，窗明几净，陈设雅致，一如二八芳龄的风流女子。我辟出了一间卧房，以便在生病时休息，因为在下面，我是睡在一条走廊里的；床占了两尺宽，只留下了过路的地方。我的医生向我肯定，这并不会有损健康，可我不相信。我需要大量的新鲜空气。因此我渴望我的大客厅。过几天，我就会住进去。我的套间费了八百法郎的租金，但我将摆脱国民自卫队，摆脱我生活中的这场噩梦。我仍被警方和参谋部追捕，要坐八天牢狱，只不过，我从此足不出户，他们抓不着我。我在这里的套间是以化名租的。我将公开地在一家带家具的旅馆开一个房间。

我真希望把我的整个灵魂寄给您。当然不寄它的烦恼，但要寄上勇敢和坚强。即使您在信里见不到我的灵魂，也一定会发现我最深情的敬意。我真想给您一点勇气和毅力。我不希望看到您这样英勇、坚毅的人变得软弱。

◢佳作点评 ▋▍▏

韩斯卡夫人是个文学爱好者，长期与巴尔扎克通信。在通信574天后，两人在瑞士巧遇，从此两人一见倾心，韩斯卡夫人允诺，一旦将军丈夫去世就嫁给巴尔扎克。1950年3月，相识近20年的巴尔扎克和韩斯卡夫人走进了婚礼的殿堂。

在这封信中，巴尔扎克写了自己的境况以及对韩斯卡夫人的劝慰，字字句句写满了情和义。

我的荣誉

□〔美国〕爱因斯坦

想要得到赞许和表扬，本来是一种健康的动机。但要求别人承认自己比同伴更优秀、更强，或者更有才智，那就容易在心里产生唯我独尊的念头，这无论对个人，对社会都是有害的。应该让每一个人都是作为个人而受到尊重，而不让任何人成为被崇拜的偶像。

我自己受到了人们过分的赞扬和尊敬，这并非我所愿，也不是由于我自己的功劳，而实在是一种命运的嘲弄。虚荣心可以有许多不同的表现形式。人家常说我没有虚荣，但这也是一种虚荣，一种特殊的虚荣！你看，我不是感到一种特殊的自负吗！真似小孩子一样幼稚呢！

荣誉使我变得越来越愚蠢。当然，这种现象是经常出现的，就是一个人的实际情况往往与别人心目中的很不相称。比如我，每每小声咕噜一下也变成了喇叭的独奏。

当代人把我看成一个邪教徒而同时又是一个反动派，活得太长了，而真正的爱因斯坦早已死了。所有这些都只是偏见而已，但是确实有一种不满足的心情发自我自己，这种心情是很自然的，只要一个人是诚实的，是有批判精神的。幽默感和谦虚经常使我们保持一种平衡，即使受到外界的影响也是如此。

一个人应当这样安慰自己——时间是一架筛子，大多数一时耸人听闻的东西都已通过筛子，落进了默默无闻的海洋，即使是筛剩下来的，也不值得一提。

佳作点评

一个人应当这样安慰自己——时间是一架筛子，大多数一时耸人听闻的东西都已通过筛子，落进了默默无闻的海洋，即使是筛剩下来的，也不值得一提。

爱因斯坦是一个伟人，他这样看待自己的成就和贡献，对我们这些爱慕虚荣的普通人，当然是一种深刻的提醒和警示。

我的灵魂

□［德国］尼采

啊，我的灵魂！再没有比你更仁爱、更丰满和更博大的灵魂！过去和未来的交汇，还有比你更贴近的地方吗？

啊，我的灵魂！我已给了你一切，现在的我两手空空！你微笑而忧郁地对我说："你是要我感谢你吗？"

给予者不是因为接受者已接受而应感谢吗？赠予不就是一种需要吗？接受不就是慈悲吗？

啊，我的灵魂！我懂得了你的忧郁的微笑，现在你的过剩的丰裕张开了渴望的双手了！

你的富裕眺望着暴怒的大海，寻觅而且期待，过盛的丰裕之渴望从你的眼光之微笑的天空中眺望！

真的，啊，我的灵魂！谁能看见你的微笑而不流泪？在你的过剩的慈爱的微笑中，天使们也会流泪。

你的慈爱，你的过剩的慈爱，不会悲哀，也不啜泣。啊，我的灵魂！为什么你的微笑，渴望着眼泪？为什么你的微颤的嘴唇，渴望着呜咽？

"一切的啜泣不都是怀怨吗？一切的怀怨不都是控诉吗？"你如是对

自己说。啊，我的灵魂！因此，你宁肯微笑而不倾泻你的悲哀——

不在迸涌的眼泪中倾泻所有关于你的丰满的悲哀，所有关于葡萄的收获者和收获刀的渴望！

啊，我的灵魂！你不啜泣，也不在眼泪之中倾泻你的紫色的悲哀，甚至于你不能不唱歌！看啊！我自己笑了，我对你说着这预言：

你不能不高声地唱歌，直到大海都平静地倾听着你的渴望——

直到，在平静而渴望的海上，小舟漂动了，这金色的奇迹，在金光的周围，一切善恶和奇异的东西舞动着——

一切大动物和小动物及一切有着轻捷的奇异的足可以在蓝绒色海上跳舞的。

直到他们都向着金色的奇迹，这自由意志的小舟及其支配者！但这个支配者就是收获葡萄者，他持着金刚石的收获刀期待着。

▎佳作点评 ▎

高贵的灵魂是自己尊重自己，尼采一生饱受争议，但他始终坚持自己的高贵，这或许是他最终不朽的原因。

毕竟，世界上最有价值的东西就是一个人充满活力的灵魂。

活出意义来 ‖‖‖▪▪ ▪▪ ▪

□［德国］维克多·弗兰克

生 命

生命的意义因人而异，因日而异，甚至因时而异。因此，我们无需问生命的一般意义为何，而是问在一个人存在的某一时刻中的特殊的生命意义为何。概括起来回答这一问题，正如我们去问一位棋圣说："师傅，请问我该如何下好这最棒的一步棋？"其实根本没有所谓最棒的一步棋，也没有看似颇高的一步棋，而要看弈局中某一特殊局势，及对手的人格形态而定。

生命不停地向人提出各异的挑战，并列出方程让他去解答，因此生命意义的问题事实上应该颠倒过来。人不应该去问他的生命意义是什么。他需要明确，自己才是答题的人。一言以蔽之，每一个人都被生命询问，而他唯有自己的生命中才能找到问题的答案；"负责"便是答案的精华。因此，人类存在最重要的本质，即是"担负责任"。

爱

爱是洞穿另一个人最深人格核心的唯一方法。除了爱，没有一个人能完全了解另一个人的本质精髓。借着心灵的爱情，我们才能看到所爱者的精髓特性。甚至，我们还能发现爱人自己也不曾了解的潜能。由于爱情，可以使爱人真的去实现那些潜能。凭借使他理会到自己能够成为什么，应该成为什么，而使他深层的潜能迸发出来。

苦　难

如果注定一个人将遭受某种境遇，那么，他就必须面对一个无法改变的命运——比如患上了绝症或开刀也无济于事的癌症等等，他就等于得到一个最后机会，去实现最高的价值与最深的意义——苦难的意义。这时病魔并不是中心。中心是他面对苦难的态度、信心，以及行为。

下面，我要用一个例子来说明。

我的一位年迈的医师朋友，他不幸患了严重的忧郁症。病因源于两年前，那时他最挚爱的妻子离他而去，以后他一直挣扎在丧妻的苦痛中。现在我应该做些什么呢？是劝慰吗？不对，我反而问他："如果是您先离去，而夫人继续活着，那会是怎样的情境？"他说："噢！这对她来说是可怕的！她也许会比我更加不能忍受！"于是我回答他说："现在她免除了这痛苦，那是因为您才使她免除的。所以您必须做出牺牲，以继续活下去及哀悼来偿付您心爱的人免除痛苦的牺牲。"他万分激动地紧紧握住我的手，然后平静地回家去了。痛苦在发现意义的时候，就不成为痛苦了。

在本篇中，弗兰克从生命、爱和苦难三个方面来说明生命的意义。生命的意义因人而异，因日而异，甚至因时而异。每一个人都被生命询问，而他唯有在自己的生命中才能找到问题的答案。

爱是洞穿另一个人最深人格核心的唯一方法。除了爱，没有一个人能完全了解另一个人的本质精髓。

如果注定一个人将遭受某种境遇，那么，他就必须面对一个无法改变的命运，他就等于得到一个最后机会，去实现最高的价值与最深的意义——苦难的意义。痛苦在发现意义的时候，就不成为痛苦了。

路有很多条

□ ［日本］松下幸之助

我降生在一个贫苦人家，十岁时便为了生计外出打工。在今天一天工作八小时是国家制度规定的，但那个年代，我必须从早到晚的忙着干活，除了"老板家人的生日"和过年外，整年都没有休假。自然也没有多余的时间可以念书。

细心的母亲见我时常呆坐，知我渴望念书，就建议我白天到公司上班，晚上找个夜校吸取一些知识。我也想这样做，但父亲坚决反对，认为既已从商，就应该一心一意学做生意。所以在十七岁之前我一门心思全用在工作上。

其实，现在想想，父亲还是有道理的，因为当时在工作中学到的一些买卖的技巧，对我后来的发展非常有帮助。所以，我对于自己没能多读点书，也并不感到遗憾。

命运的确是不可捉摸的。虽人各有志，但往往在实现理想时，会遇到许多困难，反而使自己走向与志趣相违的路，竟一举成功。我想我就是一个例证。

单凭自己的头脑往往难全所事。个人的视野毕竟是很狭窄的。个人所

249

能知道的，又是少之又少，其他不知道的，可以再从暗中摸索。所以，不必要紧盯住一件自己从来不知晓的事不放，若能一开始认为自己什么也不懂，反而不会有心理负担，而易于接受新的事物。总而言之，人类的知识领域是广大的。对我们生命中的一切事物，都应抱着随和、满足的态度去面对，这样才能使自己生活得快乐幸福。

▎佳作点评 ▎▏

命运不可捉摸，虽人各有志，但往往在实现理想时，会遇到许多困难，反而使自己走向与志趣相违的路，竟一举成功。通向成功的路有很多条，没有对与错的区别。

致江斯顿书 ▍▍▍▍▅▄ ▄ ▄ ▅

□［美国］林肯

亲爱的江斯顿：

你向我借 80 块钱，我觉得目下不应该借给你。好几次我帮你忙之后，你都说："现在我们可以好好过日子了。"但是没有多久，你又陷入了同样的窘境。我看这完全是你为人有缺点，是什么缺点呢？我想我是知道的。你并不懒，但多少有点游手好闲。我们上次见面之后，我怀疑你是否有哪一天好好地干过一整天活。你并不怎么厌恶劳动，但你不卖力干活，唯一的原因是你觉得干活没有多大出息。

这种白白浪费时间的习惯是问题的症结所在。改掉这种习惯对你至关紧要，而对你的儿女来说，则更为重要。其所以如此，是因为他们生活的道路更长，在没有养成这种习惯之前，可以预加防范，这比养成之后再改来得容易。

你现在需要些现钱，我建议你去找个愿意花钱雇人的主顾，替他"卖命地"干活。

把家里的事（春播和秋收）交给爸爸和你的几个儿子去做吧，你自己去干点最挣钱的活儿，或是用你干的活儿抵债。为了使你的劳动得到较好的报酬，我现在答应你，从今天到 5 月 1 日，凡是你干活挣到一块钱或是偿还了一块钱的债，我另外再给你一块钱。

这样一来，如果你每月挣 10 块钱，你可以从我这儿再拿到 10 块钱，一共每月就可以挣到 20 块钱。这并不是说，我叫你到圣路易或加利福尼亚州的铅矿、金矿去，而是叫你到附近去找点最挣钱的活儿干——就在柯尔斯县境内。

你看，如果你肯这样做，很快就能还清债务；更有好处的是，你会养成不再欠债的好习惯。然而，如果我现在帮你还清了债，明年你又会欠一身债。你说如果有人肯出七八十块钱，你愿意把你在天堂的席位卖给他。这么说，你把你在天堂的席位看得太不值钱了。其实，按照我的办法去做，保管你干四五个月活就能挣到那七八十块钱。你又说如果我借给你这笔钱，你愿意把田地抵押给我；若是日后你还不清钱，就归我管理——

废话！如果说现在你有田地都活不了，将来没有田地又怎么活呢？你一向对我不错，现在我也没有亏待你的意思。相反，如果你肯听从我的劝告，你会发现对你来说，这比 8 个 80 块钱还要值钱呢！

◢佳作点评▸

林肯是美国历史上最富人格魅力与传奇色彩的总统。他出生在农民家庭，青年时代当过工人、石匠和店员，艰苦的环境磨炼了他的意志。1860年，林肯当选美国总统，着手废除奴隶制，在任期间发表了《解放宣言》，提出了"民有、民治、民享"的口号。他领导人民进行了南北战争，重新统一了美国。

江斯顿是林肯继母的儿子，他来信向林肯借钱，林肯以此信回复了他。在信中，林肯指出了江斯顿的缺点，鼓励他要脚踏实地，为儿女作出表率。让他在附近找一个挣钱的活，每挣一元钱，都可以到林肯那儿再拿一份相等的钱，林肯用这种办法督促他实实在在地干活。

　　这是世界上最动人的一封信。

热爱生命 ▎▏▁ ▁ ▁

□ ［法国］蒙田

我对某些词语赋予特殊的含义，拿"度日"来说吧，天色不佳，令人不快的时候，我将"度日"看做是"消磨光阴"，而风和日丽的时候，我却不愿意去"度"，这时我是在慢慢赏玩、领略美好的时光。

坏日子，要飞快去"度"，好日子，要停下来细细品尝。"度日"、"消磨时光"的常用语令人想起那些"哲人"的习气。他们以为生命的利用不外乎在于将它打发、消磨，并且尽量回避它，无视它的存在，仿佛这是一件苦事，一件贱物似的。至于我，却认为生命不是这个样的，我觉得它值得称颂，富有乐趣，即便我自己到了垂暮之年也还是如此。我们的生命来自自然的恩赐，它是优越无比的，如果我们觉得不堪重负或是白白虚度此生，那也只是怪我们自己。

糊涂人的一生枯燥无味，躁动不安，却将全部希望寄托于来世。

不过，我却随时准备告别人生，毫不惋惜。这倒不是因生活之艰辛或苦恼所致，而是由于生之本质在于死，因此只有乐于生的人才能真正不感到死之苦恼。享受生活要讲究方法。我比别人多享受到一倍的生活，因为生活乐趣的大小是随我们对生活的关心程度而定的，尤其在此刻，我眼看生命的时光不多，我就愈想增加生命的分量。我想靠迅速抓紧时间去留住稍纵即逝的日子，我想凭时间的有效利用去弥补匆匆流逝的光阴。剩下的生命愈是短暂，我愈要使之过得丰盈饱满。

▎佳作点评 ▎

生命的可爱与否完全取决于我们自己对于生命的理解和态度。生命本来是美好的，是优越的，只是在我们的改造下变得越来越苦恼的与卑贱。是慢慢地消磨日子，还是富有乐趣地领略美好的时光，完全取决于我们自己。

读蒙田的散文总会得到人生的感悟和启迪，《热爱生命》就是一曲对生命的赞歌，朴素而又深刻。作者以一个思想家和哲学家的身份对生命、生老病死作了独到的阐释，表现出了作者对生命的把握和"热爱生命"的主题。语言上富有哲理，结构上有张有弛，形式上夹叙夹议，堪称赏析和借鉴的经典。

人 生

□ ［丹麦］勃兰克斯

　　这里有一座高塔，是所有的人都必须去攀登的。它至多不过有一百来级。这座高塔是中空的。如果一个人一旦达到它的顶端，就会掉下来摔得粉身碎骨。但是任何人都很难从那样的高度摔下来。这是每一个人的命运：如果他达到注定的某一级，预先他并不知道是哪一级，阶梯就从他的脚下消失，好像它是陷阱的盖板，而他也就消失了。只是他并不知道那是第二十级或是第六十三级，或是另外的哪一级；他所确实知道的是，阶梯中的某一级一定会从他的脚下消失。

　　最初的攀登是容易的，不过很慢。攀登本身没有任何困难，而在每一级上，从塔上的嘹望孔望见的景致都足够赏心悦目。每一件事物都是新的。无论近处或远处的事物都会使你目光依恋流连，而且瞻望前景还有那么多的事物。越往上走，攀登越困难了，而且目光已不大能区别事物，它们看起来似乎都是相同的。每一级上似乎也难以再有任何值得留恋的东西。这时也许应该走得更快一些，或者一次连续登上几级，然而这是不可能做到的。

　　通常是一个人一年登上一级，他的旅伴祝愿他快乐，因为他还没有摔下去。当他走完十级登上一个新的平台后，对他的祝贺也就更热烈些。每一次人们都希望他能长久地攀登下去，这希望也就显露出更多的矛盾。这个攀登的人一般是深受感动，但忘记了留在他身后的很少有值得自满的东西，并且忘记了什么样的灾难正隐藏在前面。

这样，大多数被称作正常人的一生就如此过去了，从精神上来说，他们是停留在同一个地方。

然而这里还有一个地洞，那些走进去的人都渴望自己挖掘坑道，以便深入到地下。而且，还有一些人渴望去探索许多世纪以来前人所挖掘的坑道。年复一年，这些人越来越深入地下，走到那些埋藏矿物的地方。他们熟悉那地下的世界，在迷宫般的坑道中探索道路，指导或是了解或是参与地下深处的工作，并乐此不疲，甚至忘记了岁月是怎样逝去的。

这就是他们的一生，他们从事向思想深处发掘的劳动和探索，忘记了现时的各种事件。他们为他们所选择的安静的职业而忙碌，经受着岁月带来的损失和忧伤，以及岁月悄悄带走的欢愉。当死神临近时，他们会像阿基米德在临死前那样提出请求："不要弄乱我画的圆圈。"

在人们眼前，还有一个无穷无尽地延伸开去的广阔领域，就像撒旦在高山上向救世主所显示的那些王国。对于那些在一生中永远感到饥渴的人，渴望着征服的人，人生就是这样：专注于攫取更多的领地，得到更宽阔的视野，更充分的经验，更多地控制人和事物。军事远征诱惑着他们，而权力就是他们的乐趣。他们永恒的愿望就是使他们能更多地占据男人的头脑和女人的心。他们是不知足的，不可测的，强有力的。他们利用岁月，因而岁月并不使他们厌倦。他们保持着青年的全部特征：爱冒险，爱生活，爱争斗，精力充沛，头脑活跃，无论他们多么年老，到死也是年轻的。好像鲑鱼迎着激流，他们天赋的本性就是迎向岁月的激流。然而还有这样一种工场——劳动者在这个工场中是如此自在，终其一生，他们就在那里工作，每天都能得到增益。在不知不觉中他们变老了。的确，对于他们，只需要不多的知识和经验就够了。然而还是有许多他们做得最好的事情，是他们了解最深、见得最多的。在这个工场里生活变了形，变得美好，过得舒适。因而那开始工作的人知道他们是否能成为熟练的大师只能依靠自己。一个大师知道，经过若干年之后，在钻研和精通技艺上停滞不前是最愚蠢的。他们告诉自己：一种经验（无论那可能是多么痛苦的经验），一个微不足道的观察，一次彻底的调查，欢乐和忧伤，失败和胜利，以及梦想、臆测、幻想，无不以这种或那种方式给他们的工作带来益处。因而随着年事渐长，他们的工作也更重要更丰富。他们依靠天赋的才能，用冷静的头脑信任自己的才能，相信它会使他们走上正路，因为天赋的才能是属于他们自己的。他们相信在工场中，他们能够做出有益的事情。在岁月的流逝中，他们不希望获得幸福，因为幸福可能不会到来。他们不害怕邪恶，而邪恶可能就潜伏在他们自身之内。他们也不害怕失去力量。

如果他们的工场不大，但对他们来说已够大了。它的空间已足以使他们在其中创造形象和表达思想。他们是够忙碌的，因而没有时间去察看放在角落里的计时沙漏计，沙子总是在那儿向下漏着。当一些亲切的思想给他以馈赠，他是知道的，那像是一只可爱的手在转动沙漏计，从而延缓了它的转动。

▎佳作点评 ▎

本篇散文是丹麦文学批评家、斯堪的纳维亚文学自然主义领袖勃兰兑斯对人生命运的理解，是其看透世间风云变幻后的深刻总结。在作者的眼里，人生就像一座所有人都必须去攀登的高塔，而通往这座塔顶的一级级台阶，就是人生的阶梯。作者从不同的角度、视野，描述人在生命旅程的不同境况，表达了作者对人的生命本质、对人类社会生活的深刻理解和珍爱。散文以"高塔""地洞""广阔领域"和"工场"为喻，深刻的道理就存在于这一系列形象之中，夹叙夹议，写得含蓄蕴藉，耐人寻味，给人以启迪和鼓舞。

一个人的天堂

生命之书至高无上，不能随意翻阅，也不能合上，精彩

的段落只能读一次，患难之页自动翻过。

　　　　　　　　　　　　　　　　　　　　　　——拉马丁

论辩的魂灵 █▎▖▁▂▃ ▁▂

□［中国］鲁迅

二十年前到黑市，买得一张符，名叫"鬼画符"。虽然不过一团糟，但帖在壁上看起来，却随时显出各样的文字，是处世的宝训，立身的金箴。

今年又到黑市去，又买得一张符，也是"鬼画符"。但帖了起来看，也还是那一张，并不见什么增补和修改。今夜看出来的大题目是"论辩的魂灵"；细注道："祖传老年中年青年'逻辑'扶乩灭洋必胜妙法太上老君急急如律令敕。"今谨摘录数条，以公同好——

"洋奴会说洋话。你主张读洋书，就是洋奴，人格破产了！受人格破产的洋奴崇拜的洋书，其价值从可知矣！但我读洋文是学校的课程，是政府的功令，反对者，即反对政府也。无父无君之无政府党，人人得而诛之。"

"你说中国不好。你是外国人吗？为什么不到外国去？可惜外国人看你不起……。"

"你说甲生疮。甲是中国人，你就是说中国人生疮了。既然中国人生疮，你是中国人，就是你也生疮了。你既然也生疮，你就和甲一样。而你只说甲生疮，则竟无自知之明，你的话还有什么价值？倘你没有生疮，是说谎也。卖国贼是说谎的，所以你是卖国贼。我骂卖国贼，所以我是爱国者。爱国者的话是最有价值的，所以我的话是不错的，我的话既然不错，你就是卖国贼无疑了！"

"自由结婚未免太过激了。其实，我也并非老顽固，中国提倡女学的还是我第一个。但他们却太趋极端了，太趋极端，即有亡国之祸，所以气得我偏要说'男女授受不亲'。况且，凡事不可过激；过激派都主张共妻主义的。乙赞成自由结婚，不就是主张共妻主义么？他既然主张共妻主义，就应该先将他的妻拿出来给我们'共'。"

"丙讲革命是为的要图利：不为图利，为什么要讲革命？我亲眼看见他三千七百九十一箱半的现金抬进门。你说不然，反对我吗？那么，你就是他的同党。"

"呜呼，党同伐异之风，于今为烈，提倡欧化者不得辞其咎矣！"

"丁牺牲了性命，乃是闹得一塌糊涂，活不下去了的缘故。现在妄称志士，诸君切勿为其所愚。况且，中国不是更坏了吗？"

"戊能算什么英雄呢？听说，一声爆竹，他也会吃惊。还怕爆竹，能听枪炮声吗？怕听枪炮声，打起仗来不要逃跑吗？打起仗来就逃跑的反称英雄，所以中国糟透了。"

"你自以为是'人'，我却以为非也。我是畜类，现在我就叫你爹爹。你既然是畜类的爹爹，当然也就是畜类了。"

"勿用惊叹符号，这是足以亡国的。但我所用的几个在例外。"

中庸太太提起笔来，取精神文明精髓，作明哲保身大吉大利格言二句云：

中学为体西学用，
不薄今人爱古人。

《论辩的魂灵》是鲁迅运用逻辑思维批驳诡辩和谬误的典范之作，从逻辑学上对其进行剖析，有利于提高人们的逻辑思维能力，并揭穿现实中玩弄诡辩、故意混淆视听的种种行为。

《论辩的魂灵》是鲁迅揭露诡辩的一篇杂文，最初发表于1925年3月9日北京《语丝》周刊第十七期，后收入其杂文集《华盖集》。除开头一段"引子"外，都用当时论坛上论敌的言论结构全文，而这些言论都是作者从当时社会上一些反对新思想、反对改革和毁谤革命者的荒谬言论中概括出来的，并对其诡辩和谬误进行揭露批判。

永久的憧憬和追求 ▊▕▖▂▁ ▁▁

□〔中国〕萧红

1911 年，在一个小县城里边，我生在一个小地主的家里。那县城差不多就是中国的最东最北部——黑龙江省——所以一年之中，倒有四个月飘着白雪。

父亲常常为着贪婪而失掉了人性。他对待仆人，对待自己的儿女，以及对待我的祖父都是同样的吝啬而疏远，甚至于无情。

有一次，为着房客租金的事情，父亲把房客的全套的马车赶了过来。房客的家属们哭着诉说着，向我的祖父跪了下来，于是祖父把两匹棕色的马从车上解下来还了回去。

为着两匹马，父亲向祖父起着终夜的争吵。"两匹马，咱们是算不了什么的，穷人，这两匹马就是命根。"祖父这样说着，而父亲还是争吵。

九岁时，母亲死去。父亲也就更变了样，偶然打碎了一只杯子，他就要骂到使人发抖的程度。后来就连父亲的眼睛也转了弯，每从他的身边经过，我就像自己的身上生了针刺一样；他斜视着你，他那高傲的眼光从鼻梁经过嘴角而后往下流着。

所以每每在大雪中的黄昏里，围着暖炉，围着祖父，听着祖父读着诗篇，看着祖父读着诗篇时微红的嘴唇。

父亲打了我的时候，我就在祖父的房里，一直向着窗子，从黄昏到深夜——窗外的白雪，好像白棉一样飘着；而暖炉上水壶的盖子，则像伴奏的乐器似的振动着。

祖父时时把多纹的两手放在我的肩上，而后又放在我的头上，我的耳边便响着这样的声音：

"快快长吧！长大就好了。"

20 岁那年，我就逃出了父亲的家庭，直到现在还是过着流浪的生活。

"长大"是"长大"了，而没有"好"。

可是从祖父那里，知道了人生除掉了冰冷和憎恶而外，还有温暖和爱。

所以我就向这"温暖"和"爱"的方面，怀着永久的憧憬和追求。

■佳作点评 ▏▏▏

萧红是一个情绪型的、极富有才华的现代女作家，她的一生饱尝了人间的酸甜苦辣。这位来自中国最北方的城市，却在中国最南方的一角寂然逝去的女性，在她 31 年短促悲凉的生命里，曾饱受了寂寥和颠簸之苦，但在她的小说里，无处不写满了浓浓的乡音，写满了对国民党统治的绝望。

《永久的憧憬和追求》诉说她如何在祖父的关怀和抚育下度过寂寞的幼女时代。运笔冷静而沉稳，行文决无一般作家的夸张与无病呻吟的造作。她从容地讲述了幼年父亲对自己的无视和伤害，嘲讽人性中的冷漠、狭隘与伪善，并对"温暖"和"爱"怀着永久的憧憬和追求。

论气节 ▌▏▎▁ ▄ ▂

□〔中国〕朱自清

　　气节是我国固有的道德标准，现代还用着这个标准来衡量人们的行为，主要的是所谓读书人或士人的立身处世之道。但这似乎只在中年一代如此，青年代倒像不大理会这种传统的标准，他们在用着正在建立的新的标准，也可以叫做新的尺度。中年代一般的接受这传统，青年代却不理会它，这种脱节的现象是这种变的时代或动乱时代常有的。因此就引不起什么讨论。直到近年，冯雪峰先生才将这标准这传统作为问题提出，加以分析批判：这是在他的《乡风与市风》那本杂文集里。

　　冯先生指出"士节"的两种典型：一是忠臣，一是清高之士。他说后者往往因为脱离了现实，成为"为节而节"的虚无主义者，结果往往会变了节。他却又说"士节"是对人生的一种坚定的态度，是个人意志独立的表现。因此也可以成就接近人民的叛逆者或革命家，但是这种人物和造就或完成，只有在后来的时代，例如我们的时代。冯先生的分析，笔者大体同意；对这个问题笔者近来也常常加以思索，现在写出自己的一些意见，也许可以补充冯先生所没有说到的。

　　气和节似乎原是两个各自独立的意念。《左传》上有"一鼓作气"的话，是说战斗的。后来所谓"士气"就是这个气，也就是"斗志"；这个"士"指的是武士。孟子提倡的"浩然之气"，似乎就是这个气的转变与扩充。他说"至大至刚"，说"养勇"，都是带有战斗性的。"浩然之气"是"集义所生"，"义"就是"有理"或"公道"。后来所谓"义气"，意思要狭隘些，可也算是"浩然之气"的分支。现在我们常说的"正义感"，虽然特别强调现实，似乎也还可以算是跟"浩然之气"联系着的。至于文天祥所歌咏的"正气"，更显然跟"浩然之气"一脉相承。不过在笔者看来两者却并不完全相同，文氏似乎在强调那消极的节。

节的意念也在先秦时代就有了，《左传》里有"圣达节，次守节，下失节"的话。古代注重礼乐，乐是精神是"和"，礼的精神是"节"。礼乐是贵族生活的手段，也可以说是目的。

他们要定等级，明分际，要有稳固的社会秩序，所以要"节"，但是他们要统治，要上统下，所以也要"和"。礼以"节"为主，可也得跟"和"配合着；乐以"和"为主，可也得跟"节"配合着。节跟和是相反相成的。明白了这个道理，我们可以说所谓"圣达节"等等的"节"，是从礼乐里引申出来成了行为的标准或做人的标准，而这个节其实也就是传统的"中道"。按说"和"也是中道，不同的是"和"重在合，"节"重在分；重在分所以重在不犯不乱，这就带上消极性了。

向来论气节的，大概总从东汉末年的党祸起头。那是所谓处士横议的时代。在野的士人纷纷地批评和攻击宦官们的贪污政治，中心似乎在太学。这些在野的士人虽然没有严密的组织，却已经在联合起来，并且博得了人民的同情。宦官们害怕了，于是乎逮捕拘禁那些领导人。这就是所谓"党锢"或"钩党"，"钩"是"勾连"的意思。从这两个名称上可以见出这是一种群众的力量。那时逃亡的党人，家家愿意收容着。所谓"望门投止"，也可以看出人民的态度，这种党人，大家尊为气节之士。气是敢作敢为，节是有所不为——有所不为也就是不合作。这敢作敢为是以集体的力量为基础的，跟孟子的"浩然之气"与世俗所谓"义气"只注重领导者的个人不一样。后来宋朝几千太学生请愿罢免奸臣，以及明朝东林党的攻击宦官，都是集体运动，也都是气节的表现。但是这种表现里似乎积极的"气"更重于消极的"节"。

在专制时代的种种社会条件之下，集体的行动是不容易表现的，于是士人的立身处世就偏向了"节"这个标准。在朝的要做忠臣。这种忠节或是表现在冒犯君主尊严的直谏上，有时因此牺牲性命；或是表现在不做新朝的官甚至以身殉国上。忠而至于死，那是忠而又烈了。在野的要做清高之士，这种人表示不愿和在朝的人合作，因而游离于现实之外；或者更逃避到山林之中，那就是隐逸之士了。这两种节，忠节与高节，都是个人的消极表现。忠节至多造就一些失败的英雄，高节更只能造就一些明哲保身的自了汉，甚至于一些虚无主义者。原来气是动的，可以变化。我们常说志气，志是心之所向，可以在四方，可以在千里，志和气是配合着的。节却是静的，不变的，所以要"守节"，要不"失节"。有时候节甚至于是死的，死的节跟活的现实脱了榫，于是乎自命清高的人结果变了节，冯雪峰先生论到周作人，就是眼前的例子。从统治阶级的立场看，"忠言逆耳利于行"，忠臣到底是卫护着这个阶级的，而清高之士消纳了叛逆者，也是有利于这个阶级的。所以宋朝人说"饿死事小，失节事大"，原先说的是女人，后来也用来说士人，这正是统治阶级代言人的口气，但是也表示着到了那时代士的个人地位的增高和责任的加重。

"士"或称为"读书人"，是统治阶级最下层的单位，并非"帮闲"。他们的利害跟君相是共同的，在朝固然如此，在野也未尝不如此。固然在野的处士可以不受君臣名分的束缚，可以"不事王侯，高尚其事"，但是他们得吃饭，这饭恐怕还得靠农民耕给他们吃，而这些农民大概是属于他们做官的祖宗的遗产的。"躬耕"往往是一句门面话，就是偶然有个把真正躬耕的如陶渊明，精神上或意识形态上也还是在负着天下兴亡之责的士，陶的《述酒》等诗就是证据。可见处士虽然有时横议，那只是自家人吵嘴闹架，他们生活的基础一般的主要的还是在农民的劳动上，跟君主与在朝的大夫并无两样，而一般的主要的意识形态，彼此也是一致的。

然而士终于变质了，这可以说是到了民国时代才显著。从清朝末年开设学校，教员和学生渐渐加多，他们渐渐各自形成一个集团；其中有不少的人参加革新运动或革命运动，而大多数也倾向着这两种运动。这已是气重于节了。等到民国成立，理论上人民是主人，事实上是军阀争权。这时代的教员和学生意识着自己的主人身份，游离了统治的军阀；他们是在野，可是由于军阀政治的腐败，却渐渐获得了一种领导的地位。他们虽然还不能和民众打成一片，但是已经在渐渐地接近民众。五四运动划出了一个新时代。自由主义建筑在自由职业和社会分工的基础上。教员是自由职业者，不是官，也不是候补的官。学生也可以选择多元的职业，不是只有做官一路。他们于是从统治阶级独立，不再是"士"或所谓"读书人"，而变成了"知识分子"，集体的就是"知识阶级"。残余的"士"或"读书人"自然也还有，不过只是些残余罢了。这种变质是中国现代化的过程的一段，而中国的知识阶级在这过程中也曾尽了并且还在想尽他们的任务，跟这时代世界上别处的知识阶级一样，也分享着他们一般的命运。若用气节的标准来衡量，这些知识分子或这个知识阶级开头是气重于节，到了现在却又似乎是节重于气了。

知识阶级开头凭着集团的力量勇猛直前，打倒种种传统，那时候是敢作敢为一股气。可是这个集团并不大，在中国尤其如此，力量到底有限，而与民众打成一片又不容易，于是碰到集中的武力，甚至加上外来的压力，就抵挡不住。而一方面广大的民众抬头要饭吃，他们也没法满足这些饥饿的民众。他们于是失去了领导的地位，逗留在这夹缝中间，渐渐感觉着不自由，闹了个"四大金刚悬空八只脚"。他们于是只能保守着自己，这也算是节罢；也想缓缓地落下地去，可是气不足，得等着瞧。可是这里的是偏于中年一代。青年代的知识分子却不如此，他们无视传统的"气节"，特别是那种消极的"节"，替代的是"正义感"，接着"正义感"的是"行动"，其实"正义感"是合并了"气"和"节"，"行动"还是"气"。这是他们新的做人的尺度。等到这个尺度成为标准，知识阶级大概是还要变质的罢？

佳作点评

气节——坚持正义、有所不为的操守。坚持正义，在敌人或压力面前不屈服的品质。"朝闻道，夕死可矣"，揭示的是气节的源泉；"鞠躬尽力，死而后已"，归纳的是气节的拓展；"英雄生死路，却是壮游时"，抽象的是气节的升华。经过世代培育、弘扬、传承的气节和信念，是数千年来支撑中华民族生生不息、弱而复强、衰而复兴的灵魂和脊梁。

气节是我国固有的道德标准，现代还用着这个标准来衡量人们的行为，主要的是所谓读书人的立身处世之道。气节就是孟子所说的"富贵不能淫，贫贱不能移，威武不能屈"的这种磅礴天地的精神。

本文讲的是"气节"，它的作者朱自清不仅用文字，也用自己的行为诠释了"气节"的内涵。

思想革新的原因 ▌▍▁▁ ▁▁ ▁

　　什么是思想？我们要讲思想革新的原因，不可不知道什么是思想（Thorght）这个名词，实质上有种种的解释——

　　A字义：《说文》"思字从囟心"。即自胸至心，有一贯的意思。想字《说文》"觊思也"，就是想象的意思。《周礼・巇褉》"十曰想"，想是有所像而思想的。合起来说：思想的作用就是心灵的作用罢了。

　　B功能：思想的功能是什么？就是一切生活以他为基础，学术文艺道德政治以他为根据。

　　C性质：思想的性质有三种，（一）是泛想——只是脑筋常起一种不知不觉的活动，没有什么价值。（二）想象——是有考察推测的态度，比较泛想，已进步，因而他的价值也比泛想高了。（三）沉思——除了推测考察的态度以外，还能寻出一般事物的法则原理，为有系统的发明。学术文艺道德等标准，都是从沉思出来。

　　我们现在已经明白思想的定义是——心灵的作用——学术文艺道德政治的根据。但学术道德法政，虽是由思想上发生，思想又由什么地方发生呢？是不可不知道思想与事实的关系，现在分释如左：

A、思想影响于事实：有一种思想，要发表出来，必定要影响到事实上去。所以当十七世纪的时候，卢梭（Rousseall）倡自然主义，著《民约论》，尊崇立法，就有法兰西的革命。尼采（Nietysche）主张超人学说，就有德国的军国主义，日本的帝国主义发生。这就是思想影响于事实的明白证据。

B、事实影响于思想：看A项思想要影响到事实，那么事实就没有影响于思想吗？最近欧洲的大战争，德国以极强权的手段想达到他侵略的野心，但三年结果终归失败，因此就有公理战胜兵威的觉悟，而发生人道主义的思想，所以托尔斯泰（Tolstoy）的学说，就大受世人的欢迎。这就是事实影响于思想的证据。

据以上AB两项看来，事实与思想，是互为影响的了。故思想是要因事实而变迁，而事实亦由思想而转移。由此我们就可以"探本溯因"，求得思想革新的原因了。

思想革新的原因：

A、由于物质方面的压迫：俗话说道，"人急智生"，这句话实在可以代表思想，是由外界的压迫，才能革新。因为思想的功能可作一切生活的基础，所以凡物质不合于我们目下的生活，或不能满意，因而生出一种怀疑的心理。因为怀疑，所以就要探他的究竟。如果好可以从此深信不疑；不好，不免就要打破他，想出一种比较满意的代替他。这个比较新的思想，就是思想革新的结果。这是由于物质压迫，所以思想才能革新。

B、由于精神上面的抑制：精神的表现是什么？就是思想。思想能任意发挥，不受束缚，就是精神不受束缚。若思想不能任意发挥也就是精神不能自由。精神不能自由，人必觉得苦痛，就大不满意，要生一种反动来破坏束缚了。破坏不是容易的，必要想一个精密的方法，作为根据，来反抗破坏。因此从前以为满意的思想，必定变为不满意的，而另产出一种比较从前满意的。于是思想就得了革新的结果。

看以上两种原因，可以知道思想革新的缘故。外界的压迫是有促进我们革新的速度的。所以国家多事的时候，学术思想，必格外发达，我们中国东周时候，不是极乱的时代吗？所以那时的思想学术，极其"发达"。今日俄国不也是政弛民困吗？所以他们的文明思想，有"一日千里之势"。所以我们有心革新思想的人，不要怕外界的高压。因为他愈压得严，将来反动愈利害。反动利害，改革也痛快，而思想革新的度数也大。如果没有外界的压迫，就是没有刺激，就觉得满意了，也就不怀疑，没有进步。因为怀疑是进步的第一步。第一步走到了，才有第二步、第三步的破坏。破坏才能建设。因为陈腐的思想，就像破烂的房屋，不把他根本推翻，永远不能建设出新的来。所以我们要思想革新就不要躲避外界的刺激，因为外界的压迫刺激，就是思想革新的唯一原因。

▪佳作点评 ▌

事实与思想，是互为影响的。我们要思想革新，就不要躲避外界的刺激，因为外界的压迫刺激，就是思想革新的唯一原因。

说自我

□［中国］朱湘

抓着这支笔的手——自然是右手了，虽说不比吃饭，那是一定得要用口的，左手也可以写字。不过，习惯叫我从小起就用右手来写字了，并且话还是一样的说得。沸腾在这脑中的思想——也并不像爱伦·坡那样说的，文章先已经都打成了腹稿，接着才去把它抄录下来；只是一时间忽然意识到，这是一篇文章了，便提起笔来写下去，并不曾预计到内容将要是怎样的，只是凭赖了这一念之萌，就把这篇文章的将来交付进了它的手里。这只手与这一片思想，它们便是现在的自我。

记得也在许多的时候，曾经为了后来的运用而贮藏过一些材料在这个头颅里，不过，就自觉的一方面说来，那些材料都还不曾使用过……至少，是并不曾像当时所想象的那样去使用过。我也可以预料到，将来自己再看这篇文章的时候，这创作过程中所感觉到的这一点心头的美味，仍然会复活起来，并且有时候还会发生一点惊讶与自喜。

这一个孱弱、矛盾的自我，客观的看来，它是多么渺小、短促、无价值；不过，主观的看来，它却便是一个永恒，一个纳有须弥的芥子了。

它简直就是一个国家。

在它的国度之内，有主人，有仆人，也有战争，有和解。

如其这颗心并不是我自己的，我真不知道要怎样地去妒忌它。因为，这个国度之内的乐趣都是"江汉朝宗"于它了。脑筋里思想，因了思想而获得的快乐，它是被心去享受了；肚子的命运似乎好一点，因为，在饥饿着的时候，它偶尔也能够感觉到一种暂时的乐趣——这种乐趣，与出游了好久以后回家来吞冷茶的那时候所感到的乐趣，恰好是一样。

《新生》的第一篇十四行里说，诗人看见自己的心被克去了，这或者便是它的报应。

它实在是过于自私了。不说这整个的躯体都是无昼无夜的在供给它以甜美的螫刺；便是在这个躯体与其他的躯体，抽象的或是具体的，发生接触之时，我，在毁坏、苦痛其他的自我之中，寻求到快乐，也有的在创造、愉悦其他的自我之中；客观的说来，自然是后一种好，不过，主观的说来，两种的目标便只是一个。

自我的心便是国家的银行。

科学，哲学，等于脑；宗教，艺术，等于心。

﹏佳作点评 ﹋﹏

朱湘是一个性格独特，对艺术充满执著的诗人，是新月诗社的代表人物之一。朱湘也许并无意去中伤别人，然而，他却时时在意自己的尊严。这强烈的自尊支持了他崇高的爱国节操。

这一个孱弱、矛盾的自我，客观的看来，它是多么渺小、短促、无价值；不过，主观的看来，它却便是一个永恒，一个纳有须弥的芥子了。

如果一个人仅仅想到自己，那么他的一生中，伤心的事情永远比快乐的事情多。只为自己活着是渺小的，只有超越自我，他的生命才有意义。

论诚意

□〔中国〕朱自清

诚伪是品性，却又是态度。从前论人的诚伪，大概就品性而言。诚实、诚笃、至诚，都是君子之德；不诚便是作伪的小人。品性一半是生成，一半是教养；品性的表现出于自然，是整个儿的为人。说一个人是诚实的君子或诈伪的小人，是就他的行迹总算账。君子大概总是君子，小人大概总是小人。虽然说气质可以变化，盖了棺才能论定人，那只是些特例。不过一个社会里，这种定型的君子和小人并不太多，一般常人都浮沉在这两界之间。所谓浮沉，是说这些人自己不能把握住自己，不免有诈伪的时候，这也是出于自然。还有一层，这些人对人对事有时候自觉地加减他们的诚意，去适应那局势，这就是态度。态度不一定反映出品性来；一个诚实的朋友到了不得已的时候，也会撒个谎什么的。态度出于必要，出于处世的或社交的必要，常人是免不了这种必要的。这是"世故人情"的一个项目。有时可以原谅，有时甚至可以容许。态度的变化多，在现代多变的社会里也许更会使人感兴趣些。我们嘴里常说的，笔下常写的"诚意""诚意"和"虚伪"等词，大概都是就态度说的。

但是一般人用这几个词似乎太严格了一些。照他们的看法，不诚恳无诚意的人就未免太多。而年轻人看社会上的人和事，除了他们自己以外差不多尽是虚伪的。这样用"虚伪"那个词，又似乎太宽泛了一些。这些跟老先生们开口闭口说"人心不古，世风日下"同样犯了笼统的毛病。一般似乎将品性和态度混为一谈，年轻人也如此，却又加上了"天真""纯洁"种种幻想。诚实的品性确是不可多得，但人孰无过，不论哪方面，完人或圣贤总是很少的。我们恐怕只能宽大些，卑之无甚高论，从态度上着眼。不然无谓的烦恼和纠纷就太多了。至于天真纯洁，似乎只是儿童的本分——老气横秋的儿童实在不顺眼。可是一个人若总是那么天真纯洁下去，他自己也许还没有什么，给别人的麻烦却就太多。有人赞美"童心""孩子气"，那也只限于无关大体的小节目，取其可以调剂调剂平板的氛围气。若是重要关头也如此，那时天真恐怕只是任性，纯洁恐怕只是无知罢了。幸而不诚恳、无诚意、虚伪等等已经成了口头禅，一般人只是跟着大家信口说着，至多皱皱眉、冷笑笑，表示无可奈何的样子就过去了。自然也短不了认真的，那却苦了自己，甚至于苦了别人。年轻人容易认真，容易不满意，他们的不满意往往是社会改革的动力。可是他们也得留心，若是在诚伪的分别上认真得过了分，也许会成为虚无主义者。

　　人与人，事与事之间各有分际，言行最难得恰如其分。诚意是少不得的，但是分际不同，无妨斟酌加减点儿。种种礼数或过场就是从这里来的。有人说礼是生活的艺术，礼的本意应该如此。日常生活里所谓客气，也是一种礼数或过场。有些人觉得客气太拘形迹，不见真心，不是诚恳的态度。这些人主张率性自然。率性自然未尝不可，但是得看人去。若是一见生人就如此这般，就有点野了。即使熟人，毫无节制的率性自然也不成。夫妇算是熟透了的，有时还得"相敬如宾"，别人可想而知。总之，在不同的局势下，率性自然可以表示诚意，客气也可以表示诚意，不过诚意的程度不一样罢了。客气要大方、合身份，不然就是诚意太多；诚意太多，诚意就太贱了。

看人、请客、送礼，也都是些过场。有人说这些只是虚伪的俗套，无聊的玩意儿，但是这些其实也是表示诚意的。总得心里有这个人，才会去看他、请他、送他礼，这就有诚意了。至于看望的次数，时间的长短，请作主客或陪客，送礼的情形，只是诚意多少分明，不是有无的分别。看人又有回看，请客有回请，送礼有回礼，也只是回答诚意。古语说得好，"来而不往非礼也"，无论古今，人情总是一样的。有一个人送年礼，转来转去，自己送出去的礼物，有一件竟又回到自己手里。他觉得虚伪无聊，当做笑谈。笑谈确乎是的，但是诚意还是有的。又一个人路上遇见一个本不大熟的朋友向他说，"我要来看你。"这个人告诉别人说，"他用不着来看我，我也知道他不会来看我，你瞧这句话才没意思哪！"那个朋友的诚意似乎是太多了。凌叔华女士写过一个短篇小说，叫做《外国规矩》，说一位青年留学生陪着一位旧家小姐上公园，尽招呼她这样那样的。她以为让他爱上了，哪里知道他行的只是"外国规矩"！这喜剧由于那位旧家小姐不明白新礼数、新过场，多估量了那位留学生的诚意。可见诚意确是有分量的。

人为自己活着，也为别人活着。在不伤害自己身份的条件下顾全别人的情感，都得算是诚恳，有诚意。这样宽大的看法也许可以使一些人活得更有兴趣些。西方有句话，"人生是做戏"。做戏也无妨，只要有心往好里做就成。客气等等一定有人觉得是做戏，可是只要为了大家好，这种戏也值得做的。另一方面，诚恳、诚意也未必不是戏。现在人常说，"我很诚恳地告诉你"，"我是很有诚意的"，自己标榜自己的诚恳、诚意，大有卖瓜的说瓜甜的神气，诚实的君子大概不会如此。不过一般人也已习惯自然，知道这只是为了增加诚意的分量，强调自己的态度，跟买卖人的吆喝到底不是一回事儿。常人到底是常人，得跟着局势斟酌加减他们的诚意，变化他们的态度，这就不免沾上了些戏味。西方还有句话，"诚实是最好的政策"，"诚实"也只是态度，这似乎也是一句戏词儿。

诚伪是品性，却又是态度。从前论人的诚伪，大概就品性而言。诚实、诚笃、至诚，都是君子之德；不诚便是作伪的小人。品性一半是生成，一半是教养；品性的表现出于自然，人为自己活着，也为别人活着。在不伤害自己身份的条件下顾全别人的情感，都得算是诚恳，有诚意。

客气是一种诚意，但客气也适度、得体，否则就降低了诚意的价值。为了别人的好，做戏也有诚意。态度不一定反映出品性来，一个诚实的朋友到了不得已的时候，也会撒个谎什么的。

在作者看来，诚意与作伪都是人的品性，但出于处世或社交的必要，人们往往加减自己的诚意，这便是态度。品性与态度被辩证统一在诚伪之中。

向光明走去

□〔中国〕郑振铎

谁都喜爱光明的，虽然也许有些人和动物常要躲在黑暗之中，以便实行他们的阴险计划的，但那是贼、是恶人、是鸱、是蝙蝠、是狐。凡是人，是正直的人或物，总是喜爱光明，总是要向光明走去的。

黑漆漆的夜，独自走在路上，一点的星光、月光、灯光都没有，我们心里应有些怕。夏天的暴雨之前，天都乌黑了，无论孩子大人，心里也总多少有些凛凛然的，好像天空要有什么异样的变动。山寺的幽斋中，接连地落了几天的雨，天空是那样的灰暗，谁都能感到些凄楚之意。

但是太阳终于来了。接着夜而来的是白昼，接着暴雨而来的是晴光，接着灰暗之天空的是蔚蓝色的天空。那时，不知不觉地会有一阵慰安快乐的感觉，渗入每个人的心里；会有一种勇往活泼的精神，笼罩在每个人的脸上。

在黑暗中走着的人，在夏雨中的人，在灰暗的天空之下的人，总要相信光明的必定到来。因为继于夜之后的一定是白昼。夜来了，白昼必定不远的。继于阴雨之后的，一定是阳光之天。雨来了，太阳必定是已躲在雨云之后的。

那些只相信有阴雨之天，只相信有夜的人，且让他们去。我们是相信着白昼，相信着阳光之必定到来的。

现在，我们是什么样的时代呢？我猜一定不会错，每个人一听到这句问话，都必定要皱着眉头，在心里叹着气答道："黑暗时代！"

是的，是的，现在是黑暗时代。

政治上、社会上、国际上、家庭上，有多少浓厚的阴影罩着！且不必多说，这许多许多黑暗的事实，一时也诉说不尽。但是"光明"已躲在这些"黑暗"之后了！我们要相信光明一定会到来。我们不仅相信，我们还要迎着光明走去！譬如黑夜独行，坐在路旁等天亮，那是很可羞，如果惧怕黑夜而躲进小岩洞或小屋之内，那更是可耻。

我们相信光明必定去到来，我们迎上去，我们向着他走去。

在黑夜里，踽踽地走着，到了光亮时，我们走到目的地了，那是多么快慰的事呀！

那些见黑暗而惧怕，而失望的，让他们永躲在黑暗中；那些只相信有黑暗而不相信有光明的，也让他们的生活于黑暗之洞里吧。我们如果是相信"光明"的，我们便要鼓足了勇气，不怖不懈，向着光明走去。

我们不彷徨，我们不回顾。人类是永续不断的一条线，人间社会是永续不断的努力的结果。我们虽住在黑暗之中，我们应努力在黑暗中进行，但也许我们自身，是见不到光明的。人类全体永续不断地向着光明走去，光明是终于会到来的。

走去，走去，向着光明走去。

光明终于要来到的！

佳作点评

在黑暗中走着的人，总要相信光明的必定到来，因为继于夜之后的一定是白昼。夜来了，白昼一定不远的。

其实，光明和黑暗是一对孪生兄弟，正如成功与失败，幸福和苦难。谁都喜爱光明的，虽然也许有些人常常躲在黑暗之中。如果一个人从没有遭遇过灾难，从没有体验过不幸，甚至从未领悟过挫折，那么他当然不会思考人生，他们只会享受快乐，那一旦困难来临他将永无光明。光明对我们来说不是奢望，只要我们意志顽强，不向命运投降，自强不息，同时拥有一颗积极、乐观、敢于创造奇迹的心，那么我们的人生就永远有价值，生活就永远是快乐的，未来也永远光明灿烂。

即使全世界的黑暗，也无力阻止一支蜡烛的燃烧！

生命的三分之一 ▌▍▎▁ ▁ ▁

□ ［中国］邓拓

一个人的生命究竟有多大意义，这有什么标准可以衡量吗？提出一个绝对的标准当然很困难，但是，大体上看一个人对待生命的态度是否严肃认真，看他对待劳动、工作等等的态度如何，也就不难对这个人的存在意义做出适当的估计了。

古来一切有成就的人，都很严肃地对待自己的生命，当他活着一天，总要尽量多劳动、多工作、多学习，不肯虚度年华，不让时间白白浪费掉。我国历史的劳动人民以及大政治家、大思想家等等都莫不如此。

班固写的《汉书》《食货志》上有下面的记载："冬，民既入；妇人同巷，相从夜绩，女工一月得四十五日。"

这几句读起来很奇怪，怎么一月能有四十五天呢？再看原文底下颜师古做了注解，他说："一月之中，又得夜半为十五日，共四十五日。"

这就很清楚了。原来我国的古人不但比西方各国的人更早地懂得科学地、合理地计算劳动日；而且我们的古人老早就知道对于日班和夜班的计算方法。

一个月本来只有三十天，古人把每个夜晚的时间算作半日，就多了十五天。从这个意义上说来，夜晚的时间实际上不就等于生命的三分之一吗？

对于这三分之一的生命，不但历代的劳动人民如此重视，而且有许多大政治家也十分重视。班固在《汉书》《刑法志》里还写道："秦始皇躬操文墨，昼断狱，夜理书。"

有的人一听说秦始皇，就不喜欢他，其实秦始皇毕竟是中国历史上的一个伟大人物，班固对他也还有一些公平的评价。这里写的是秦始皇在夜间看书学习的情形。

据刘向的《说苑》所载，春秋战国时有许多国君都很注意学习。如：

"晋平公问于师旷曰：吾年七十，欲学恐已暮矣。师旷曰：何不炳烛乎？"

在这里，师旷劝七十岁的晋平公点灯夜读，拼命抢时间，争取这三分之一的生命不至于继续浪费，这种精神多么可贵啊！

《北史》《吕思礼传》记述这个北周大政治家生平勤学的情形是：

"虽务兼军国，而手不释卷。昼理政事，夜即读书，令苍头执烛，烛烬夜有数升。"

光是烛灰一夜就有几升之多，可见他夜读何等勤奋了。像这样的例子还有很多。

为什么古人对于夜晚的时间都这样重视，不肯轻轻放过呢？我认为这就是他们对待自己生命的三分之一的严肃认真态度，这正是我们所应该学习的。

我之所以想利用夜晚的时间，向读者同志们做这样的谈话，目的也不过是要引起大家注意珍惜这三分之一的生命，使大家在整天的劳动、工作以后，以轻松的心情，领略一些古今有用的知识而已。

■佳作点评 ▌▌▌

这篇文章发表在多年之前，但是今天读来仍然有现实意义。该文章主旨是要人们珍惜时间，特别是晚上的时间。利用其三分之一时间去"充电"学习，轻松地去学习，作为一种调节，一种缓释，一种补充。作者谈古论今，列举班固、秦始皇等来说明他们对待自己生命的三分之一的严肃认真的态度，这正是我们所应该学习的。

时间是世界上一切成就的土壤。时间给空想者痛苦，给创造者幸福。

人就这么一辈子 ▌▎▍▁▃▂

□ ［中国台湾］刘墉

　　我常以"人就是这么一辈子"这句话告诫自己并劝说朋友。这七个字，说来容易，听来简单，想起来却很深沉。它能使我在软弱时变得勇敢，骄傲时变得谦虚，颓废时变得积极，痛苦时变得欢愉，对任何事拿得起也放得下，所以我称它为"当头棒喝"、"七字箴言"。

　　我常想世间的劳苦愁烦、恩恩怨怨，如有不能化解的，不能消受的，不也就过这短短的几十年就烟消云散了吗？若是如此，又有什么解不开的呢？

　　人就这么一辈子，想到这句话，如果我是英雄，便要创造更伟大的功业；如果我是学者，便要获取更高的学问；如果我爱什么人，便要大胆地告诉他。因为今日过去便不再来了；这一辈子过去，便什么都消逝了。一本书未读，一句话未讲，便再也没有机会了。这可珍惜的一辈子，我必须好好地把握它啊！

　　人就这么一辈子，你可以积极地把握它，也可以淡然地面对它。想不开时想想它，以求释然吧！精神颓废时想想它，以求感恩吧！因为不管怎样，你总是很幸运地拥有这一辈子，不能白来这一遭啊！

　　一个人只能活一辈子。生不带来、死不带去的一辈子，春发、夏荣、秋收、冬藏，看来像是一年四季般短暂的一辈子。世间的劳苦愁烦、恩恩怨怨，如有不能化解的、不能消受的，不也驭过这短短几十年就烟消云散了吗？若如此，又有什么想不开的呢？

　　天地者，万物之逆旅；光阴者，百代之过客。浮生若梦，悲欢几何？

相信自己吧

□ ［美国］爱默生

天才从来都是相信自己的思想，相信自己内心深处所确认的东西众人也会承认。尽管摩西、柏拉图、弥尔顿的语言平易无奇，但他们蔑视书本教条，摆脱传统习俗，说出他们自己的，而不是别人的思想，这就是使他们成为伟人的原因之所在。一个人不要限于仰观诗人、圣者领空里的光芒，应学会更多地发现和观察自己心灵深处那一闪即逝的火花。而可惜的是，人们总是不会留意自己的思想，不知不觉就把它们抛弃了，仅仅因为那是属于自己的。

曾几何时，我们看到了那些已被自己放弃的思想，不是在天才的著作里吗？于是它们被拾回，即便伟大的文学作品也没有比这更深刻的教训了。这些失而复得的思想警谕我们：在大众之声与我们相悖时，我们也应遵从自己确认的真理，乐于不作妥协。

相信时间和知识必将让人们悟出这样的道理：嫉妒乃无知，模仿即自杀；无论身居祸福，均应自我主宰；蕴藏于人身上的潜力是无尽的，他能胜任什么事情，别人无法知晓，若不动手尝试，他对自己的这种能力就一直蒙昧不察。

相信自己吧！这呼唤将震颤每一颗心灵。

伟人们向来如此，他们孩童般地向同时代的精英倾吐心声，把自己的心智公之于众，自本自为，从而出群拔萃。

但人们却常因在自己的意识网中。一旦成名，便受制于众人的好恶，从此难免要取悦于人，再也不能把别人的感情置之度外了。

对外界的妥协态度，威胁了人们的自信。往往，你对自己往昔的言行且敬且畏，只图与之相协调，因为除了自己往昔的行为以外，再无其他数据可供别人来计算你的轨迹了，而辜负众人又不是你所愿意的。

但为什么要转目回眸，为什么为了不与你在大庭广众下陈述过的观点相抵触，就拖着记忆的僵尸不放呢？假如那是你务须反驳的谬论，那又怎样呢？其实，即便在纯记忆的行为里，你也不能只单单依赖记忆力，而应该把往事摆在有目共睹的现在来判断，从此以后不断自赎自新，这才是真正的智慧之道。

欺下瞒上、献媚取宠是小人的拿手好戏，它为渺小的政治家、哲学家和神学家所崇拜。我们今天应该确凿地说出今天的想法，明天则应确凿地说出明天的意见，即使它与今日之见截然相悖——"这样做，难道你就不怕被误解吗？"——难道被误解是如此不足取吗？毕达哥拉斯就曾被误解，还有苏格拉底、路德、哥白尼、伽利略、牛顿，还有古今每一个有血有肉的智慧精灵，他们谁未被误解过？欲成为伟人，就不可避免地要被误解。

人往往懦弱而爱抱歉。他不敢直说思想、愿望，而是援引一些圣人智者的话语。面对一片草叶或一朵鲜花，他也会抱愧负疚。他或为向往所耽，或为追忆所累。其实，一切美好东西的来源，了无规矩，殊不可知。你何必窥入轨辙，看人模样，听人命令，你的行为，你的思想、性格应全然新异。

相信自己的思想，相信你内心深处所认知的东西。相信时间和知识必将让人们悟出这样的道理：嫉妒乃无知，模仿即自杀；无论身居祸福，均应自我主宰；蕴藏于人身上的潜力是无尽的，他能胜任什么事情，别人无法知晓，若不动手尝试，他对自己的这种能力就一直蒙昧不察。

爱默生为超验主义作家，主张人能超越感觉和理性而直接认识真理，认为人类世界的一切都是宇宙的一个缩影。超验主义者强调万物本质上的统一，万物皆受"超灵"制约，而人类灵魂与"超灵"一致。这种对人之神圣的肯定使超验主义者蔑视外部的权威与传统，依赖自己的直接经验。"相信你自己"这句爱默生的名言，成为超验主义者的座右铭。

先相信自己，然后别人才会相信你。相信自己吧！这呼唤将震颤每一颗心灵。

当我去世的时候

□〔俄国〕屠格涅夫

当我去世的时候，当我的躯体化为灰烬的时候，你啊，我挚爱的朋友；你啊，我深情、温柔地爱过的人，你也许活得比我长久，请不要到我坟墓上去……那里你将无事可做。

请别忘记我……但在日常的操劳、满足、需要之中也别想起我……我不愿妨碍你的生活，不愿打扰你平静的生活。但在独处的时刻，当那种羞怯的、莫名的忧伤袭上你心头的时候，请拿出一本我们心爱的书籍，从中找出那些篇页和字句。还记得吗，那些篇页和字句常使我们共同流出甜蜜的无言之泪。

请读完它，然后闭上眼睛，向我伸出手来……向不在身边的朋友伸出你的手。

我将不能用我的手握住它。我的手正一动不动地躺在黄土之下。但我现在快慰地想到：也许你在你的手上会感受到轻微的抚摸。

于是我的形象将出现在你的眼前，从你闭着的眼睑里将涌流出眼泪，犹如我们俩被美陶醉之后，有时和你一起流出的那些眼泪那样。你啊，我的挚爱的朋友；你啊，我无比深情、无比温柔地爱过的人！

屠格涅夫是 19 世纪俄国有世界声誉的现实主义艺术大师。他的小说不仅迅速及时地反映了当时的俄国社会现实，而且善于通过生动的情节和恰当的言语、行动，通过对大自然情境交融的描述，塑造出许多栩栩如生的人物形象。他的语言简洁、朴质、精确、优美，为俄罗斯语言的规范化做出了重要贡献。

死亡是屠格涅夫晚年的散文诗中以大量的篇章咏叹的主题。生命是面向死亡的存在。爱作为其死亡意蕴的外化，成为超越死亡之途径。死亡最终以幻想和永恒的追求获得最后的皈依。

这篇小品是他对爱人在他死后的嘱托。

从意识开始 ▌▍▖▂ ▁ ▁

□［俄国］托尔斯泰

常有人思考，也常有人议论说：抛弃个人的幸福是人的长处，人的功勋。实际上，抛弃个人的幸福不是人之所长，也不是功勋，而是人的生命不可缺少的条件。在人意识到自身是一个同整个世界相分离的躯体的时候，他认识到别的躯体也与全世界分离着，他就能理解人们彼此间的联系，也能理解自己躯体的幸福只是幻影。这时他才能理解只有能使理性意识满足的幸福，才是唯一现实的。

对于动物来说，不以个体幸福为目的的，与这个幸福相矛盾的动作都是对生命的否定。但是对人来说，恰恰相反，那种目的只在于获得躯体幸福的活动，是对人类生命的完全否定。作为动物，没有理性意识向它揭示它的充满了痛苦、终有止境的生命，对它来说，躯体的幸福及由此而来的种族延续就是生命的最高目的。对于人来说，躯体只是生命存在的阶梯。人生的真正幸福，只是从这里展现出来。这个幸福同躯体的幸福不同。

对人来说，对躯体的意识不是生命，而是一条界线，人的生命就是从这里开始的。人的生命完全在于更多地获得人本身所应有的、不依赖于动物性躯体幸福的幸福。

按照流行的生命观念，人的生命是他的肉体从生到死的这段时间。但是这并不是人类的生命，这只是作为动物的肉体的生命存在。说人的生命是某种只出现在动物性生命中的东西，就像是说有机体的生命是某种只在物质的存在中表现出来的东西。

人最初会把那些看得见的肉体的目的当做是生命的目的。这个目的看得见，因此也让人觉得是可以理解的。

人的理性意识向他揭示的目的反倒被认为是不可理解的了，因为它们是看不见的。否定看得见的东西，献身于看不见的东西，对此人们总觉得可怕。

对被世间渗水染满全身的人来说，那些自动实现着的、在别人和自己身上都是可见的动物性要求，似乎是简单的、明确的。而那些新的不能看见的理性意识的要求则被认为是相反的，这些要求的满足不能自然而然地得到完成，而是应当让人自觉地实现，因此它变得复杂，变得不明晰。抛弃看得见的生命观念，献身于看不见的意识，这自然要令人惊异害怕。就好像孩子若能感到自己的出生，他会感到同样的惊异和害怕，但是有什么办法呢？一切都很明显，也必然发生。看得见的观念引向死亡，唯有看不见的意识才提供永恒的生命。

ⅢⅢ佳作点评ⅢⅢ

躯体的幸福及由此而来的种族延续就是生命的最高目的。对于人来说，躯体只是生命存在的阶梯。人生的真正幸福，只是从这里展现出来。这个幸福同躯体的幸福不同。

按照流行的生命观念，人的生命是他的肉体从生到死的这段时间。但是这并不是人类的生命，这只是作为动物的肉体的生命存在。抛弃看得见的生命观念，献身于看不见的意识，这自然要令人惊异害怕。

看得见的观念引向死亡，唯有看不见的意识才提供永恒的生命。

托尔斯泰的这种唯心的观点，是在人的精神层面加以理解的，就像佛教追求生命的涅槃一样达到生命的永恒。

止于至善

□［俄国］托尔斯泰

每当有人问我"如何服务他人"的时候，我会这样回答："对别人行善，不是捐钱给别人，而是行善。"行善，通常被人们认为是捐钱。但在我的心目中，行善和捐钱不仅是完全不同，而且几乎是相反的两件事。

金钱本身就是一种罪恶，捐钱就如同行恶。把捐钱当做行善的错误想法，或许在人们行善之时，可以让人们逃离拥有金钱的罪恶感。然而，捐钱的举动，却只能稍微让人们减少一点罪恶感。

真正的行善，是为别人做好事。为了了解对别人来说什么事是好事，我们必须在人与人之间建立亲密的关系。所以，行善不需要金钱。最重要的是，我们要有勇气，暂时抛开生活上没有意义的一些习惯。不要老是担心衣服和鞋子会不会弄脏，不要害怕蟑螂或虱子之类的小虫子，也不要惧怕伤寒、白喉或天花。我们要做的是亲近衣衫褴褛的人，坐在他们床边与他们闲话家常，让他们感觉到我们一点都不装模作样，一点也不骄傲，而且尊重他们，敬爱他们。我们必须在为达到这个目标而舍弃自我的过程中探索人生的意义。

最善的人好像水一样。水善于滋润万物而不与万物相争，停留在众人都不喜欢的地方，所以最接近于"道"。最善的人，居处最善于选择地方，心胸善于保持沉静而深不可测，待人善于真诚、友爱和无私，说话善于恪守信用，为政善于精简处理，能把国家治理好，处事能够善于发挥所长，行动善于把握时机。最善的人所作所为正因为有不争的美德，所以没有过失，也就没有怨咎。

真正的行善，是为别人做好事。我们必须在为达到这个目标而舍弃自我的过程中探索人生的意义。

论荣誉 ▊▍▮▯▁ ▁▁ ▁▁

□ ［英国］培根

人的荣誉应当与人的价值成正比。如果荣誉大于价值，不会使人信服。反之，内在价值大于荣誉，则不易被发现。

一个人若完成了没有人做过的，或虽做过但未得成功的事业——那么他所获得的荣誉，将远远高于追随别人而做的事业，哪怕后者更难。

如果说一个人所做的事业有益于社会，有益于人民，有益于各行各业，那么他得到的荣誉就会更大。

有的人为了荣誉失去了崇高的东西，那又能怪得了谁呢，只能说他自我保护意识很差。如果能做成别人都尝试而失败过的事，那么他的名字将像多面的钻石，焕发出最耀眼的光彩。所以，在荣誉的追求上，有竞争的对手是一件好事。聪明的侍从有助于扩散荣誉。西塞罗说过：光荣出自家中。嫉妒是蚕食荣誉的蠹虫，所以要设法征服它。为此就要使人相信，你所追求的目的不在荣誉而在事业，你的成功得之于良机而并非由于你的优异。

君主们的荣誉可以按如下等级排列：第一等是创建国家的人们。如罗马城者——罗慕洛，波斯建国者——塞拉斯，恺撒帝国——恺撒，奥特曼帝国——奥特曼，伊斯兰帝国——伊斯梅尔。

第二等是立法者们。国家制度的创设者。如斯巴达立法者——莱卡斯，雅典立法——梭伦，东罗马皇法——查士丁尼，英国国法——爱德加，西班牙国法——卡斯提。

第三等是那些解放者。他们或者结束了内战，或者把民族从异族奴役中拯救出来。如奥古斯都、菲思帕斯、奥兰斯（罗马皇帝）、英格兰王亨利七世、法兰西王亨利四世等。

▎佳作点评 ▏▎▁

人的荣誉应当与人的价值成正比。如果说一个人所做的事业有益于社会，有益于人民，有益于各行各业，那么他得到的荣誉就会更大。

健 康

□〔德国〕叔本华

能够促使心情愉快的不是财富，而是健康。

我们不是常在下层阶级——劳动阶级，特别是工作在野外的人们脸上找到愉快满足的表情吗？而那些富有的上层人士不常是愁容满面，满怀苦恼吗？所以我们当尽力维护健康，唯有健康方能绽放愉悦的花朵。

至于如何维护健康实在也无需我来指明——避免任何种类的过度放纵和动荡不安的情绪，但也不要太抑制自己。要经常做户外运动、冷水浴以及遵守卫生原则。没有适度的日常运动，便不可能永远健康，生命过程便是依赖体内的各种器官的不停运动，运动的结果不仅影响到有关身体各部分，也影响全身。亚里士多德说："生命便是运动。"运动也的确是生命的本质。有机体的所有部分都一刻不停地迅速运动着。比如说，心脏在一收一张间有力而不息地跳动，每跳28次便把所有的血液由动脉送到静脉，再分布到身体各处的微细血管中。肺像个蒸气引擎无休止地膨胀、收缩。内脏也总在蠕动工作着。各种腺体不断地吸收再分泌激素。甚至于脑也随着脉搏的跳动和我们的呼吸而运动着。世上有无数的人注定要从事坐办公室的工作，他们无法经常运动了。体内的骚动和体外的静止无法调和，必然产生显著的对立。本来体内的运动也需要适度的体外运动来平衡，否则就会产生情绪的困扰。大树要繁盛荣茂也须风来吹动。人的体外运动须与体内运动平衡，此点尤为重要。

幸福系之于人的精神，精神的好坏又与健康息息相关。

这只要想想我们对同样的外界环境和事件，在健康强壮时和缠绵病榻时的看法及感受如何不同，即可看出。使我们幸福或不幸福的，并非客观事件，而是那些事件给予我们的影响和我们对它的看法。就像伊皮泰特斯所说："人们不受事物影响，却受他们对事物看法的影响。"

一般来说，人的幸福十之八九有赖健康的身心。有了健康，每件事都是令人快乐的；失掉健康就失掉了快乐。即使人具有伟大的心灵，快活乐观的气质，也会因健康的丧失而黯然失色，甚至变质。所以当两人见面时，我们首先便问候对方的健康情形，相互祝福身体康泰，因为健康实在是成就人类幸福最重要的成分。只有愚昧的人才会为了其他的幸福牺牲健康。不管其他幸福是功、名、利、禄、学识，还是过眼烟云似的感官享受，世间没有任何事比健康来得更重要了。

■佳作点评 ‖．．

能够促使心情愉快的不是财富，而是健康。唯有健康方能绽放愉悦的花朵。幸福系之于人的精神，精神的好坏又与健康息息相关。

一般来说，人的幸福十之八九有赖健康的身心。有了健康，每件事都是令人快乐的；失掉健康就失掉了快乐。即使人具有伟大的心灵，快活乐观的气质，也会因健康的丧失而黯然失色，甚至变质。

所以，珍惜健康，保持健康，是为了提升生命的质量和幸福的指数。

最终的目标 ▌▐▐ ▮▖▄ ▃▃ ▄

□〔日本〕池田大作

我曾听人如此评述当代：既是"饱食时代"和"空闲时代"，也是"颓废的时代"和"欺诈的时代"，还是"自私与不负责任的时代"。的确，空气中到处弥漫着放纵的时髦风气。

每个人的人生观各不相同，想来也未尝不可。但是，一想到要无所作为地度过这漫长人生，就使人感到无比的空虚无聊。

《涅·经》说："人命之不息，过于山水。今日虽存而明日难知。"

意思是说，人类短暂的生命，比滔滔而下的山溪更为迅速，转眼之间就消逝了。今天虽然平安，可谁也无法保证明日的安定。

《摩耶经》中有一节谈到，人生的旅程就是"步步近死地"。一天一天、一步一步接近死亡，这就是人生的真相。

《法华经》中也有一段名言："三界无安，犹如火宅，充满众苦，甚可畏怖。"其中，所谓"三界"便是凡夫所居之现实世界。它就像失了火的房子，烦恼在里面熊熊燃烧，充满了各种苦难。正如经文所说，人生的确离不开烦恼。儿女、家庭、事业等等，细思起来，没有一件事离不开烦恼。

生活被这纷乱的烦恼所束缚，何时又怎样才能摆脱走向"永乐清新"的世界？也就是说，怎样才能从人生的悲观主义中解脱出来呢？怎样才能确立正确的法则和人生观，依靠坚韧的乐观主义生活下去呢？

这种"弃暗投明"的转变可谓是人生的头等大事。我之所以立足于悠久的生命观，走上信奉佛法的道路，理由也就在此。从无常的世界向永恒世界的转换，正是有史以来人类所孜孜研究的课题。

小林秀雄先生在《莫扎特》一书中写道：

"对强韧的精神来说，恶劣的环境也是实在的环境，既不缺什么，也不少什么。""生命力中有一种能力，可将外在的偶然看作内在的必然。这种思想均有宗教意味，但它并不是空想。"

这就是唯一能与自然界抗衡，并争服其他的人类之能；是精神的力量，能将外在的偶然性看做内在的必然性。这种无限的力量就蕴藏在自己生命之中，本人能切实感受并加以发挥，真正的人生之路就在其中。

如此恒久奋斗下去，不为任何环境所屈，总是忠实于自己，发展自己，于是便奏响了人生的凯歌。

佛法中有"梅樱桃李"这样的命题。

梅花绽放于年之初始，沐浴着春光灿烂；然后是樱花盛开的季节，它也尽显风姿；桃花、李花也都各领风骚。同样，人也应当让自己的生命开出美丽的花朵。不，催开绚丽鲜花的神力原本即存于生命内部。

那么，神力在哪儿呢？这便是对自身"使命"与"责任"的深刻觉悟。某些人以根本的"法则"为基准，始终坚持一定的生活道路，将使命和责任视为非己莫属的。这样的人就会不断开拓自己的生命，就和梅、樱一样，迟早会破蕾而绽，散发出阵阵清香。他就可以最大限度地发挥生命的作用，并为此感到自豪、幸福和美满。

人无论善恶，都是带着某种使命而生于世上的极其宝贵的人。这种使命并不体现于外部相对立的世界中，而体现在与自己搏击、战胜自己、贯彻自己信念之时。人生的每时每刻无不体现生命，无不映射生命，决不偏倚。我的恩师户田先生经常教导我们说："要为自己的生命而活下去。"这句话具有深刻的内涵和千钧的分量，指出人生最终的目标之所在。

▎佳作点评 ▎▏

　　人无论善恶，他的生命都是极其宝贵的，都是带着某种使命而生存于世上的。作者这篇文章阐述的内容，就是标题所言——最终的目标。那么，人生的最终目标是什么呢？人生的最终目标是如何使自己的生命得到永恒和延缓，人生的每时每刻都在体现生命，无不映射生命。

　　正如作者的恩师所说："要为自己的生命而活下去。"而生命之外的东西，只是为生命服务的。

　　那么，应该如何使自己的生命得到永恒呢？始终坚持一定的生活道路，将使命和责任视为非己莫属，不断地开拓自己的生命，就可以最大限度地发挥生命的作用，并为此感到自豪、幸福和美满。

人生的意义

□ ［日本］汤川秀树

同学们，你们正值青春年龄，你们有着非常长远的未来。从你们的年龄看来，你们今后平均将有六十年左右，你们的生命将跨过 20 世纪进入 21 世纪。在此期间，世界将发生哪些变化呢？

回忆 20 世纪前半期的六十年代中期，世界上发生的那些显著变化，就可以想象未来五六十年中将会发生的巨大飞跃。

人世间演变的起因究竟在哪里？有人说是由于地震、台风、洪水等自然情况造成的。但这种自然现象的影响只是短暂的，即便是重大事件也不会产生永久性的影响。从长远发展来看，可以说主要还是由人类行为带来的世界巨大变化。

从交通的发展情况看来，现在汽车、飞机的数量在大增，速度在加快，再加上通讯事业迅速发展，电话、广播、电视也日益普及，这些都为世界带来了不少变化，像这样的变化还很多很多。

从这些变化可以看出，最大的变化因素是人类的知识和科技的进步。简而言之，即科学的进步引起了世界的变化。众所周知，科学是人类创造、思维的结晶，是人们有生之年辛勤工作的点滴积累。不光科学，人类还有许多其他活动也推动着社会的发展。关键是今后的世界还要由活着的人们不断地推动向前迅速发展。

所以，我希望同学们深刻认识到，你们就是这活着的人群中的一员。如果有人说我的力量微不足道，根本不可能改变世界，所以自己除了顺应社会趋势，随波逐流，别无所能。这种想法是极端错误的。因为尽管每个人的力量是十分微薄的，但是不能否认正是这些个人不懈努力的结果，才使社会得以发展和变化。

但变化本身也多种多样，朝什么方向演变才好呢？我们应当努力设法使世界朝着光明的道路发展，而不要走向其相反方向。要下定决心为把世界逐步引向光明道路，而贡献自己微薄的力量。我们不光要有决心，更要采取实际行动。我们应当认识到这样生活才最有意义。

为了建设这个世界，应当采取什么方法贡献自己的力量呢？那当然是因人而异了，即便定下今后努力的目标，选择出适当的道路，并已开始在这条道路上前进，也不一定能够成功，或许会以失败告终。究竟成功与否，谁也无法预测，不可能先知先觉。我相信只要努力就有成功的希望，从而竭尽全力去干，这便体现了人生在世的真正价值。

人们总是说，现在的年轻人比起前人现实多了。也就是说，他们开始关心将来，想方设法使自己的晚年过得更加舒适。这种考虑也许是人之常情，未必是坏事。但是如果青年人一味考虑个人生活的安逸，那就太令人失望了。而且，如果他们以为未来和现实不会有多大差异，因而只是考虑眼前如何生活得更好，那就不仅是令人失望，而且是幼稚可笑了。

有些人认为："别人都考某某大学，所以我也要进某某大学。""要是能进某某公司工作，将来生活就有保障。为了能进某某公司，大概先进某某大学比较合适。"这类消极想法如果充斥青年人的头脑，前景会是什么样子呢？

如果日本全国都是这样的青年，那会是什么结果呢？到那时日本人在这个地球上将会变得十分渺小，从而失去影响。不仅如此，在日益激烈的国际竞争中，特别是创造文化价值的竞争中，日本将成为十足的落伍者。这样，日本人的个人生活也会在精神和物质方面双双遭到破产。

在现实或将来的社会里，每一个人的问题与社会全体的问题，推而广之和全世界的问题，是绝对不能分割的。由此可以懂得前面所说的"现实主义态度"，或者用个贬义词，叫做利己主义的生活态度，乍看起来似乎稳妥可靠，实际并非如此。青年中至少应有一部分人要立志摆脱个人打算，怀着崇高的理想向前迈进。如果连这一点也做不到，那么日本也好，世界也好，便不会朝着进步的方向发展。这种结局所带来的恶果又将会反过来影响到每一个个人，给人们带来许多不幸。

拥有崇高理想并不断前进的人，即使不能获得完全成功，他的人生也是具有重大意义的。认识到人生的意义而活在世上的才是真正的有价值的现实主义生活。

■佳作点评 ▮▮▂

汤川秀树更多为人所知的是因为他于 1949 年获得诺贝尔物理学奖，但其实他也是一位优秀的散文家。尽管他的一生主要奉献于物理学研究，但仍时时涉足于文史。他的散文闪烁着科学和人文的光彩。在这篇文章里，他以科学家的睿智与文学家的眼光向日本青年阐释了"人生的意义"，对青年人贪图舒适安逸，不顾国家、只想个人的狭隘思想给予了批评。告诫青年人要怀着崇高的理想向前迈进，更要竭尽全力去奋斗。

版权声明

本书部分作品无法与权利人取得联系，为了尊重作者的著作权，特委托北京版权代理有限责任公司向权利人转付稿酬。请您与北京版权代理有限责任公司联系并领取稿酬。联系方式如下：

北京版权代理有限责任公司

北京市东城区朝阳门内 55 号南门 1006 室

邮编：100010

电话：（010）58642004

E-mail:bookpodcn@gmail.com

Website:www.bookpod.cn